周作人と江戸庶民文芸

目次

はじめに

一九四五年、日本の敗戦によって、八年におよんだ日中戦争は終わった。それと同時に一人の中国の著名な文学者が「対日協力者」という名のもとに歴史の中に封印されてしまった。彼の名は周作人《しゅうさくじん》である。

周作人は日本占領下の北京に踏みとどまり、その管理下で北京大学文学院院長、つづいて日本の傀儡政権といわれた汪兆銘《おうちょうめい》（一八八三〜一九四四）首班下の華北政務委員会教育督弁（文部大臣に相当）に就任した。そのことが日本軍に協力した証とされ、日本降伏後、戦争犯罪人として国民政府の手によって、北京で逮捕・投獄された。いわゆる漢奸《かんかん》問題である。その後彼は中国共産党による南京解放と同時に釈放された。しかし、漢奸問題は理由が何であれ、政治的に祖国を裏切る行為とされ、中国では周作人を語ることは久しい間タブー視されてきた（周作人の漢奸問題については、木山英雄・『周作人「対日協力」の顛末』(1)に詳しい）。したがって、一般的に周作人を知る人は極めて少なく、魯迅の実弟ということだけがよく知られた事実であって、その「人と作品」まで知る人はあまりいない。

しかし、戦前の日本では、周作人は割合よく知られていた。彼そのものを評価する文人、作家・研究者も多く、一九四四年に発刊された周作人研究の関連資料ともいえる『周作人先生のこと』(2)の中で、著名作家武者小路実篤、谷崎潤一郎、佐藤春夫、また中国文学研究者松枝茂夫などがそれぞれ周作人を語り、評価している。戦後、厳しい日中関係の中、また侵略戦争を起こした日本側から語りにくい人物であったため、周作人は日本でもあまり取り上げられなくなった。しかしそれでも日本には周作人の書いた『魯迅の故家』などの翻訳や木山英雄、飯倉照平両氏の周作人研究があり、一九八〇年代中国での周作人研究が盛んになるまでの架け橋的な存在として評価されている。

一方、中国では戦後、また様々な歴史的試練が繰り広げられ、中国人とりわけ知識人にとって苦難の時代が続いた。一九七六年やっと中国全土を揺るがせた「文化大革命」の大動乱が終わった。その直後から始められた中国の歴史的な反省の中で、それまで政治的な冤罪に苦しんでいた多くの人々の名誉が回復され、それが周作人を埋もれた歴史の中から引き出したということができる。

中国での私たちの年代層（一九六三年生まれ）は、精神形成に最も影響する年頃を、いわば文化的不毛とも言える「文化大革命」の時期に育った。そして、そうした不毛を振り払うように、私は通俗的な文芸世界にのめりこんでいったが、その後周作人に触れるようになって、当時まだよく理解できないながらも次第に彼への関心を深めていった。すこし乱暴な言い方かも知れないが、周作人が求めたものと当時の中国の社会環境のアンビヴァレントな差異に起因する彼のジレンマに対して、彼自身が真正面から向かおうとする姿勢が、何か充たされない私の心に共鳴したからかも知れない。しかし、なにはともあれ、それが私の周作人研究の動機であり、気がついてみれば、すでに十数年の歳月が流れていた。

周知のように周作人が生きた時代は、中国ではまさしく政治的、社会的、文化的なあらゆる面で新旧がこもごも交錯し、希望と挫折が織りなす状況であった。そうした中にあって、作家としての周作人の鋭い感性と洞察力は、中国文学の小品散文の中に中国独自の可能性を見出し、彼は全生涯を通しておびただしい数の作品群を残した。周作人はそうした作品を書きつづけるプロセスの中から、文芸を「生活の芸術」と位置づけることによって、儒家の礼の伝統を現代に融合・復活させようとしたと言える。そのような意味において、周作人は作家でありつつ広い領域を往来した文人であったと見ることができるが、その反面、彼につきまとったのは思想的なジレンマであったと言える。例えば周作人文学の思想的根幹をなす「雅俗」にしても、「古今」(伝統と現代)にしても、「中西」(中国と西洋)にしても、それらは互いに対立する概念であって、彼はそれらの対立概念の融合と調和を求めつづけたと言い得る。しかし、それらが質的に対立する概念である以上、その間のアンビヴァレントは避けられないこともまた、自明の理である。そこに周作人の文人としての苦悩と寂寞と悲哀がある。

周作人と江戸文芸の関係について木山英雄は次のように指摘している。

この頃の日本文学紹介に、俳諧、俳文、川柳、狂歌、小唄、俗曲、洒落本、滑稽本、落語といったものへの終生にわたる偏愛がはやくも兆していることは注意に値しよう。これこそは本当の好みであって彼の日本文学理解の裾の広さをも示すに足りるが、それさえ運動の意識と無関係でなかった。古文の権威に挑戦した文学革命は、おのずから宋元以来の口語系俗文学の再評価を伴ったが、彼には正統詩文の修辞主義と同様に、戯曲小説類の卑屈さや無稽ぶりによっても充たされぬ情趣の渇きがあって、それが江戸文芸に彼を導く一因をなしたことは、疑いない。つまり、中国の士大夫ほど庶民と隔ってはなかった江戸知識人の手による平淡俗語の文芸への昇華には、彼の「平民」(のちに「凡人」と言いかえられる)の文学の要求に応えるところがあったわけだ。このように、彼の日本文化への関心は、最初から共感的と呼ぶに耐える深い理解と真摯な文化批判の意志との交錯の上にあった。(3)

まさしくそのとおりである。本書では周作人の情趣の渇きを充たすべき江戸の領域をたんに歴史的な時代区分上の江戸にとどめることなく、江戸そのものの情趣を受け継ぐ領域を拡大し、その中で彼のエロティシズムやユーモアから閑適、苦味へと歩んでゆく、心理的遍歴の軌跡を念頭におくことによって、彼の全人像が描ければと願って論究をすすめたものである。

また、本書においては江戸庶民文芸の歌舞伎については触れていない。周作人の作品が日本の歌舞伎については全然触れていなかったからである。そのかわり江戸庶民文芸とは言いがたい狂言については早くから注目し、中国に紹介している。狂言との関係については別稿(4)で論じているので、それを参照されたい。歌舞伎はどちらかというと、勧善懲悪的な封建思想を強調した演目が多く、思想革命を目指す周作人は「五四」時期において中国の京劇を嫌うと同じように、日本の歌舞伎も彼の興味を引かなかったのであろう。

注

(1) 木山英雄『周作人「対日協力」の顛末』(岩波書店・二〇〇四年)
(2) 方紀生編『周作人先生のこと』(光風館・一九四四年)
(3) 木山英雄「周作人と日本」(『日本談義集』・平凡社・二〇〇二年)
(4) 拙論「周作人と狂言」(『九州中国学会報』第四十巻・二〇〇二年)
拙論「周作人の旧劇改良観——『目連戯』の改良を中心として」(『季刊中国』七十号・二〇〇二年)

第一章　周作人という人

江戸庶民文芸に終生深い関心をもち続けた周作人のありのままの姿を追究しようとするのが本書である。そのために、まず、周作人の青少年期から晩年に至るまでの事跡を追うことから始めたい。

一、青少年期（一八八五～一九〇五）

上海から南に下り、銭塘江の壮観な大逆流で知られる浙江省の東部に紹興という町がある。いまでは人口四百二十万を抱え、港湾都市寧波から杭州、上海へと通じる交通路の要衝であり、近くに蕭山《しょうざん》国際空港もあることから、軽工業、特に紡績業などの発展もめざましく、将来の経済発展も期待される都市である。また、紹興は中国国内だけでなく、国際的にも著名な江南水郷であり、石橋と酒造の都、あるいは名士輩出の地、書道の聖地として知られる観光拠点となっている。

しかし、十九世紀一八八〇年代までは、大禹治水や越の都としての歴史的遺跡があっても、人口十万にも満たない地方都市であった。そのような紹興の南に、一本の川に沿って一条の石畳の道があり、その道の福彭橋から東昌坊口までの道路沿いに、周家老台門、周家新台門、過橋台門など周家の大家族の住まいが並んでいた。

周作人は本名を櫆寿、字を星杓と称し、清の光緒十年甲申十二月一日（一八八五年一月十六日）、この浙江省紹興府会稽県東昌坊口の周家新台門に周鳳儀《しゅうほうぎ》の次男として生まれた。祖父周福清《しゅうふくせい》（字、介孚）は翰林院庶吉士（明、清期は新しく合格した進士から選抜された成績優秀者、三年後に要職につくようになる）にまで出世した人物であり、周作人が生まれた一八八五年はまだ北京に任官中であった。父親の周鳳儀（字、伯宜）は秀才（科挙試験の予備段階に合格した者）の資格を取った真面目一方の人物ではあるが、本試験の第一段階の郷試にはなかなか合格できず、悶々として閑居していた。母親の魯瑞《ろずい》は海辺に近い安橋頭村の科挙名門の娘である。女性なるがゆえに教育を受ける権利をもっていなかったが、独学で書物を読みこなした気丈な努力家であった。

周作人には四歳年上違いの兄（のちの魯迅）、三歳年下の弟周建人と末弟周椿寿がいたが、彼の幼少の頃には、さしもの名門周家も家計は傾きつつあった。斜陽の周家に追い打ちをかけるように、周作人が九歳の折、祖父が自分の子息と親族の何人かを科挙試験に合格させるための贈賄事件を引き起こし、官憲の追及を受け、その後自首し逮捕・投獄された。祖父の入獄によって、父の郷試の受験資格は剥奪されることとなった。周家は生計を立てるためと、入獄した祖父を助けるべく、所有地の売却を行なうが、それがさらに家計を追い込む結果となった。このような一家の凋落は、さなきだに地元の人や親戚の蔑視や誹謗を誘い、それを恐れた父親は、家族を皇甫庄の外祖母の家に隔離させた。

こうした片田舎での隔離生活も、周作人には新鮮に映ったようで、彼はその地で多くの民間風習にふれもしたし、また『毛詩品物図』[1]や『蕩寇志』[2]といった通俗的な書物に接することもできた。もともと、祖父も父親も、こうした雑書に親しむことを禁じてはいなかったこともあって、兄にせよ周作人にせよ、彼らは比較的自由に幅広く多くの書物を繙《ひもと》くことができたようであった。後に四歳年上の魯迅が見た紹興農村の生活印象とは相違して、周作人にとってそうした隔離生活も、また紹興での青少年期の生活も、それなりに楽しいものが多かったと言えそうである。[3]

一八九四年六月、彼らは隔離生活から解放されて実家に戻ったが、父親は祖父の贈賄事件のショック状態から抜けきれず、重病を得て寝込んでしまった。一家は父親の病の診療にもかなりの財産を売り払わなければならず、魯迅は質屋と薬屋の間を往復する日常生活を送らねばならなくなったと書いている。

病のためか、父親は全く無気力となり、周家の経済的負担や再建は周作人兄弟の肩に重くのしかかるようになった。六歳から四書五経を習い始めた周作人は十一歳の二月、兄の後を追うように近所の有名塾「三味書屋」に入り、科挙試験のための勉学に励むようになった。塾でも四書五経の勉学が中心であったが、その間にも兄弟三人は互いの小遣いを持ち寄って『海仙画譜』など雑書を購入したり、病床の父からも『聊斎志異』などを読み聞かされたりしたという。[4]その父の病の治療に役立てるため、薬学的な動植物関連の書を読み漁ったが、そのような努力も空しく、周作人が十二歳の時、父は肺結核でこの世を去った。その後の周作人は、もっぱら杭州の獄舎にいる祖父の世話に明け暮れたようであるが、元来祖父は頑固一徹で、何か気に染まぬと家族に八つ当たりするようなところがあった。しかし、このような祖父にとって、周作人はどこか心にかかる存在であったようで、一見厳しいようでもなにくれとなく周作人に科挙のために必要な学問、知識を教えたという。周作人も祖父の気性を理解しており、「いつも祖父のそばにいるので、あまり厳しいとは感じていなかったし、生活もまあまあよかった」[5]と述懐している。

彼の読書に対する態度や理解力は、こうした祖父や父親からの伝授のうちに自然に身についていったと言えるだろう。

また、名家の凋落の悲哀や貧困を身をもって味わった周作人は、社会に数多く存在している弱者の眼線で事象を眺め、高い読書力によって得られた視線でそれらを分析する能力を自分のものにしていったと考えられ、彼の思想や文学の基底を流れる、ヒューマニズムやフェミニズムへの理解は、そのような環境の中で育まれていったと言えるだろう。

一八九八年夏、彼は故郷紹興に呼び戻されている。そのころ兄・魯迅は江南水師学堂（南京）に入学を果たしており、この年の冬兄弟は共に科挙の予備試験の第一段階である県試に参加、合格している。魯迅はその後の科挙試験を放棄しているが、周作人はさらに府試にも合格した。しかし、院試までには至らず、父親が得た秀才の位置を得ることはできなかった。

この時期に周作人にとって衝撃的な出来事があった。それは末弟（周家の四男）の夭折である。彼にとって思いもかけぬ末弟の死は、同時に周作人の児童への関心を高める結果となり、彼の想いは様々な児童文学に関する調査・研究や晩年の児童雑事詩の創作へと引き継がれてゆくことになる。

一九〇一年秋、周作人はかつて兄が在学した江南水師学堂に補欠生として入学、そのときに名を「作人」と改めている。翌年一月、同学堂管輪班に正式入学した。当時彼は魯迅（すでに早く江南陸師学堂附設路鉱学堂に転学していた）の影響もあって、林紓《りんじょ》訳の小デュマ『椿姫』や厳復《げんぷく》訳のハックスリー『進化と倫理』（中国語訳・『天演論』）を読んでいた。ことに厳復が『天演論』で、「人は『物競』（生存競争）と『天択』（自然淘汰）の法則が支配するこの世界にあっては、従来のままでの中国はすでに「不適格者」として滅亡する可能性があることを、中国人が痛切なる自覚をもって認識する必要がある。そのため、中国が、今後の世界において存続するには「西学」に学び、「中学」にはない自主的精神を養うことを目的として、それに向かって改革の道を進む以外に方法はないとする」という言葉に強い共鳴を示し、この書を彼は何度も繰り返し精読したという。[6]

こうした厳復に対する共感はその後も続き、魯迅が一足先に日本に留学（一九〇二年）して、日本から周作人宛に送ってきた多くの書籍の中でも、多くの厳復訳の本（例えば、アダム・スミス『富国論』（中国訳・『原富』）や梁啓超《りょうけいちょう》編集の雑誌『清議報』『浙江潮』『新小説』などを読んでいたと言われている。

一九〇四年夏、祖父が病死。その年の秋、周作人は伯父のすすめで東湖通芸学堂に英語教師の職を得たが、僅か二カ月足らずで再び江南水師学堂に戻っている。

この時期、彼はヨーロッパの科学思想や民主主義思想、それにヒューマニズムなどの影響を受けると共に、その文学にも関心をもち、たとえば有名な『アラビアン・ナイト』の「アリババと四十人の盗賊」（「俠女奴」）や、エドガー・アラン・ポーの『黄金虫』（『玉虫縁』）などを翻訳しているし、同時に彼は初めての文語体小説『孤児記』[17]（一九〇六年）にも筆を染めている。そして、仏教書に親しみ始めたのもこの頃からのことである。

こうした一方で、彼は南京や北京を訪れた合間に、杭州の拱宸橋や上海の青蓮閣といった遊里にも足を運んだり、紹劇や京劇にも浅からぬ興味を抱えたりして、なかなか多趣味な面をうかがわせている。[8]

二、日本留学時代（一九〇六〜一九一一）

一九〇五年末、周作人は国費留学生試験に合格したが、近視のため海軍での勉学は見送られた。翌六年秋、派遣されて日本で土木建築学を学ぶことになった。そのころ結婚のために呼び戻された兄・魯迅が再び日本に戻ることになったのを機に、兄に同行して周作人も日本に渡る。東京に着いた彼は、兄が止宿している本郷湯島二丁目の伏見館に居を定めた。彼はその下宿ではじめて日本人の女性（乾栄子）の素足を見て、かなりのカルチャー・ショックを受けたらしく、後年に至ってもしばしばそのことにふれている。当時の中国女性のほとんどは纏足を施されていて、それを夫以外の男性に見せることなどもっての外だったからである。それにひきかえ、日本では女性が素足を見せることは日常化しており、その自然な素足の美しさは、女性美の一端とさえ考えられていた。いずれにせよ、それは周作人にとって、極めて印象的なものであったと同時に、彼の文学の骨格をなす、フエテイシズムないしはエロティシズムは、すでにこのとき密かに芽生えていたと考えてもよい。

　また周作人は、日本の衣食住についても彼ならではの関心をもって眺めていた。簡素で日常の生活に適合した四畳半の空間や、外光を柔らかく室内に採り入れる障子、隣室を隔てる間口の自在な襖、そして簡素な中にもなにかしら威厳の漂う書院や床の間などは周作人を魅了した。それらに対するこだわりようは、一九三四（昭和九）年、関東大震災から破壊を免れた本郷菊坂町に止宿し(9)、和服に下駄履き、それにステッキといったいでたちで帝国大学あたりの古本屋や屋台を、散策かたがたひやかして歩いたといわれることにも表れている。

　食事についても日本の食事と故郷の食事を対比しながら味わったらしく、たとえば味噌汁を紹興の干菜湯《ガンツァイタン》（乾し野菜のスープ）、金山寺味噌を豆板醤《トウバンチャン》、福神漬を醤咯噠（かぶの味噌漬）、牛蒡《ごぼう》と独活《うど》を蘆笋《ルースン》（あしの芽）、塩鮭を勒鮝《ローシャン》（このしろの干物）、といった具合である(10)。

　周作人の読書好きには兄・魯迅の影響があり、南京では兄に倣って梁啓超編集の雑誌『新小説』や科学小説、あるいはいわゆる「林訳小説」を耽読したという。そして一九〇六年日本に留学した周作人は、まず、中華留学生会館の日本語講習班で学び、その後法政大学の予科に入って、更に一九〇八年立教大学予科に転学、そこで英語と後のギリシャ古典翻訳に繋がる古典ギリシャ語を修得した。[11]

こうした彼の語学力と読書好きは、書物への関心を一層高め、東京での書籍購入量は、彼の生涯でも最大の量であった。またその購入遍歴はそのまま彼の思想遍歴の軌跡であったと言ってもよい。

また、周作人は留学間もなく、魯迅や許寿裳《きょじゅしょう》たちと協力して文芸雑誌『新生』の発刊を試みると同時に、その文芸活動の一端として抑圧民族の作品の翻訳を企てたが、『新生』発刊の方は失敗に終わった。

一九〇七年彼は魯迅との共訳になるイギリスの作家の合作小説『世界欲』(『紅星佚史』[12]、(The World's Desire) を商務印書館から公刊した。以後トルストイ、ポーランドのシエンキエヴィチなどの著作を次々に翻訳していく。

さらに、留学中の彼は、魯迅と共に一九〇九年、『域外小説集』一・二集を公刊した。この小説集は欧米や東欧作家など各国の短編小説(三十七篇、内三篇は魯迅訳)を収録したもので、彼らはそれらを通してヨーロッパの近代文学の内実を示そうとした。しかし、この小説集は主として英語、ドイツ語からの重訳で、翻訳があまりにも原作にこだわりすぎたため、また文語訳で難解なこともあって不評であった。しかし、いずれにせよ、こうした周作人の翻訳活動は、中国において、もっとも早い時期にヨーロッパ文学を紹介したものとして評価に値する。

また、一九〇七年から周作人は東京で発行された『天義』『河南』などの雑誌に長編論文を発表している。「ロシア革命と虚無主義の区別を論ず」(一九〇八年)「文章の意義とその使命、及び中国近年来の論文の得失を論ず」(一九〇八年)「哀弦篇」一九〇九年)などは、魯迅が『河南』雑誌に発表した「人間の歴史」「科学史教篇」「魔羅詩力説」「文化偏至論」などの論点とほぼ一致して、兄弟肩を並べて東京で活躍したといえる。[13]

さて、一九〇八年春、周作人は兄・魯迅や友人たち五人と、同じ本郷でも、夏目漱石が住んだことのある西片町十番地七号に引越したが、その家で彼らの食事の世話をしていたのが、後に妻となる羽太信子(一八八八〜一九六二）である。翌年彼らは、七号から十九号へと再び移転したが、そのときも行動を共にし、なにかと彼らの世話を見たのが信子であり、周作人の信子への愛もまた、徐々に深まっていったと思われる。そして、その年（一九〇九年三月十八日）、二人は結婚した。周作人、信子の二人は新居を下町情緒豊かな麻布区森元町に構え、その地で周作人は日本の下町情緒を満喫することになる。

こうした夫婦を魯迅は兄として物質的にも支援すべく、中国に戻って働くことになる。[14] 魯迅の帰国後周作人の日本での生活のほとんどは自分で処理しなければならなくなった。しかし、それをきっかけに彼の日本語の修得は本格化し、彼が選んだテキストは、彼の好みもあってか、日本の諧謔的なものが多く、たとえば「狂言」「滑稽本」そして「川柳」「落語」などがあげられる。これらの江戸庶民が楽しむ文芸は、後の周作人文学に大きな影響を与えてゆくことになる。

また、周作人は日本留学中に多くのヨーロッパ近代思想から影響を受けるが、当時の日本文学は、十八世紀末にヨーロッパで起こったロマンチシズムの影響もあって近代市民社会の個人主義を背景とする自我の覚醒と拡大、あるいは超越的なものへの憧れを特徴とする〈私〉の近代化がすすみつつあり、そうした新しい〈私〉の表現を切り開いた与謝野晶子、石川啄木、木下杢太郎といった詩人が輩出していた。周作人がそのような日本文学の新しい動向に目を向けぬはずもなく、これらはその後の彼の文学に多大な関わりをもつにいたる。[15]

三、帰国後の紹興、北京時代（一九一一〜一九三六）

一九一一年秋、周作人は日本での留学生活に終止符を打って故郷紹興に戻った。折しもその直後に辛亥革命が勃発したが、彼は蟄居して静観する立場を取っていたようである。しかし、文筆活動は盛んで、「望越篇」（一九一二年）「望華国篇」（一九一二年）と題する政治評論[16]の筆を執ったりして革命を擁護した。その後も、たびたび短い評論や、イギリス、あるいは日本の新聞から翻訳した論評を『越鐸日報』に掲載したりした。

一九一二年二月、周作人は朱遏先《しゅあつせん》の紹介で浙江省軍政府教育司の課長に任命され（赴任せず）、その後省視学となったが、半年後病を得て辞任した。一九一三年春、紹興県教育会会長に選出され、同時に浙江省立第五中学校の英語教師となった。教育会会長としての周作人は、実弟周建人《しゅうけんじん》とはかり、「紹興県教育会修正章程」なるものを起案し、会の運営の正常化を果たそうとした。また、同年の十月に『紹興県教育会月刊』（後に『紹興教育雑誌』と改称）を発行、外国の教育思想や現代科学の方向を紹介したり、またあるときは中国の民間風習や古跡調査などの推進を提唱したりと、実に様々な活動をしているが、中でも注目すべきは児童に関わる一連の研究、翻訳、資料収集とその整理がある。[17]彼のこうした努力が、やがて省内の小中学校教科書の改訂に結びついてゆく。また一九一四年七月に『中華小説界』一巻七期に、周作人の最初で最後の白話小説「江村夜話」が発表された。

一九一七年、北京大学学長蔡元培《さいげんばい》の要請で、周作人は上京、同年四月、北京大学附属国史編纂処での仕事に携わり、新学期が始まる九月には同大学人文科学学部の教授に任命されている。

周作人が北京入りして間もなく張勲《ちょうくん》による皇帝復位事件、つまり復辟事件（一九一七年七月）が発生した。辛亥革命の後、袁世凱《えんせいがい》が中華民国臨時政権を孫文《そんぶん》の手から奪い、臨時大統領に就任した。その後しだいに独裁を強めるようになり、一九一六年自ら皇帝になることをたくらんだが、急死した。中国は北洋軍閥の複数の派閥の支配下におかれていた。そうした混沌とした中で北京を支配したのは、日本からの支援をバックにした安徽派の段《だん》祺瑞《きずい》である。段は力をもって反対派を弾圧し、「日華親善」政策を推し進めた。これに対し、袁に替った大統領の

日本留学時の周作人（1910年）。
出所：方紀生編『周作人先生のこと』光風館・1944年

黎元洪《れいげんこう》は国会に諮って段のドイツ参戦に反対し、その役職を剥奪した。段はこの大統領の措置に抗して各省の督軍を動員し、大統領を脅迫する挙に出た。このとき、督軍団の一人として軍隊を率いて北京に入ったのが、張勲である。彼は黎元洪に迫って大統領辞任と国会の解散を強要したあと、突如クーデターを敢行して、退位していた清朝皇帝宣統帝（溥儀《ふぎ》）を担ぎ出し、共和制の廃止と清朝復活を宣言した。これが復辟事件である。この時代錯誤とも言える試みはわずか十三日で失敗するが、段は再び国務総理として復権し、中国はドイツに宣戦を布告したのである（一九一七年八月十四日）。

このように辛亥革命という歴史的な大変革の後も、僅か六～七年の間に中国は希望と挫折が織りなすような状況の中で、揺れ動いたのである。

すでに述べたように、周作人の帰国直後に起こったのが辛亥革命であるが、彼はそれに対して比較的冷静であり、静観の立場を取っていた。しかし北京入り直後に発生したこの張勲復辟事件に対しては大きな衝撃を受けた。その後周作人は何回もこの事件にふれ彼自身に対する影響を述べた。また中国の改革の難しさと長期的な思想革命が必要だと改めて認識したのである。

紹興での家族写真（1912 年）。真中は母の魯瑞、その右は妻・羽太信子と長男周豊一、左は妻の妹・羽太芳子（当時は周建人の妻だった）。後列左は弟の周建人、右は周作人。出所：鍾叔河『周作人分類編』⑩・湖南文芸出版社・1998 年

こうした状況の中で第一次世界大戦は連合国の勝利のうちに終結し、一九一九年一月、パリで講和会議が開催され、中国はドイツが保有していた山東省の権益の日本への移譲を承認した「二十一カ条条約」の撤廃を求めたが、拒否された。折しも世界は第一次世界大戦のような大規模な争いを避けるべく、「国際連盟」を組織化しようとしていたが、日本が提示したこの条約を否決することによって国際連盟から日本が抜け落ちることを恐れたアメリカは、日本の対ソ闘争の利用も考え合わせて、この山東問題で譲歩したのである。

これが中国民衆の激しい反発と怒りを買い、一九一九年五月四日、北京の学生約三千人が抗議のために立ち上がった。「五四運動」と呼ばれる一連の運動は、これが発端である。

「五四運動」は、中国の歴史の新しい段階を画するものであった。それはこれまでの政治運動が、少数の革命家の武装蜂起や政客・軍閥の勢力争いにとど

まったのに対して、大規模な民衆運動として進められたことである。すなわち、学生、商人、労働者などが、それぞれの生活の場から立ち上がり、みずからの組織をつくり、互いに連帯してデモ、スト、ボイコットなどの手段を武器に、社会の底辺から政治を動かした運動であった。

そのような運動の中で、全国各地に革新を求める青年、学生の結社が生まれ、運動を通して民衆の力を実感した彼らは、小雑誌を発刊して平易な口語文体で民衆に自分たちの主張を訴えかけると同時に、働く人々の中に入って革新への実践活動を行なった。

こうした一連の「五四文化運動」の思想的な口火を切ったのは、広義にはこれを含めて「五四運動」と呼ばれているが、一九一五年から始められた「新文化運動」であり、その中核となったのが雑誌『新青年』であった。『新青年』は、一九一五年上海で発刊され、二三年に停刊されるまで陳独秀《ちんどくしゅう》、胡適《こてき》、李大釗《りたいしょう》などによって編集され、ヨーロッパの近代合理主義、民主主義、科学主義の立場から中国の封建的な政治と文化を批判し、辛亥革命以後も続く暗黒支配に抵抗する青年、学生の間に革新への激しい意欲を盛り上げていった。ことに封建思想の根底に横たわる礼教、つまり儒教倫理に対しては、それが反動支配の根源であり人間抑圧の元凶であるとして、全面的な否定の立場を取った。呉虞《ごぐ》は、礼教に支えられた家族制度こそ専制支配の根源であると批判し、魯迅は「狂人日記」の中で「人が人を食う」礼教の世界を深刻に描いた。また胡適はこれより早く『新青年』二巻五期に「文学改良芻議」を発表（一九一七年一月）、文語体に象徴される伝統文化を批判した。

「新文化運動」は、その徹底した反封建性によって「五四文化革命」とも呼ばれている。さらに同巻六期には陳独秀の「文学革命論」が掲載されて注目を集めた。周作人は『新青年』で活躍している陳独秀、胡適、李大釗とも知り合い、一九一七年九月から彼の翻訳したものが連載として同誌に掲載されるようになった。その年の暮れ、陳独秀、胡適、李大釗たちは『新青年』とは別に『毎週評論』を創刊したが、周作人は同誌に「人間の文学」(18)(「人的文学」・一九一九年)「平民の文学」(「平民的文学」・一九一九年)「思想革命」(一九一九年)などの著名な論文を発表した。

これら一連の論説文は、周作人の文学観の一端を示し、内容の面においてつまり「新文化運動」の理論建設に大きく貢献したといえる。

ところで日本では明治も末頃になると、長らく日本の近代文学を束縛していた古典主義的な美意識からようやく解き放たれ、文体においても新体詩や小説などの言文一致体が確立しつつあった。さらに社会的な現象として、日露戦争が終わり、戦争そのもので日本は勝利を得たものの、国力以上に多額の戦費の支出を強いられたため、その煽りを受けた経済は深刻な不況に見舞われた。しかしそれを契機として知識人の間に戦争に対する批判や反省が広がっていた。こうした中で、人々の意識が内に向って行くようになり、〈個〉への表現が、言文一致体の文学と重なりあうようにして現れはじめた。そして、大正期ともなると、同人雑誌を母体とする新しい作家群が次々と現れ活況を呈するようになった。このような流れの中で当時の若い知識人たちに大きな影響を与えたのが、武者小路実篤、志賀直哉、里見弴、有島武郎などを中心とする「白樺派」といわれる一群の作家たちである。白樺派が生まれた背景として、彼らの多くが経済的に恵まれた上流家庭の出身であり、経済的条件の整った環境で育った彼らは、当然知的水準も高い。そうした知的水準の高さが、日露戦争の現実から戦争そのものの矛盾や悲惨さをより深刻に受け止めさせたと言える。また当時日本に紹介されたトルストイの「人道主義」や、オイケンの新理想主義、あるいはベルグソンの「生の哲学」の影響があること、それに加えて大正デモクラシーの気運の高まりがあったことなどがあげられよう。

このような日本の文学界、思想界の流れが周作人に影響を与え、彼は武者小路実篤が提唱し実践する調和的な共同体を目指した、ある種の理想郷とも言える「新しき村」に大きな関心をもち、一九一九年夏、「新しき村」のある九州・日向（「新しき村」は一九一七年、宮崎県児湯郡不城町石河内に農業協同体として設立）に赴き、その賛同会員になっている。そして帰国後「日本の新しき村を訪ねて」という紀行文を雑誌『新潮』に寄せ、また天津で「新しき村の精神」と題する講演を行なったりしている。

一九一九年夏と言えば、「五四運動」勃発直後であるが、実は彼が妻子を同行して日本を再訪したのはこの年の春であり、そのさなかに彼は「五四運動」勃発を知った。そのため周作人は妻子を残して急遽帰国し、七月になって残してきた妻子を迎えるべく再々度日本に戻り、その時に九州・日向を訪れたのである。

こうした行動の前後の問題は別として、周作人にとって、新生中国に現時点で最も求められていることは、やはり中国という古い嚢に新しい酒を盛ることであった。その新しい酒すなわち新しい考え方、新しい思想は近代的な民主の精神に直結するものであったに相違ない。そのために彼は、新しい文学は「人間の文学」であり、それは人間である限り、万民に普遍的に当てはまる「平民の文学」でなければならないとしたのであろう。このことが、彼をして白樺派に共鳴せしめたと言える。

一九二〇年四月、周作人は「新潮社」に参加、十月にその主任編集者に選出され、さらにメンバーの茅盾ら十二人とともに「文学研究会」を設立して、研究会の宣言文を起草している。また、その冬には北京大学で「歌謡研究会」を発足させ、同志の沈兼士《しんけんし》と手を組んで主任の任に就いた。

一九二〇年代は、周作人にとって彼の生涯の中でも最も旺盛な活動の時期で、彼は対外的な役職の合間にも日本やヨーロッパの短編小説の翻訳（多くは人道主義的文学の作品である）や、『新青年』『新潮』『毎週評論』『晨報副刊』などに大量の白話詩文を発表して、封建的な礼教やそれに基づく道徳などを批判、また無気力化しつつある中国国民の精神の在り方に警告を発したりしている。

周作人は一九二〇年末、肋膜炎を患い、翌年春、病状が悪化して北京の山中病院に入院を余儀なくされた。一時病状がさらに悪化したが、兄・魯迅やその家族の手厚い看護によって一命はとりとめた。その高熱のもとで彼は「病中の詩」(「病中的詩」・一九二一年)を書いている。その後周作人は北京西郊の西山碧雲寺に三カ月間療養の身を横たえることになった。この時期、あれほど中国全土を揺るがせた「五四運動」にも変化が起こりつつあった。

それでは「五四運動」は青年学生たちに何をもたらしたのだろうか。それを一言で言うならば、新しい人間としての転換への意識の覚悟であったと言える。つまり民衆の一人として特殊身分である自己を否定し、知的能力を社会のために生かす覚悟である。このことを青年たちは民衆と共に運動する過程で学んだのである。このことから一九一九年から二〇年にかけて、いわゆる「工読互助運動」が、あたかも熱病のような拡がりを見せていった。こうした考え方の底には、シモン、フーリエ、オーウェンの「空想的社会主義」やクロポトキンの「相互扶助論」、あるいは周作人が紹介した「新しき村」などの影響が明らかに認められるが、それにもまして彼らの中にあったのは、封建的な道徳に拘束された家庭から脱出し、独立した人間、働く人間となって生まれかわろうとする情熱であったと言える。しかし、本来彼らには中国社会に根強くはびこる封建的思想、あるいは習俗を、一挙に破壊する能動的な力には甚だしく欠けるものがあり、蔡元培、陳独秀、李大釗、胡適、魯迅、周作人たち「新文学運動」の指導者たちの積極的な支援にも拘わらず、その運動は数カ月でたちまち挫折していったのであるが、これを挫折と切り捨てるには問題があり、見方によればこれは『新青年』を中心とする「新文化運動」の量的な拡大であると同時に、その拡がりの中で生まれてきた「挫折」というよりも「質的転換」と捉えるべきであろう。

先述のように、第一次世界大戦の戦後処理のために連合国側とドイツとの間で調印されたヴェルサイユ条約(講和条約)が、中国人の期待を裏切るかたちで調印され、それに鋭い反発を示してひきおこされたのが「五四運動」であるが、それは徐々に西欧の民主自決政策の欺瞞《ぎまん》性を露呈しつつあり、中国の青年層の間に西欧的民主主義に対する幻滅を生んでいた。そして、それに代わってロシアで起こった十月革命の劇的な社会変革が、新鮮な魅力で青年を捉えていった。

「五四運動」は、反帝国主義、民族解放の理論を、青年たちにその体験を通して教えていった。彼らはこうした過程で、かつて『新青年』が主張した西欧近代文明をモデルにした新文化創造への呼びかけがもはや色褪せつつあることを学びとっていった。と同時に、青年たちはそれを超えて進みはじめたのである。

そうした流れを、先頭を切って歩んだのが李大釗である。彼はマルクス主義に基づいた論文を次々に発表してゆき、「新思潮」という言葉はそのまま社会主義を目指す代名詞的な存在となっていった。

しかし、このようにひとくくりにして社会主義と言っても、その中にはあらゆる社会主義的な思潮が、渾然として入り交じっており、マルクス主義、アナーキズム、サンディカリズム、ギルド、ソーシャリズム、トルストイズム、あるいは空想的社会主義から孫文のいう民主主義、武者小路の「新しき村」にいたるまで、おおよそ新しい思潮のすべてが、社会主義として一括されて、往々にして同一人物の思想の中にそれらが未分のまま混在し、ただ、現状の根本変革を求めるエネルギーとして渦巻いていたと言えるのである。

ところで、あらゆる思潮がある特定の主義のもとに一括してくくられると、当然のようにそれらを巡る対立もまた表面化してくる。「五四運動」を含む「新文化運動」も同様で、これらの運動はこのことを契機として転換期を迎えるとともに退潮の兆しを見せ始めた。すなわち、この運動の初期的段階にあっては、旧社会の「暗黒」を摘発し、新文明の「光明」を鼓舞する点で彼らは完全に一致していたが、問題がそれを超えて進んだとき、対立と分裂は不可避なものになっていったのである。胡適と李大釗の間で争われた「問題と主義」論争(一九一九年七月)がその例である。また『新青年』は陳独秀の左傾と共に共産主義化して文学から離れていく。後に周作人も信仰の自由論争を機に陳独秀とも袂を分つことになる。[19]

このような中国思想界の転換は、当時の中国のように急激に変革された社会が内蔵する歴史的必然とも受けとれる。周作人の場合も病がきっかけとなったにしても、同様な思想的転換がうかがえる。彼は療養期間中にも筆を止めなかったし、また、病が癒えて下山してからも叙事的、叙情的な小品文や山居雑詩などを書いているが、それらの作品にも明らかに彼自身の精神内部で起った変化、すなわち自己の内部での矛盾や苦悩といった精神世界を表出させる傾向ある。

周作人は、病気快癒後の一九二二年夏、胡適の推薦によって、燕京大学の文学学部の主任に就任し、秋には高等師範学校(後の国立北京女子大学)、華北大学、平民大学、孔徳学院、北京一師、二師などの授業を兼任するようになった。その頃、彼は最初の文芸散文集『自分の畑』(『自己的園地』・一九二三年九月)を世に出している。

ここでもう一度一九一一年の辛亥革命に立ち戻ってみれば、一応孫文の言う民主主義(三民主義)は達成されたように見えたが、袁世凱の老獪な政略や、続いて起きた復辟事件などによって、共和制とは名ばかりのものとなり、中国は軍閥の割拠する戦国時代のような様相を呈した。しかもそうした地方軍閥は、それぞれ日本、イギリスなど先進列強の軍事的・経済的な支援を受けていた。

ところが、第一次世界大戦がヨーロッパを戦場として開始されることによって、ヨーロッパの資本主義国家は、わが身に降りかかる火の粉を払うことに腐心し、遠く離れた中国軍閥の事情に関わるどころではなくなった。こうした間隙を狙うかのように日本の資本主義が中国に進出し、大発展をとげる。一方、中国の民族資本主義もこの機に乗ずるように急成長を遂げてゆくのであるが、大戦が終結して一時的に中国を離れていたヨーロッパ資本主義が中国に戻ってくると、まだ成熟にはいたっていない中国の民族資本主義は対抗することができず、先進資本主義国が生産する低廉な繊維製品に圧倒され、たちまちのうちに危機状況に追い込まれていった。

孫文の最も重視していた民族主義は、中国を満州人の支配から解放することであった。晩年に至って孫文は、たとえ革命によって満州人の手から解放し得たとしても、いまなお欧、米、日といった外国人の軛から解き放たれていない中国を痛感するようになり、真の民族主義革命を達成するには不平等条約を廃棄し、土着資本主義を守るためのブルジョア民主主義革命に結びつけることが必要だと考えたのである。

孫文は、「革命未だ成らず」という遺言を残し、一九二五年三月病没したが、その孫文なき後の中国国民党にあって、頭角を現してくるのが蒋介石《しょうかいせき》である。蒋介石は浙江省の出身であり、夫人の宋美齢の実家との関係もあって浙江財閥と密接な関係があった。蒋はこの関係を利用して、ブルジョア革命を推進する中心的な立場を確保するようになるが、中国に既成の特殊権益を持たないアメリカは、宋夫人に接近することによって新しい実力者蒋介石からの支持を得つつ、彼をバックアップしてその特殊権益を得るべく働きかけを強めていった。

孫文の死後の三年間は、中国民衆の反帝国主義、反軍閥の闘いが大きなうねりをもって中国全土を揺るがせた時期である。その第一波とも言うべき闘いが、上海を中心とする大労働争議、いわゆる「五三〇事件」(五卅運動)である。

その運動の発端となったのが一九二五年五月十五日の事件である。その日、上海の日本資本の内外紡績工場の争議中に、日本人監督が組合員の中国人を射殺し、十数人の労働者に負傷させるという事件が発生した。この工場では、二月にも中国人労働者に対する非人道的虐待に抗議するストライキがあり、それに加えるように発生したこの事件に対する抗議は、上海の二十二の工場から青島の十工場（いずれも日本資本）にまで拡がりを見せはじめた。

この事件に激怒した上海の学生たちは、約二千人を動員して抗議し、これを契機として反日英帝国主義の運動が上海全市に広がった。加えて中小企業主や商人たちも呼応し、上海租界の機能を麻痺状態に陥れたのである。このような状況に危機感を抱いたイギリス、日本、アメリカ、イタリアは、それぞれに陸戦隊を投入し、六月十日までの僅かな期間に死者三十二名、負傷者五十七名に達する武力弾圧を加えた。この強引な弾圧はかえって闘争の火に油を注ぐ結果となり、反帝国主義の運動は野火のように全国の主要都市に拡大していった。

一九二五年七月一日中華国民政府が成立し、その直後、国民党左派の廖仲愷《りょうちゅうがい》が暗殺され、国民党内の戴季陶《たいきとう》が主導する「西山会議派」と、蔣介石が指導する「孫文主義学会」という右派が公然と活動をはじめ、このため広州では右左両派の確執が顕在化しつつあった。

右派の理論指導者である戴季陶は、階級闘争は孫文の三民主義とは相入れないとして、共産党を国民党から排除しようとし、また「五三〇運動」のさなかにはブルジョアに協力して上海の労働者ストライキを解除させようとし、一方で広東では蔣介石が海軍の中の共産党員を逮捕、ソ連人顧問団の住居と省港罷工委員会を包囲するという、いわゆる「中山艦事件」を起こしている（一九二六年三月）。

その間に発生したのが「女子師範大学事件」（一九二四年十一月から始まり、二五年十二月に学生たちの勝利で

周作人の自宅（八道湾十一号）。
出所：孫郁『周作人和他的苦雨斎』人民文学出版社・2003 年

終わる）である。周作人は女子師範大学校長の楊蔭楡《よういんゆ》や北洋軍閥政府を痛烈に批判し、進歩的な立場を取る学生運動を評価・支持して、一連の文章を発表している。また北京の学生政治運動、愛国熱はますます昂揚し、一九二六年三月十八日、外交請願の愛国青年団は北京の国務院執政府前で衛兵の発砲を受け、五十人あまりの犠牲者を出した。魯迅のいわゆる「国民以来最も暗黒なる日」はこの「三一八惨事」のことである。

この時期、すでに北方での絶え間ない直隷派と安徽派との戦いのすえ、満州から張作霖《ちょうさくりん》を筆頭とする奉天系の軍閥が北京に入城した。張は大元帥として北方の覇権を握った（一九二六年四月）。

一方蒋介石は、「中山艦事件」以来急速に、党・軍内での勢力を拡大・強化し、彼を中心とする国民党新右派が形成されていった。

しかし、とは言っても蒋の新右派がすべての実権を握っていたわけではない。そこには、左派勢力や中共ブロックの存在もあり、互いに鋭く対立していた。

一九二六年の夏、蒋介石の率いる北伐軍は強力な軍事力と民衆の支援に支えられながら、怒涛のような勢いで進撃し、もともとその根拠地であった広東、広西に加え、湖南、湖北、江西、福建、浙江、安徽、江蘇など合計九省を革命のるつぼと化していった。

周作人自宅の日本間書斎の一隅。
出所：方紀生編前掲書

しかし、北伐が長江流域にまで達すると、この地域に多くの租界を持ち、利益を有する帝国主義列強との衝突は避けられないものとなる。現実に、一九二七年一月、漢口と九江のイギリス租界でイギリス兵と民衆の流血事件が起こり、三月には南京で民衆が外国領事館、住宅、教会を襲撃して、イギリス、アメリカ、フランス人など六人が殺害されるという事件（南京事件）が起こっている。

この事件の報復として、イギリス、アメリカの軍艦から砲撃が加えられ、中国の軍・民二千人が死傷した。この事件に加え、北伐軍はすでに上海近郊にまで迫ってきており、上海に租界をもつイギリス、アメリカ、日本、フランスは軍隊三万人を動員し、さらに軍艦三十艘を配備したのである。

このような緊迫した状況の中で、労働運動は嵐のように激化の道をたどりつつあり、そのすさまじい進展は、おのずから革命陣営の内部に不安の種をまき始め、深刻な階級対立をもたらしていた。すなわち、初期段階においては祖国の独立と統一を熱望していた民族ブルジョアジーも、燃え盛る労働運動の火の手がわが身に及びそうな段階になると動揺の度を深め、武漢などでは多くの資本が上海などに逃避するようになって、産業、金融などが停滞するようになった。また、農村部では国民党上層部や国民革命軍将軍たちと結びついた地主たちが農民運動の激化におびえ、ぞくぞくと都市部へと避難しはじめた。こうした状況が革命陣営にも影を落とし、階級対立が激化の方向をたどりはじめたのである。それが政治的には、南昌に国民革命軍総司令部をおいた蒋介石と武漢に移動した国民政府・党中央の多数を占める左派、共産党ブロックとの対立となって表面化した。

こうした状況下で、もはや蒋介石は共産党勢力に対する敵意を隠くそうとはせず、彼の直系軍が占拠している十余の都市で、軍隊と無頼漢を使って民衆運動や労働者運動を鎮圧した。当時、蒋介石は北伐の途中で投降あるいは帰順した軍閥の軍隊を傘下にいれ、二十万の軍隊を擁していたと言われる。

それに反して武漢政府は、共産党に指導された数千万の労働大衆に支えられているにも拘わらず、直接的に掌握している軍隊は蒋介石に比べてはるかに劣勢だった。そのような劣勢に立つ左派・共産党は、蒋の民衆運動弾圧に大きな危惧を抱き、党、軍、政府の組織を改編し蒋の軍事大権を抑圧しようとした。このように国民革命の情勢が極度に緊迫するなかで、一九二七年四月十二日、蒋介石による反共クーデターが敢行され、上海労働者に対する虐殺が行なわれたのである。この上海の惨劇は、アンドレ・マルローの『人間の条件』になまなましく描かれていることは周知の通りである（このとき、上海の運動を指導していた周恩来は、かろうじて難を逃れている）。つづいて四月十五日には広州でも同様な大殺戮が行なわれ、以後蒋介石の支配地区での白色テロは荒れ狂ったのである。

そうした中でこれまで極力蒋介石との決裂を回避しようとしてきた武漢政府もついに見切りをつけ、彼の党籍を剥奪したうえで逮捕命令を出すに至った。一九二七年四月十七日のことである。しかし蒋介石は逆にその翌日、南京に自派の政府を樹立して、徹底した共産分子の摘発と弾圧・粛清に乗り出した。かくして武漢と南京に二つの国民政府が生まれ、互いに対立しながら、自派の勢力拡大のために北伐を継続するという奇妙な構図が生まれた。これによって微妙な立場に立たされたのが、中国共産党である。すなわち中国共産党は、重なる政変の中で、あくまでも労農大衆の闘争に依拠しつつ国民革命を遂行しようとしつづけるが、地主やブルジョアジーに譲歩して彼らの容認できる範囲で民衆運動を抑制し、それによって国民党左派との合作を維持するか、その判断を迫られることになったのである。これに対して、陳独秀らの党中央は国民党左派との合作の道を選択するが、このことがレーニン亡き後のソビエト連邦から批判されることとなり、党は二九年、陳独秀を除名処分し、陳独秀もまた党と訣別することになった。中国共産党のこのような宥和策にもかかわらず、武漢政府は急速に変質して国民革命は挫折し、労農運動の巨大な波のうねりは潰え去るのである。そしてほどなく武漢、南京の両政府は合体し(一九二七年九月)、南京統一国民政府は帝国主義列強との妥協を図った蒋介石に主導権を奪われることになった。

一九二八年一月、蒋介石は国民革命軍総司令に復帰し、四月から北伐が再開された。しかし、その実態はもはや当初のものとは全く相違していて、かつての「一切の軍閥、一切の帝国主義を打倒する」革命戦争ではなくなっていた。とはいえ、軍事力は相変わらず強大で、他の軍閥軍を遥かに上回っていた。

これに対して北方には奉天派の軍閥・張作霖を中心として残存部隊がいたが、すでに彼らは戦意を失っており、北伐軍の総攻撃に遭ってすべての戦線で敗北し、同年六月三日、張作霖が北京を脱出したため、五日後の同八日、北伐軍は戦うことなく北京を陥落させた。蒋介石は北京陥落後いち早く北京郊外西山の碧雲寺に眠る孫文の霊に北伐完了の報告をし、北京は北平と改称された。

北伐軍の総攻撃の少し前、北京では張作霖の軍隊がソビエト大使館を襲い、機密文書を押収するとともに、潜伏していた李大釗ら共産党員を逮捕、処刑した。張作霖は、このほかにもこの年の夏、北京大学を閉鎖・解散させ、そのあおりで周作人は北京大学を離れることとなった。

こうした相次ぐ事件に対して周作人は深い憂慮の念を示し、処刑された李大釗の遺族に対して長期間にわたる物心両面で世話をした（魯迅はすでに一九二六年八月北京を離れ、廈門《アモイ》に移った）。

いずれにせよ、一九二〇年代は周作人個人にとっても困難の多い時期であった。すでに述べたように、二〇年の末には病に倒れ九死に一生を得たが、つづいて二三年夏には新文化運動を共に闘った兄・魯迅との不和が表面化し（妻信子がその原因ではないか、と言われている）、二九年には愛娘若子の死に遭遇することになる。

しかし、文筆活動は盛んで、一九二四年十一月には、銭玄同《せんげんどう》、孫伏園《そんふくえん》、李小峰《りしょうほう》らと共に「語絲社」を創立し、雑誌『語絲』の編集責任者となった。『語絲』は内容が多彩で、周作人は同誌に様々な記事を寄せて、その知識の幅の広さを披露している。

ところで、日本で民俗学（Folklore）の学術的な研究が始まったのは二十世紀の初頭の頃で、一九一〇年柳田国男によって民俗学会が創立されている。また児童文学や教育に対しても関心を寄せつつある。周作人が日本留学のために来日したのが、一九〇六年であるからちょうどその頃にあたる。周作人はそうした動向に感ずるものがあったのであろうか、帰国後すぐに民謡、民間故事、特に童謡に関心をもち、それらを収集して児童教育あるいは民俗学研究の資とした。周作人のこれらへの関心はその後も続き、北京に来てからも様々な歌謡を収集して、週刊誌『歌謡』を刊行している。一九二二年、彼は「神話と伝説」（「神話与伝説」）「謎々」（「謎語」）を書き、また「日本俗歌二十首」を訳した。さらに、二三年、「目連戯を談ず」（「談目連戯」）「童謡大観を読む」（「読童謡大観」）「呂坤《りょこん》の『小児語を演じる』」（呂坤的『演小児語』）「方言表音実例——紹興音」「各省童謡集について」（「関于各省童謡集」）「児童研究」「歌謡と方言調査」（「歌謡与方言調査」）など多数の論文を書いている。

この時期、周作人には『自分の畑』（『自己的園地』・一九二三年）『雨天の書』（『雨天的書』・一九二三年）『澤瀉集』（一九二七年）『談龍集』（一九二七年）『談虎集』上下（一九二八年）など数多くのアンソロジーがあるが、特徴的なことはそれまでの彼の筆致と違って、先鋭的なものが影をひそめた文章へと変わっていくことである。『雨天の書』などはことに芸術性の高いものとなっている。同書中の「初恋」（一九二二年）「故郷の山菜」（「故郷的野菜」・一九二四年）「北京の茶請け」（「北京的茶食」・一九二四年）「お茶を飲む」（「喝茶」・一九二四年）「蝿《はえ》」（「苍蝇」・一九二四年）などは好個の小品と言えよう。翻訳では『点滴』（一九二〇年）『現代小説訳叢』（第一・二集、一九二二・二三年）『現代日本小説集』（一九二三年）『陀螺《こま》』（一九二五年）『狂言十番』（一九二六年）『冥土旅行』（一九二七年）『黄色いバラ』（『黄薔薇』・一九二七年）『二筋の血』（『两条血痕』・一九二七年）などがある。

すでに述べたように、周作人のこうした文筆活動中にも、中国の政治状況は動乱のさなかにあり、一九二七年には蒋介石による反共クーデター（四・一二クーデター）が発生している。そうした北伐革命の挫折前後から彼は、新興の左翼文学をも拒絶しながら、生活意識や趣味の隅々にわたって文学革命の内実を問いかけていったと考えられる。そこにはすでに文芸を「生活の芸術」と捉えようとする彼の態度の発芽を見ることもできるし、またこうした内省的な文学活動は、「原始儒家」の礼の伝統を現代的に解釈し、復活させようとした彼の思想的選択と無縁ではない。

このような思想的遍歴の中で周作人は「乱世にいたずらに長生する」（「苟全性命于乱世」）を書き、「閉門読書論」（一九二八年）では爾後約十年に及ぶ隠逸生活を宣言するのであるが、そこには彼の心ならざる想いがこめられていると言えよう。さらに「三礼賛」（一九二八～二九年）、「水の中のもの」（「水里的東西」・一九三〇年）、「中年」（一九三〇年）など、後の名品と言われるエッセイをものにし、彼の心理的な葛藤を滲ませつつ、それに沈潜してゆく自己に転機が訪れたことを暗示している。

一九二八年晩秋、周作人は北京大学の文学院国文学部と日本文学部の主任教授に就任し、同時に同大学女子文理学院主任教授も兼任した。女子文理学院の方は一年足らずで辞任している。大学で彼は、つねにかつての北伐を支持し、学生たちの立場に理解を示していた。

一九三〇年、夏もまだ初めの頃、周作人は一九二九年の沈黙を取り戻すかのように、徐祖正《じょそせい》と散文週刊誌『駱駝草』を刊行して、「国事を語らず」「無益のことをなさず」と宣言する。翌三一年夏、彼は意を決したかのようにそれまで兼職していた各大学の教授職を辞任し、北京大学のみに専念するのである。そして同年冬、それまで書き溜めてきた文学論を集約し『芸術と生活』を出版した。さらに三二年春には『児童文学小論』が、上海児童書局から出版され、その年の秋も深まったころ、『児童劇』六編が訳出され、それらは紹興時期の児童文学研究とともに中国の現代児童文学の発展に大きく寄与している。

一九三三年五月から周作人は『ギリシャ神話』（全四巻）の翻訳にとりかかる。全訳を完了したのは着手後四年の歳月を経た、一九三七年のことであった。しかも、この書が実際に上梓されたのは、新中国誕生後のことである。

一方日本は、日清、日露の両戦争でようやく手に入れた満州の特殊権益を守ることを国家の至上命令とし、中国の国民党政府の存在がそれに悪影響を及ぼすことに大きな危惧を抱いていた。そのため奉天派軍閥の張作霖を極力援助する立場をとり、国民党政府との対立を深めるようになった。また、その特殊権益を一刻も早く確定するべく、新しい鉄道の敷設権などを張作霖に求めたが、中国国民の不平等条約の廃棄に集約される要求に対して、さすがの張作霖も簡単に回答を与えることはできなかった。日本としても強引に要求を押し通して中国国民の反発を引き起こすことは、自らの首を締めることにもなりかねない、いわば自殺にも等しいという認識であった。

日本の時の首相田中義一は、日本がこの問題に立ち入ることのできる機会を、虎視眈々と窺っていたが、北伐軍が山東省に入るや、「日本居留民の保護」を名目に、第二次山東出兵（一九二八年四月二十日）のため、第六師団を増強して済南に向かわせた。北伐軍もまた済南に進軍、入城したのは同年五月一日で、五月三日に日本軍と北伐軍の間で小規模な衝突があった。それがたちまち拡大し、大規模な市街戦となっていったのがいわゆる済南事変である。この事件での犠牲者は、中国軍二千人、日本軍二百三十人、日本人居留民十六人であったと言われている。

こうした状況を憂慮した蒋介石は正面から日本と対決することを避け、済南を迂回して北伐を続行した。この北伐軍が北京の南方約百キロに迫ったとき、張作霖はついに北京を放棄して脱出したのである。しかし、張作霖を乗せた特別列車は、六月四日奉天（現・瀋陽）に到着する直前に爆破されて彼は死亡する。即死であったという。この二つの事件は、第二次北伐のさなかのことで、その後の日中間の不幸な歴史を予兆させる出来事であったと言える。

張作霖爆殺事件は、日本の関東軍高級参謀河本大作らの策謀によるものとされているが、満州鉄道延長増設問題などで必ずしも日本の意のままにならなくなってきた張作霖を排除し、一挙に東北三省（遼寧、吉林、黒竜江）を関東軍の制約の下におこうとしたのである。

折しも一九二九年十月に始まった世界経済の大恐慌は、欧米資本主義列強に深刻な危機をもたらし、それでな

1934年来日時の写真（周作人をかこんで日本文壇の文人とのあつまり会）。右から島崎藤村、志賀直哉、里見弴、谷川徹三、有島生馬、菊池寛、豊島與志雄、柳澤健、佐藤春夫、武者小路実篤、周作人、銭稲孫、堀口大学
出所：方紀生編前掲書

くとも日露戦争によって膨大な軍事費の支出を余儀なくされていた日本に壊滅的とも言える打撃を与え、三〇年になると、日本はまさしく不況のどん底といえる状況に陥った。街には三百万人の失業者が溢れ、それにもまして農村の生活は悲惨を極めていた。各地で労働運動や小作争議が頻発する一方で、これに対抗する右翼運動も活発化していった。

こうした日本国内のファッショ化の動向と不可欠に結びついて、関東軍部内には満州と内蒙古の全域を植民地化して国内の政治的矛盾を外部に転嫁させるとともに、対ソビエト戦に備えて戦略的・地理的に優位な条件を獲得しておこうとする動きが急速に高まってきた。このような動向の中で日本軍部が意図的に勃発させたのが「満州事変」である（中国では「九・一八事変」と呼ぶ）。そして、この流れはさらに一九三七年七月七日の蘆溝橋事件に発展し、日中は爾後八年に及ぶ泥沼のような全面戦争に入ってゆくのである。

周作人は、すでに述べたように、「七・七事変」発生前の一九三四年夏、七月と八月の二カ月間、妻信子を同伴して再度日本を訪れている。日本では、井上紅梅、佐々木秀光、武者小路実篤に会い、その期間中にたまたま日本の市川（千葉県）に避難した郭沫若との面会もかなわない、九月に帰国した。

翌年、周作人は上海良友図書会社の招きで、『中国新文学大系』「散文一集」の編纂を託され、その序文執筆をも担当した。さらに同年、北京大学文科研究所が歌謡研究会を復活させた際には、その委員に選ばれてもいる。

このように中国は、国内外の問題を抱えていたが、周作人の執筆活動はさほどの衰えも見せず、一九二七年から三七年の「七・七事変」勃発までの約十年間に、『永日集』（一九二九年）『過ぎ去った生命』（一九二九年）『芸術と生活』（一九三一年）『児童文学小論』（一九三二年）『中国新文学の源流』（一九三二年）『看雲集』（一九三二年）『夜読抄』（一九三四年）『苦茶随筆』（一九三五年）『苦竹雑記』（一九三六年）『風雨談』（一九三六年）『瓜豆集』（一九三七年）『児童劇』訳本（一九三二年）などを出し、また『ギリシャ擬曲』（一九三四年）なども訳して、その健在ぶりを発揮している。

四、漢奸問題と北京の晩年（一九三七〜一九六七）

周作人を語る場合、避けて通れないのが彼の漢奸問題である。「漢奸」とは、漢民族の裏切り者、売国奴といった意味である。周作人のこの問題に触れる前に、もう一度当時の中国の事情と、それに対する日本の対応を見ておく必要がある。

満州事変以来の日本の対中戦略は、二つの政策の下に進められていた。一つは、占領区域に傀儡政権を樹立して中国中央政府からの独立を宣言させる、いわゆる「分治合作」と言われるもので、現地軍や軍部の急進派が担い手であった。もう一つは、分治合作のような軍事的圧力を背景としながらも、中国中央政府と外交ルートを通して日本の権益拡大を承認させようとするもので、いわば、「日中提携」を骨子としたものである。この方策は主として外務省や重臣たち、あるいは軍部の穏健派と言われる人々などによって主張されていた。この方策は日々勢いを増しつつある抗日世論を、国際共産主義運動や英米列強の影響から遮断し、国民政府の統一政策の指導のもとで、反共、反英米の方向へと転換させ、そこに日本を中心としたアジア世界を築かせようとするものであった。ところが、当時の日本政府（首班・近衛文麿）は、第一次近衛声明によって、前者、すなわち「分治合作」方式を表明したのである。

かくして中国に傀儡政府が誕生することになる。そして傀儡政府である南京政権樹立に貢献した汪兆銘が首班として登場する。日本が、汪兆銘を首班とする南京政府を正式に承認したのは、一九四〇年十一月三十日のことだった。

こうした状況の中で、「七・七事変」発生後北京大学は南（長沙、後に昆明）に移ることになった。周作人は、大学から学内財産の管理保護を委託されたことや、家族の安否が気がかりなことなどもあって、北京に残留することになる。その上でせまってくる生活の荒波を乗り越えるためにも、教授の身分を利用しながら翻訳でもと考えていたようであるが、それをするには彼は中国きっての知日派、親日派と言われており、彼自身は、文化的には親日であっても、政治的には決してそうではないと考えていたであろうが、彼を利用しようとした人たちは、彼のこうした二面性につけ入っていったと考えられる。

また、周作人には日本人妻がいる。そして彼は中国きっての知日家である。彼にその意識があったか、あるいは彼を利用しようとする日本人の多くがそのことを利用して圧力を加えたか、は別として、彼が選んだ道は政治的にも親日であることであった。

一九三八年晩冬の二月、周作人は北京飯店で催された大阪毎日新聞社主催の「更生中国文化建設座談会」なるものに出席した。当時日本では近衛内閣によって「東亜新秩序」あるいは「東亜協同体」論が打ち出されていて、大阪毎日主催の座談会の目的もそれに類するものであったと考えられるが、このことが伝えられると当然のことながら、中国の文芸界、あるいは全国人民の激しい怒りが巻き起こった。加えて三月には傀儡政府の教育部学制研究会常務委員、さらには同部直轄の編集審議会特約編集審査員も委任されていたのでなおさらのことだった。

このような周作人の行動に対して、五月五日「武漢文化界抗敵協会」が、その反逆とも見える行為に強く抗議し、翌日武漢の『新華日報』は「文化界から周作人を放逐する」旨の声明文を発表した。これを憂えた茅盾、郁《いく》達夫《たっぷ》、老舎《ろうしゃ》、夏衍《かえん》ら十八名の作家が連署して「周作人に与える公開状」なるものを送り、その中で「早く北京を離れ、南に下って抗敵建国の仕事に」と進言（一九三八年五月十四日）、ロンドン在住の胡適も一篇の白話詩を周作人に送り、北京から離脱して南に行くことを勧めた(周作人は九月二十一日付で返信の詩を書き送っている)。

周作人は北京大学教授の職はそのままに、米国寄りの燕京大学の客員教授も兼任していたが、この大学は日本側の激しい風当たりに晒されていた。こうした矢先におこった衝撃的な事件が、周作人狙撃事件である。一九三九年元日のことである。さいわいにして凶弾は周作人の上着の釦に当たり、左腹部に軽傷を負っただけで命には

周作人 80 歳のとき。出所：鍾叔河前掲書

別条なかったが、たまたま近くにいた車夫の一人に銃弾が命中し、彼は即死している。当時いろいろな憶測があって一説では日本側の謀略によるテロ事件だともいわれているが、その後の研究でことの真相は天津中日学院の愛国青年による漢奸排除だったことがほぼ明らかにされている。

しかし、原因が何であれ、この事件が周作人に与えた衝撃は大きく、彼はこれを機に急速に日本の協力に傾いていく。そして、直ちに燕京大学の職を辞任し、傀儡政府管轄下にあった北京大学の図書館長、三月には同大学文学院準備委員、八月には同大学教授兼任のまま、文学院院長に就任する。さらにその後も日本側の文化機関「東亜文化協議会」の主力メンバーとして理事に任命されている。

この年の四月、周作人は「東亜文化協議会」の評議員代表団を引きつれて、京都で開催された文学部会に出席した。日本滞在中に彼は、内閣興亜院や文部省、外務省、それに陸軍省、海軍省など各省を表敬訪問し、また、第一陸軍病院、横須賀海軍病院に負傷兵を見舞い、彼らのための醵金までもしている。その一方で彼は『秉燭談』(一九四〇年)『薬堂語録』(一九四一年)『薬堂雑文』(一九四四年)『書房一角』(一九四四年)『秉燭後談』(一九四四年)『苦口甘口』(一九四四年)『立春以前』(一九四五年)など大量のエッセイ(主に読書ノート)を執筆している。[20]

日本海軍による真珠湾攻撃が引き金となって太平洋戦争へと戦火は拡大していくのは、翌年のことである。

一九四五年八月、太平洋戦争も日本の敗北によって終結し、中国で繰り広げられてきた抗日戦にも終止符が打たれた。しかし、その年の暮、周作人は、漢奸の罪で国民政府に逮捕され、北京砲局胡同監獄に収監された。翌年五月、周作人をはじめ漢奸で罪を問われた人たちは南京老虎橋監獄に移送され、周作人は独房に収監された。そして、七月から八月にかけて国民政府南京高等法院で、周作人らに対して二度にわたる公開審理が行なわれ、十一月六日、首都高等法院は周作人に対して実刑十四年の判決を下した。周作人はそれを不服として上訴したが、国民最高法院は審理の結果、実刑十年の判決を下して結審・確定した。

収監中にも周作人は、イギリスで出版された『ギリシャの神と英雄と人』（一九五〇年）を翻訳し、また、忠舎（周作人が収監された獄舎名）雑詩、往昔詩、丙戌歳暮雑詩、丁亥暑雑詩、児童雑事詩、それに集外応酬詩、題画詩など二百編あまりを作詩している。

一九四九年一月二十六日、ついに南京政府が崩壊した。周作人は保釈されて老虎橋の獄舎から出獄、翌日上海へと向かった。上海滞在中にも、多数の詩文を書いている。同年八月、周作人はようやく北京に戻る。その後彼は膨大な量の小品を発表しているが、その中の一部は兄・魯迅に関わるもので、それらは『魯迅の故家』（一九五三年）『魯迅小説の中の人物』（一九五四年）『魯迅の青年時代』（一九五七年）などにまとめられており、魯迅研究の資料としても貴重な存在となっている。

このほかにもギリシャ、ロシア、日本などの古典や民話などを翻訳・出版している。たとえば『ロシア民話故事』（一九五二年）『スラヴ民話』（一九五三年）『アリストファネス喜劇』（共訳・一九五四年）『イソップ寓話』（一九五五年）『日本狂言選』（一九五五年）『エウリピデス悲劇集』第一～三集（共訳・一九五七年～五八年）、『ルキアノス対話集』（未詳）、日本の『浮世風呂』（一九五八年）『古事記』（一九六三年）『浮世床』（一九八八年）『枕草子』（一九八九年）などである。また卞立強《べんりつきょう》、羅念生《らねんせい》と『石川啄木詩歌集』（一九六二年）『平家物語』（一九八四年）を共訳している。

一九六〇年から六二年の二年にわたり周作人は香港の曹聚仁《そうしゅうじん》の要請で、『薬堂談往』と題した回想録を香港『新晩報』に連載していたが、これは後に『知堂回想録』・一九七四年）と改題され、香港三育図書文具出版社から出版されている。

このように周作人は晩年に至るまで、旺盛な執筆活動をしてきたが、一九六二年四月、妻信子の病死を見とり、周作人もまたその五年後の一九六七年五月、紅衛兵による迫害もあって、かねてからの病いであった前立腺の異常が悪化し、十分な治療を受けられず北京でこの世を去った。

享年八十三歳であった。

注

(1) 周遐寿（周作人）『魯迅的故家』（人民文学出版社・一九五七年）三十五、「娯園」。知堂（周作人）『知堂回想録』（香港三育圖書文具公司・一九七四年）六、「避難」。
(2) 周遐寿『魯迅的故家』（前掲）三十四、「蕩寇志的繍像」。
(3) 知堂『知堂回想録』（前掲）六、「避難」。
(4) 周啓明（周作人）『魯迅的青年時代』（中国青年出版社・一九五九年）「影写画譜」及び「魯迅与兄弟」。
(5) 知堂『知堂回想録』（前掲）二十五、「風暴的余波」。
(6) 厳復訳『天演論』（台湾商務印書館・一九六四年）
(7) 知堂『知堂回想録』（前掲）六十一、「魚雷堂」。この『孤児記』について、周作人は「二万字あまり、上海小説林書店に売ってはじめての原稿料二十元銀貨を手に入れた」という。ユーゴーを模倣した長編小説である。平雲（周作人）『孤児記』（小説林社・一九〇六年）
(8) 知堂『知堂回想録』（前掲）十五、「花牌楼上」。杭州で祖父の世話をした時、京劇好きの潘氏（祖父の妾）に京劇の脚本『二進宮』を写してやったり、北京に留学試験を受けに行ったときは京劇を三回も見に行ったりしたという。『新青年』には中国の京劇などの旧劇を猛烈に批判した時期があった。拙論「周作人と狂言」を参照。
(9) 張菊香、張鉄栄編著『周作人年譜』（天津人民出版社・二〇〇〇年）。一九三四年七月十一日、妻信子と日本帰省。十五日夜東京神田芳千閣旅館、十六日本郷菊坂町に移る。※今回の訪日で周作人の作品が日本で多く紹介され、注目されるようになる。
(10)知堂「日本的衣食住」(『国聞週報』十二巻二十四号・一九三五年。『苦竹雑記』所収・上海良友図書印書館・一九三六年)
(11)知堂『知堂回想録』(前掲)七十三、「籌備雑誌」。来日後に最初に読んだのは魯迅が帰国前に丸善書店に注文したゲーレー(Gayley)の『英国文学の古典神』、テーヌ(Taine)の『英国文学史』四冊であった。また駿河台の中西屋書店で買ったアンドルー・ラングの『習俗と神話』(Custom and Myth)と『神話儀式と宗教』二冊(Myth Ritual and Religion)は神話にはじめてふれた。ここから周作人は古典ギリシャ語に興味を感じ、一生古典ギリシャ語と付き合うことになる。
(12)ハッガード(Haggard H. Rider)、アンドルー・ラング(Andrew Lang)共著の『世界の欲望』(The World's Desire)を『紅星佚史』として翻訳。
(13)周作人の日本留学生活は魯迅の帰国を境に、前後二期に分けることができる。前期は魯迅の影響で翻訳を中心に活躍し、また『河南』『天義』などに書いた長編論文も注目される。
(14)許寿裳「帰国在杭州教書」(『亡友魯迅印象記』・人民文学出版社・一九五三年)
(15)一九一〇年前後から、つまり留学後期期間での周作人研究はまだ不十分であるように思う。特に日本文壇で発行された雑誌との関連研究は今後の課題である。
(16)帰国後『越鐸日報』に書いた「望越篇」「望華国篇」などが彼の辛亥革命に対する態度を見ることができる。
(17)帰国後から一九一七年北京に来る前までの紹興での活躍には児童文学に対する一連の研究、調査、整理が挙げられる。
(18)作人(周作人)「人的文学」(『新青年』五巻六号・一九一八年『芸術與生活』に所収)。(後に『毎週評論』創刊号に転載・一九一九年)。
(19)尾崎文昭「陳独秀と別れる至った周作人——一九二二年非基督教運動の中での衝突を中心に——」(『日本中国学会会報』第三十五集・一九八三年)
(20)傀儡政府の教育督弁に就任中に発表された「中国の思想問題」「漢文学の伝統」などは彼の対日協力時期の思想を見ることができる。

第二章　周作人と俳句

アヘン戦争以降、中国ではアロー戦争、清仏、日清戦争などの敗北を機に「立憲君主制」を目指した「変法維新運動」が起こった。その中から「詩界革命」「小説界革命」が提唱され、厳復、林紓らによってヨーロッパの近代思想や小説が導入された。変法維新運動は、保守派の反撃によってもろくも挫折したが、日本に亡命した思想家たちは、やはり日本に留学していた学生たちと手を携えて新しい運動の口火を切ろうとしていた。

こうした状況の下に一九〇九年日本に留学中の周作人は兄・魯迅と『域外小説集』第一・二集を出した。また一九一七年にアメリカへ留学した胡適は「文学改良芻議」を著して口語文を提唱し、ここに一連の「文学革命」（新文学運動）の幕が切って下ろされた。

ここでは、そうした経緯の中で周作人が歩んだ道、すなわち彼の文学的功績をたどることにする。

一、新詩の登場

変法維新運動前後の中国文壇は、新旧交替のはざまにあって、保守派は危機感を、革新派は期待感を抱きつつ、互いに鎬を削りあいながら、状況に立ち向かおうとしていた。特に形式的な伝統詩は、次第に口語化してゆく近代文学の趨勢に対応することもできず、新しい視点で人間の情感や心理を表現するには大きな障害を抱えていた。西洋からの直接的な、あるいは日本を通しての間接的な西洋思想摂取によって覚醒した心ある留学生たちや、それらの思想の導入を図る詩壇の人々もそのことに気づき、彼らは今や、新しい感性によって新しい思想を盛り込もうとひたすら努力を重ねつつあった。

中国の新詩は、「五四文学革命」の突破口として、このような西学東漸の思潮の中から、また伝統的因襲の重圧の中から次第にその芽を伸ばしてきたと言うことができる。

中国の文壇に新詩が最初に登場したのは、胡適の「胡蝶」からではないか。その後胡適、劉半農《りゅうはんのう》、沈尹黙《しんいんもく》らが『新青年』四巻一号に一連の「五四」早期の新詩を発表したのである。胡適の「胡蝶」は、新文化の啓蒙に大きな役割を果たした雑誌『新青年』二巻六号に「朋友」(1)と題して発表された。

両個黄胡蝶　雙雙飛上天　黄色い胡蝶がふたつ、たわむれながら空へ
不知為什麼　一個忽飛還　なぜなのか、そのひとつが舞いもどってきた。
剩下那一個　孤單怪可憐　のこされたひとつは、かなしくないのだろうか。
也無心上天　天上太孤單　それでも無心に空へ、空の上はやっぱりさびしい。

（拙訳）

口語調のこの新しい詩型は、形式上でも内容上でも中国の詩に新しい規範をもたらした。長期にわたり中国文学史の頂点にあって伝統的な詩型を形成していた句法や規則から脱皮し、伝統詩にはかつてなかった新しい手法

で、しかも文学革命をめぐって心の友（梅光迪ら）と袂を分った後のさびしい気持ちをうまく表現しながら取り込んでおり、また、このような詩型上の改革に止まらず、内容的にも当時の政治や時代の思潮を先取りする試みに満ちていた。つまり、これは清末梁啓超らの「詩界革命」の経験を踏まえた、中国の伝統詩への覇気に満ちた挑戦だったのである。しかし、一行十字の形式は、伝統的な五言詩の枠組みを完全に出るものではない。したがって、過渡期の作品にありがちな古い体質を引きずっているとも言えようが、前述のように、そこには初期的ながらも、自我に覚醒した青春の息吹きを詠み込もうとした新鮮さが認められ、その後の新詩の発展に大きな影響を与えたのであった。その後も中国の詩壇では多くの新詩が作られ、一定の新しい動きを見せたが、まだ優れた成果は現れなかった。[2]

その二年後の一九一九年、周作人は「小河」という新詩を同じく『新青年』の第六巻二号に発表した。これは当時伝統的詩型に甘んじて、精神的内容への反省もない、寂寥とした中国詩壇に、清新なる一石を投じようとした新体詩を側面から支持する気持ちで作ったものだと、彼は後年謙譲の情をにじませて語っている。この長詩は何と言っても中国新詩壇の傑作のひとつであり、これによって新詩の基礎が定められたと言える。そこで少し引用が長くなるが、全文を紹介しておく。

小河

一條小河，穩穩的向前流動。
經過的地方，兩面全是烏黑的土，
生滿了紅的花，碧綠的葉，黃的實。

小河

一すじの小河がおだやかに流れてゆく。
流れ通った所は、両岸がみな肥えた土になって、
花は紅く、葉は緑、黄色の実がたわわに実っている。

一個農夫背了鋤來，
在小河中間築起一道堰，
下流乾了；上流的水，被堰攔着，
下來不得：
不得前進，又不能退回，
水只在堰前亂轉。

水要保他的生命，總須流動，
便只在堰前亂轉。
堰下的土，逐漸淘去，成了深潭。
水也不怨這堰——便只是想流動
想同從前一般，穩穩的向前流動，

一日農夫又來，土堰外築起一道石堰。
土堰坍了；水衝著堅固的石堰，
還只是亂轉。

堰外田里的稻，聽着水聲，皺眉説道，——

ひとりの農夫が鍬を肩にやってきて、
流れの中にひとつの堰をつくった。
上流の水は堰止められ、下流は渇いてしまった。
水は下ることもできず
また進むも戻るもできぬ。
ただ堰の前をぐるぐる廻るだけ。

水は、生命力を保つために流れなければならない。
堰を前にしてひたすら廻る。
堰の下の河底は、水にさらわれ、深くなってゆく。
水は怨みごとひとつ言わず、ただただ流れようと、
もとのようにおだやかに前へ流れようとする。

ある日農夫がまた来て、堰の外にもう一つ石の堰を作った。
土の堰が崩れ、水は堅い石の堰にぶつかって、
やはりぐるぐるぐるぐると廻る。

堰の外の稲が水の音を聞きながら、眉をひそめてささやく。

「我是一株稻，是一株可憐的小草，
我喜歡水來潤澤我，
却怕他在我身上流過。
小河的水是我的好朋友，
他曾經穩穩的流過我面前，
我對他點頭，他向我微笑，
我願他能夠放出了石堰，
仍然穩穩的流着，
向我們微笑；
曲曲折折的儘量向前流着，
經過的兩面地方，都變成一片錦繡。
他本是我的好朋友，
只怕他如今不認識我了；—
他在地底里呻吟，
聽去雖然微細，却又如何可怕！
這不像我朋友平日的聲音
——被軽風攙着走上沙灘來時，
快活的聲音。

「わたしは稲、ひと株の小さい草。
水に私の喉を潤してもらえるのはうれしいが、
でも、わたしを押し倒してまで流れるのをおそれる。
河の水はわたしの良き友、
彼はかつてはわたしの前をおだやかに流れ、
わたしは彼に頷き、彼は微笑んでくれた。
わたしは望む。彼が石の堰からのがれ、
依然としておだやかに流れ、
私達に微笑んでくれるのを。
曲がりながらも精一杯前に流れて、
両岸が織りなす錦におおわれるのを。
彼はむかしからのわたしの良き友であったが、
いまはもう私のことを忘れたかもしれない、
彼は地底で呻いている。
その声は微かだが、なんと恐ろしいことだろう。
それはいつもの友の声ではない。
軽やかな風とともに、河辺を訪れる
楽しい声ではない。

我只怕他這回出來的時候，
不認識從前的朋友了，
便在我身上大踏步過去：
我所以正在這裏憂慮。」
田邊的桑樹，也搖頭說，──
「我生的高，能望見那小河，──
他是我的好朋友，
他送清水給我喝，
使我能生肥綠的葉，紫紅的桑葚。
他從前清徹的顏色，現在變成了青黑；
又是終年掙扎，臉上添出許多痙攣的皺紋。
他只向下鑽，
早没工夫對了我的点頭微笑，
堰下的潭，深過了我的根了。
我生在小河旁邊，
夏天曬不枯我的枝條，
冬天凍不壞我的根，
如今只怕我的好朋友，

彼がそこから今、出たとしたら、
おそらく昔の友を忘れ、
わたしの上を大股に踏みこえてゆくだろう。
わたしがうれえるのはそのことなのだ。」
田んぼのそばの桑の木も頭を振って言う、
「私はのっぽだから、あの流れが見える。
彼は私の良き友、
彼は清らかな水を送ってくれる。
私に緑ゆたかな葉と紅紫の実をみのらせる。
彼の澄みきっていた顔色はいまは青黒く、
いつまでももがいて、顔にはたくさんのひきつる皺
彼はただ下へと潜る、
私に会釈して微笑んでくれる余裕もすでにない。
堰の下の淵の深さは私の根よりも深くなった。
私は流れのそばに生まれ、
夏も私の茎を枯れさせることはできず、
冬も私の根を凍らせることはできない。
けれどいまはただ我が良き友が、

将我帯倒在沙灘上，
拌着他巻來的水草，
我可憐我的好朋友，
但實在也為我自己着急。」

田裏的草和蝦蟆，聽了兩個的話，
也都歎氣，各有他們自己的心事，

水只在堰前亂轉；
堅固的石堰，還是一毫不動搖。
築堰的人，不知到那裏去了？

私を河辺の砂地に押し倒し、
巻き込んできた水草にかき廻されるのを恐れる。
私は私の良き友を憐れむ。
けれど本心は私自身のことを一層焦っている。」

田の中の草も蛙も稲と桑の話を聞いて、
ともに嘆きわが身のことを心配する。

水はひたすら堰の前でぐるぐると廻り、
堅い石の堰はまだびくともしない。
堰をつくった人は一体どこへ行ってしまったのか。(3)

（拙訳）

一読して、この詩が形式上中国従来の詩詞歌賦の伝統的規制から完全に抜けだし、言葉も自然な口語体で書かれていて、新しい表現を試み、成し得たものであることが分かる。文芸理論家鄭振鐸《ていしんたく》は、このことを次のように述べている。

当時胡適、劉復《りゅうふく》、劉大白《だいはく》などの早期新詩人の作品は、纏足婦人が纏足をほどいたばかりのようにもじもじしていて、歩き方がまったく不自然である。しかし周作人の新詩だけは表現が自然で、すこしも中国旧詩の気配はない。彼は様々な字法、句法及び音律上の古い鎖から完全に抜け出し、時として韻を完全に使わず、純粋な欧化の道を選んだのである。(4)

（拙訳）

このように「小河」は、豊かな田園と小河、そしてその小河が人為的に塞がれ、小河の足掻きが周囲のものに与える恐怖の念、その状況を擬人法を用い簡潔な詩情をもって、分かりやすく語っている。そこに表現されているものは、周作人を代弁者とする中国知識層の国情に対する憂慮、危機感であり、それは「水はひたすら堰の前でぐるぐると廻り、堅い石の堰はまだびくともしない。堰をつくった人は一体どこへ行ってしまったのか」という結びで率直に吐露されている。こうした心情は、自然な言葉、いわゆる口語形式で語られているからこそ、読む者に一層切々として訴える力をもっている。周作人はこの詩について、フランスのボードレール（Baudelaire 一八二一～一八六七）が提唱した散文詩にやや似ていて、内容はヨーロッパの俗歌とだいたい同じだが、ただ行を分けて韻を踏まないところが違うと言っている。(5)

「小河」は形式、内容ともに極めて優れた新詩と言えるし、胡適の「胡蝶」とともに中国新体詩のひとつの道標と言える。

二、周作人の短歌俳句紹介

周作人の新詩が中国詩壇に大きな影響を与えたことは改めて言うまでもない。ところで、日本の詩歌について、周作人は尊敬する知日派のラフカディオ・ハーン（小泉八雲）の言葉を次のように引用した。

詩歌は日本に於ては空氣の如くに普遍である。誰れも彼れもそれが判かる。誰れも彼れもそれを讀む。殆ど誰れも彼れもそれを作る。（それだけではなく）到る處に耳にきこえ、また眼に見える！耳に聴く詩はといふと、仕事のある處には何處にも歌の聲がする。野畠の勞役や街路の勞働は、吟誦する詩句の節奏に合はせて行ふ。それで、歌が蟬の生命の表現であるといふのと殆ど同じ意味に於て、唄が此の國民の生命の表現であるやうに思へるのである。……眼に見る詩はといふと、装飾の一形式として――支那文字か日本文字かで――書いたり彫つたりしてあるのが到る處に見られる。（中略）歌は殆どどんな種類の家具にも見出すことが出來る。

其處に木も花も無い日本の小村へ行かれることはあらうが、其處に眼に見える詩歌が一つも無い小村へは決して行かるゝことは無からう。真《ほん》の茶は、金出しても何出しても、一パイも得ることの出來ぬ程の貧しい部落へ迷ひこまるることがあらう。が、其處に歌を作ることの出來る者が一人も居ない部落を諸君が發見し得られるようとは自分は信ぜぬ。(6)

このように、日本では、詩はもともと民衆のものであり、中国の漢詩とはその質を極めて異にする。一方、中国で新詩が登場する三十五年も前の一八八二（明治十五）年、日本の詩壇では井上哲次郎、矢田部良吉、外山正一という東京大学の教授たちが『新体詩抄』を世に出し、西欧近代の長詩を翻訳によって紹介した。それらは、西欧の近代詩を七五調によって訳した古めかしさはあるものの、当時としては詩の革新を意味する画期的な業績であり、明治時代の唱歌や軍歌、ひいては自由民権運動の民権歌にも広く影響を及ぼすものであった。そして一八九三（明治二十六）年には北村透谷や島崎藤村、馬場孤蝶らによって『文学界』が創刊され、その同人達はキリスト教や西欧浪漫主義の影響下に近代的自我の解放を、詩や評論の筆に託して謳歌し多くの叙情詩を残した。代表的なのは北村透谷の『楚囚之詩』（一八八九年）、『蓬萊曲』（一八九一年）、島崎藤村の『若菜集』（一八九七年）などである。これらによって日本の浪漫詩は全盛期を迎えたのである。

このように日本近代抒情詩が成熟し、詩壇に活気が満ちてきた頃、その中心的存在であり、指導的役割を果たしていた東京には、清国からの留学生が急速に増加し始めていた。彼らの多くは、日本が欧米から受容した科学技術や経済、法律の知識の吸収を目的として勉学していたため、日本の詩歌の動向にまで眼を向けるものは少なかった。その中にあって、ひとり周作人は立教大学でギリシャ語を学ぶかたわら、西洋化された日本ばかりでなく、日本文学そのものを、古代にまで遡及して、その根底に立ち入って深く理解しようとしていたのである。

留学期に日本文壇に対する独自の理解と知識を示した周作人は、帰国後、中国の寂寥とした詩壇の復興に力を入れた。早くも一九一六年から一七年までの間に執筆された「一簣軒雑録」の中で、文語で「日本の俳句」という短い紹介文を書いており、日本の俳句に注目したことが分かる。そして北京大学に赴任してからは日本の多くの詩人に注目した。「小河」の新詩試作もその仕事の一環であった。しかし、中国の新詩の発展を長期的視野で見守っているのは、周氏兄弟と一部の人だけで、中国の新詩壇はやはり落ち込んでいた。何人かの老詩人は晩秋のセミと同じくあまり鳴くこともせず、また、新詩人の鳴く声もなかなか出てきそうもない状態であり、苦労をして開いた新詩壇は中途半端で廃れてしまう。(7) 周作人はこのような中国文壇の停滞ぶりに対して黙しておられず、多くの新詩の試作を作り、また日本留学中に関心を抱いた日本の詩歌の紹介に取りかかった。胡適によって提起された口語詩がまだ十分な成果をあげ得ないでいた一九二〇年代初期、「日本の詩歌」（一九二一年）と題する論文を雑誌『小説月報』第十二巻第五号に発表して、万葉時代の長歌、短歌、旋頭歌などの伝統詩から、明治の正岡子規、与謝野晶子などに至る歌人たちを論じ、なかでも俳句・川柳の紹介に多くの紙幅をさいた。そればかりでなく、日本の短詩型詩歌を俳句と川柳に分けてさらに詳しくまとめた論文「小詩を論ず」（一九二二年）「日本の小詩（俳句）」（一九二三年）、「日本の諷刺詩（川柳）」（一九二三年）をそれぞれ刊行した。そのほかにも「日本詩人一茶の詩」（一九二一年）、「石川啄木の短歌」（一九二二年）、「雑訳日本詩三十首」（一九二二年）、「日本俗歌二十首」（一九二二年）など、日本の詩歌に関する一連の翻訳や論文、講演を行ったりして、飽きることなく意欲的に紹介を重ねた。そして周作人がもっとも着目したのは、日本文学の特徴としての淡々たる哀しみであった。つまり木下杢太郎の『食後の歌』や石川啄木の短歌に、周作人は日本人の哀愁を読み取り、さらにまた俗曲の中の愛と死、人情と義理のはざまから生まれた日本の庶民の深い悲哀に対しても、人間的なものとして彼我の重ねあわせの中で受け取り、それに人間味あふれる深い理解を示した。

このように周作人は精力的に日本の短歌、俳句などを紹介し、その発展の歴史や流派を詳細に調査し、特にその芸術的特徴に注目した。彼のこのような紹介活動によって、中国文壇での日本詩歌に対する理解は次第に深まっていった。

周作人によれば、近代日本詩歌で主流をなしていたのは、やはり三十一音の短歌と十七音の俳句、川柳であると言う。また俳句は小風景と瞬間的感覚の描写に適しているとも説明している。周作人は中国の小詩を「一行から四行までの新詩」だと定義し、またその発生はインドと日本の両方から影響を受けていると述べている。さらに彼は、日本の詩歌を中国のそれと比べて、二つの目立った特徴があるとも指摘している。一つは、形式上短詩であるために長編の叙情詩には向かないが、「一地の情景、一時の感情」を表現するには最適であること、もう一つは、字数が少ないからこそ内容的には簡潔さが求められ、余韻が大切にされる、ということである。また、短歌と俳句には簡潔で幽寂であることが特に要求され、インド詩のような哲理性には欠けているが、視点は現世的であり、日常の些末な出来事に細やかな心を寄せていると述べている。中国古典にもともと存在した絶句や小令(宋詞の比較的短いものの総称)と違って、日本の俳句のような短詩型は、日常生活の現世的で真実な感情を表現するためにも取り入れる必要があるとして、この愛好する文学形式の採択を強調したのである。

日本の俳句は十七音の短詩形文学であるが、もし中国の漢詩を一つの大きな山水画に譬えるとしたら、日本の短詩型の文学はさながら山水画の中の一つの小景とでも言えるだろう。つまりそれは一小景を中心に漢詩とは別個の展開を見せながら完全に独自の世界を開示するのである。この独特の風格をもつ日本の詩はすでに漢詩の影響から脱しており、周作人はこれを日本人の独創の小詩だと言っている。

また彼は「小詩を論ず」[8](一九二三年)の中で次のように述べている。

私たちの日常生活の中にはこれほど切迫はしていなくても、同様な真実の感情が満ちている。それは忽然として生まれ、またすぐ消え、長く持続して、一つの文芸の精華にはなることはできないが、それは私たちの一瞬の内的生活の移り変りを代表するに足るもので、ある意味ではこれはかえって私たちの真実の生活である。もし私たちが「この慌ただしい現実生活の中で心に浮かんでは、またすぐに消えていく一瞬の感覚を惜しむ心を抱き」、これを表現しようとするなら、数行の小詩はもっともよい形式である。

(拙訳)

周作人は日本の短歌・俳句などを多く紹介したりして、新詩の多様な創作を唱えた。これは中国の新詩（特に小詩）の創作に非常に大きな影響を与えた。これによって、一九二〇年中国の詩壇では「小詩運動」が起こり、詩人達の間に小詩の創作がはやっていたのである。

周作人自身も多くの新詩を創作した。一九二一年「子供への祈り」や「小景」などを書いて、当時の日本の雑誌『長生する星の群』に発表した。これらの詩から感じる情緒、細やかな優雅さは当時の中国の新詩壇に新しい詩風をもたらした。さらに周作人においてはこのような白話で書かれた新詩の試作も少なくなかった。彼の試作は三十篇あまりあり、ほとんど一九一九年から二二年に集中し、『過ぎ去った生命』としてまとめられている。例えば「二人の除雪人」「銃を背負う人」「京奉車中」「画家」「病中の詩」などがその時の作品であるが、これらの詩は彼の「平民文学」の主張を実践し、普通の人の平凡な生活に触発されて、種々な日常生活の真実とその印象を、詩に表現するものであった。このような見識とモチーフの選択は、当時の中国の文壇にとってはすべてが新しく、啓発性に富んでいた。これらの詩は石川啄木、千家元麿、生田春月、与謝野晶子、室生犀星などの日本の詩人の歌に負うものが多く、周作人の新詩への関心はたちまち他の詩人達の共鳴を呼び起こし、一九二二年、兪平伯《ゆへいはく》、朱自清《しゅじせい》、葉聖陶《ようせいとう》、劉延陵《りゅうえんりょう》などは上海で雑誌『詩』を創刊して、その創刊号の中でそれぞれ周作人の主張に賛同する意を表明し、新詩や小詩の創作を呼びかけたのであった。そしてこのような動きは本来欧米に傾斜しようとする中国の新詩を日本に引き寄せる結果となった。このことは周作人の中国新詩への影響力がいかに大きなものであったかを証明するものと言えよう。

三、中国の小詩運動

周作人は優れた日本文化の理解者であり、俳句を下敷きとした小詩運動が一九二〇年代の中国で盛んとなった発端は彼の提唱にあったことは以上の通りである。このような彼の俳句紹介の影響を受けて、短詩型の作品の制作に力を傾注する詩人が急激に増えた。その結果、一九二〇年代初頭の詩人で小詩を作らないものはほとんどいないと言えるほどになり、一九二一年から約四年間、中国では「小詩」と呼ばれる詩の創作が盛んとなった。

その時期の代表的な詩集には汪静之《おうせいし》、潘漠華《はんばくか》、応修人《おうしゅうじん》、馮雪峰《ふうせっぽう》たち四人の自費出版になる『湖畔』をはじめとして、汪静之の『蕙之風』、徐玉諾《じょぎょくだく》の『将来の花園』、潘漠華、応修人、馮雪峰の『春の歌集』、何植三《かしょくさん》の『農家の草紫《レンゲソウ》』などがある。もちろんインドの詩人タゴール（一八六一～一九四一）の影響を受けた謝冰心《しゃひょうしん》の小詩、いわゆる「繁星派」の作品も広く人口に膾炙したが、中国小詩全体としてみれば日本からの影響が強かったと言えるだろう。

ここで日本の俳句からの具体的な影響をいくつかまとめてみる。

第一、事物に対峙し、自己に沈潜しつつ、瞬間的なひらめきを、簡潔に、そして幽寂なる感覚で捉え、かつ余韻としてそれを残すという表現方法を採った。

何植三「夏日農村雑句[9]」　　夏日農村雑句

清酒一壺　　一壺の清酒

獨酌　　　　　　　　ひとり酌まん
伴着荷花　　　　　　蓮の花を友に
（拙訳）

これが夏の風物詩であることは、誰が見ても一目瞭然である。たった一人で清酒を飲んでいるにもかかわらず、なぜか全く孤独な感情が見られない。それは純潔を好む心が静かな蓮の花に伴われて満足しているためであり、むしろこの優雅な情緒を独り占めにして得た心中の充実が読者を引きつける余韻を醸し出している。漢字十字で夏の農村の風情と詩人の心情を見事に凝縮した小詩である。

第二、日本俳句の独特な手法としての切れ字や季語も詩作に取り入れることを試みた。

一九二一年五月、「日本の詩歌」の中で周作人が俳句を翻訳した際、芭蕉の有名な「古池や　蛙飛び込む　水の音」を「古池呵――青蛙跳入水裏的声音」と訳して、古池の後の「や」に「呵」という助詞をあてた。これは当然日本俳句の切れ字を意識したわけで、周作人は俳句の中国訳を行なう際に、これらの「や」「かな」「けり」などの切れ字を「呵」「呀」あるいは「――」などにおきかえるという工夫をしている。この周作人の訳は他の詩人の作品にも影響を与えた。たとえば、潘漠華の「小詩」をみよう。

潘漠華「小詩」⑩　　　　小詩
七葉樹呵　　　　　　トチノキよ
你穿了紅的衣裳嫁与誰呢　　　紅衣　誰に嫁ぐや
（拙訳）

中国の女性が嫁に行く場面をトチノキに仮託した小詩だが、花嫁が赤い衣装を着るのは昔からの中国の習慣である。この詩の着眼の面白さは詩人が赤く染まった七葉樹《トチノキ》を見て赤い衣装を纏う花嫁を連想して問いかけているところにある。詩の中の「紅的衣裳」が季語になっているし、また言葉の後に切れ字の「呵」や「呢」を適切に入れている。これは明らかに俳句からの借用であり、よくできている詩である。周作人の俳句紹介の影響が十分に見てとれるだろう。

第三、詩のリズムを成す、しなやかさとその凝結を取り入れた。例えば、以下の小詩をみよう。

汪静之『湖畔』小詩(11)

你該覚得罢——　君はもう気付いているだろう
僅僅是我自由的夢魂児　ただ私の夢の中の自由な魂だけしか
夜夜縈繞着你嗎　夜ごと君にまといつけないのか
（拙訳）

周作人はこの詩がかなり短歌的だと評価し、日本の短歌や俳句を緊迫した心情を表現するのに最適な小詩と見ている。つまり、ある何気ない瞬間的な事象の表情を心象世界に取り込み、その世界に自己を対置させつつ、抽象化された心象世界を張りつめた手法によって表現するのである。そして、それを読みとる側は、このプロセスを逆にたどっていく。またある時は心象世界に自己を対置させるために、時としてそれを何かに仮託して表現することがある。

例えば、『万葉集』巻二・一〇八（石川郎女）に、

吾を待つと　君が濡れけむ　あしひきの　山のしづくに　ならましものを

というのがあるが、それと汪静之の詩を比較すると、どちらもまず詠い出しで、今、そこにはいない相手の状況を述べ、そこから反転して、心象世界と自己との対置を「夢魂」や「山の雫」に仮託して詠いあげており、構成は類似している。そして、状況と心象世界、自己とが渾然一体となって、「かなしみ」や「切なさ」がリズミカルに抽象化されている。このような「しなやかさ」を描写した表現は、日本語では成し得ても漢語では極めて困難なことである。周作人が汪のこの詩を高く評価した理由もそこにあると思われる。

以上のように、周作人の日本の短歌、俳句の紹介は、単に思想だけではなく、その技法上においても中国の小詩運動に大きな影響をもたらした。極言すれば、小詩運動は周作人の短歌・俳句の紹介から始まったとさえ言えるのである。

日常的生活の中で活き活きとした情感でもって使われた庶民の口語――そうした口語に詩人の鋭敏な感覚が触発されぬはずはなく、詩を含めた文学全般は次第に口語化の方向へと傾き、時代的な希求として、一個の人間あるいは庶民の生活の中の悲哀も喜びも直截的に掴みとり表現するために、新しい表現方法を獲得した新体詩が求められたのである。

このような土壌の中で、周作人の日本詩歌の紹介は敏感に人々の反応を呼んで、いわゆる「小詩ブーム」といった現象を出現させた。

「小詩ブーム」の出現でこのような短詩型の限界性も現れる。したがって中国詩壇は日本の詩形を取り入れる一方、また民謡、歌謡などを収集して、民間からも栄養を取っている。そして周作人は川柳へと入ってゆく。

注

(1) 胡適「朋友」(『新青年』二巻六号・一九一七年)
(2) 胡適「逼上梁山」(『胡適文集』①・北京大学出版社。一九九八年)
(3) 周作人「小河」(『新青年』六巻二号・一九一九年)、(「小河」の日本語訳については翌一九二〇年三月二十八日周作人自らも訳しており、『新しき村』第三巻五月号に掲載している)。ここでは拙訳である。
(4) 鄭振鐸「論周氏兄弟的新詩」(王仲三箋注『周作人詩全編箋注』学林出版社・一九九五年)
(5) 周作人「小河引言」(『新青年』六巻二号・一九一九年)。
(6) 小泉八雲「小さな詩・霊の日本」(『小泉八雲全集』第六巻第一書房・一九二六年)。周作人の引用文は「日本的詩歌」(『小説月報』十二巻五号・一九二一年)を参照。
(7) 子厳(周作人)「新詩」(『談虎集』北新書局・一九二八年)
(8) 仲密(周作人)「論小詩」(『晨報副鐫』・一九二二年六月二十一〜二十二日。『自己的園地』に所収)
(9) 何植三「夏日的農村雑句」(『農家的草紫』上海亜東図書館・一九二九年)
(10) 潘漠華「小詩」(『詩』一巻一号・一九二二年。『詩』合訂本・上海書店・一九八七年)
(11) 汪静之の小詩『湖畔』(応修人等著・上海書店・一九二二年)

第三章　周作人と川柳

本章では前章の俳句と同様、周作人に極めて深い影響を与えた日本のもう一つの短詩型文学川柳に焦点を合わせながら、彼が川柳にどのような関心を持ち、いかに理解していったのか、またそれが周作人の文学にどのような意味をもつに至ったかを検証することにしたい。

一、川柳について

一九六五年六月九日、周作人は自分の日本受容について、香港の友人鮑耀明《ほうようめい》の手紙[1]に次のように書いている。

実は私は日本の川柳から、特に『末摘花』（『誹風末摘花』の略）四篇からきわめて深い影響を受けた。でもこれは世に発表したことがないので、これを知る人はいない。

かつて私はエリスの「性の心理」について触れ、「妖精喧嘩」（春画）から道を悟ったと話したことがある。しかし私たちのような道学家の国においては、これに関する文章を私は書いたことはなかった。　（拙訳）

この書簡はさりげなく書かれているが、研究者にとっては甚だ興味がある。なぜなら、ここで周作人は川柳の『末摘花』四篇から深い影響を受けたが、そのことを「世に発表したことがな」く、また「これを知る人はない」と言っているからである。つまり、周作人と川柳、ことに『末摘花』を結びつけることは彼の文学を解き明かす「鍵」のひとつがあると考えられるのである。

『末摘花』とは周知のように『誹風末摘花』の略称であり、この川柳集は四編四冊から成る。一七七六年から一八〇一年にかけて、似実軒《じじっけん》らによって編まれたもので、ここには、川柳評の万句合《まんくあわせ》と『誹風柳多留』の中の末番句、すなわち好色的な句が集められている。周作人が一九六五年七月二十四日と同二十九日に罔（岡）田甫編の『定本川柳末摘花』詳解上・下二冊と『新川柳末摘花』を鮑燿明に薦めたことも晩年の鮑耀明宛の書簡から見ることができる。エリスとの関連で彼のエロティシズムも見出すことができる資料である。しかし、ここではひとまず川柳一般について述べてから筆を進めてゆきたい。

川柳とは十七音を基準として、機知的、諧謔的な表現によって、人情、風俗、世相などを鋭く捉えた短詩型文学である。もともと俳諧の前句付《まえくづけ》に由来するが、元禄以降、滑稽、遊戯、穿ちなどの性質が添加された付句の独立が要求されるようになり、一句として独立し、鑑賞に堪える句を集めた句集が多く出版され、新しい人事詩、風俗詩が成立することとなった。享保の頃（一七一六〜一七三六）から、点者の出題に応じた万句合が江戸で盛んとなり、その点者で芭蕉派の俳人柄井川柳（一七一八〜一七九〇）が代表的な存在であったところから「川柳」の名称が生まれた。またこの一派の句集には『柳樽』三百八十巻余、『古今前句集』二十巻などがある。

川柳がもともと俳諧（誹諧）を源とすることは先にも述べた。『広辞苑』によれば俳諧とは、おどけ、たわむれ、滑稽とあり、また、滑稽味を帯びた和歌の一体を俳諧歌と言い、古く万葉集の戯笑歌の系統をひくものである。

寒川鼠骨（一八七五～一九五四）は、

俳諧趣味は滑稽趣味なり、然り広き意味の滑稽趣味なり、真面目に泣くが如くといへども、其裏面には必ずや一種の滑稽、すなわち所謂俳諧趣味を含む、故に滑稽を去って俳諧あるなし。(2)

と言っている。

松尾芭蕉は俳諧を崇高とも言える芸術的高みにまで押し上げたことで知られるが、その芭蕉が終世忘れることのなかったものは、この「おどけ」からくる風流心であった。芭蕉の死の年に彼が詠んだ句がある。

顔に似ぬ　ほつ句も出よ　はつ桜　（『芭蕉俳句集』九〇八）

俳諧とはそもそもこのようなものであるから、そこから発生した川柳も当然同質なのである。ところで、川柳の形式は俳句と同じだが、季語、切れ字等の束縛がなく、文字もっと自由に扱うことができる。内容の上では最初両者ともに諧謔味と文字の遊びを重んじていたが、後になってそれぞれの特徴をもつようになり、俳句は目の前の風景に触発された抒情小詩に、川柳は日常生活に関して飾らぬ人間の実態を描く諷刺風俗詩に、とそれぞれ完成していった。

二、周作人の川柳への関心

周作人の川柳に対する関心の始まりは、彼の留学時代にまで遡ることができる。当時日本に留学したばかりの周作人がまず直面した問題は、他の留学生同様に言葉であった。その当時の日本語は漢字が多用されていたため、来日早々の中国人は、梁啓超の「和文漢読法」（動詞と目的語を逆にする）で勉強すれば、わりあい学びやすかった。しかし、日本語自体も「西学東漸」の状況の中で、外来語を多く使用するようになるとともに、大衆文芸の上では口語体が流行し始めて、言葉が加速度的に変化していった。「和文漢読法」や学校の教室で日本語を勉強してきた周作人はこのような状況の中で、自然な日本語を身に付けるには、教科書などからの修得よりも日常的に社会に使われている言葉の修得に過ぎるものはないことに気付いた。そこで彼は新聞を読み、当時『朝日新聞』に連載されていた夏目漱石の小説から日本語の勉強をしたのである。また周作人の住んでいた東京の本郷西片町は「寄席」があり、暇なとき「落語」などを聞きに行くには便利なところにあった。この通俗的で、分かりやすく、完全に口語化された江戸庶民文芸である「落語」は、周作人にとって格好の日本語の手本となった。このような軽妙洒脱な娯楽文芸から、周作人は日本の口語の語り口を味わい、世間人情の中から日本文化の中に息づく庶民文芸の独特の持ち味を感じ取ったのである。

あの時（日本留学中）冨山房出版の『ポケット名著文庫』の中に芳賀矢一編の『狂言二十番』と宮崎三昧編の『落語選』、さらに三教書院のポケット文庫の『俳風柳樽』初二編あわせて十二巻、この四冊の本は値段を言うと一円足らずのものだが、私の教科書としてはこれで十分である。[3]

(拙訳)

さらには一九一〇年、宮武外骨（一八六七〜一九五五）編集の浮世絵研究雑誌『此花』が創刊されたことにより、周作人はこの大阪雅俗文庫から発行された雑誌から、江戸の市井風俗を描く浮世絵や、川柳にますます興味を抱くようになってゆく。

一九四三年の「日本画家について」[4]では、

私は絵はわからないが、日本の浮世絵には以下の理由で興味を持った。一つは線画、着色画、木板画に子供の時から愛着を感じていたこと。二つには、これらの画家たちは自らを大和絵師と称し、正統な流派から離れて、独自の風格を形成していたこと。三つめは、描かれたのは市井風俗で江戸庶民の生活の一部分をそこに見ることができる写生であること。この時期には私は、熱心に「川柳」も読んだものだが、それはこの三つめの理由と関係が深い。しかし二つめの理由も非常に重要である……。

(拙訳)

と述べて、子供の時から絵に愛着を感じていたこと、江戸の風俗が描かれていることと江戸絵師たちが画風の独自性の獲得のために自らその伝統的本流から離れていった気概に共鳴したことなどをあげて、川柳に触発された経緯を語っている。

周作人が留学した時期の日本文壇は、文明開化の啓蒙運動、すなわち「官制的文化改革」を経て、ようやく思想や文学が「私」に目覚め、その中からロマン主義への反発を根底にもつ作者たちが出てきた時期であった。小杉天外、永井荷風のゾライズム（前期自然主義）、島崎藤村（『破戒』）、田山花袋の（『蒲団』）等の後期自然主義の小説がその代表例と言えよう。そのような日本文壇の状況とは異なり、当時の中国文壇はまだ索莫としていた。中国の新文学の騎士である胡適が言文一致を提唱するまでには、まだ十数年も待たなければならなかった。

周作人が留学当初に江戸庶民文芸に興味を示したのは、東京の庶民の生活などが中国明・清の頃に似ていると見て、その復古の情によるものだった。しかし明治初期から中期にかけての日本の文学者たちの新思想、新文学確立への悪戦苦闘のプロセスはその身で感じたに違いない。その後、周作人が再び日本の江戸文芸に注目し、それに傾いていったのには、これと同じような新思想、新文学確立への彼独特の戦いのプロセスがあったと考えてもよいのではないだろうか。

ところで、俳諧とは、前節で述べたように、「おどけ」「たわむれ」「滑稽」の意で、俳諧歌の略称である。そして俳諧歌は古く万葉集の戯笑歌の系統をひく。このように見た場合、周作人が江戸庶民文芸の中から何を引き出そうとしていたのか、また彼が俳句から川柳へと傾斜の度を深めていった根底に、何を求めようとしたのかを垣間見ることができる。

一九一一年九月、周作人は経済面の事情に加えて、母親や兄・魯迅のたっての勧めもあって、妻信子を同伴し、異郷日本に心を引かれつつもやむなく中国に戻った。しかし、彼の目の前の中国は辛亥革命前夜の世上騒然とした時期にあった。その光景に周作人は思わず、留学していた穏やかな東京を思いだした。故郷を目の前にして異郷の日本を恋しく思う詩「遠游して歸を思わず、久しく客たりて異郷を戀ふ」（一九一一年十月二十八日）にはその気持ちがよく表れている。

留学から帰って故郷の紹興にいた頃は、第一章でも触れたように、児童文学について多く触れた時期であった。

それも多く日本文学から触発された仕事であった。一九二三年二月十一日に紹介した高島平三郎編・竹久夢二画の『児童を謳へる文学』[5]（一九一〇年）は日本の短歌・俳句・川柳・俗謡・俚諺・随筆から収集した児童の詩や文章を中心とした本だった。周作人はその紹介文に大隈言道の『草径集』、小林一茶の俳句と俳文集『おらが春』、清少納言の『枕草子』「美しきもの」の段にある児童を描いた詩や文に興味を感じ、中国に児童の文学の作品が少ないことを嘆いたのであった。そこで彼は、児童文学の提唱や歌謡などの収集に励むことになった。

一方、当時北京大学学長であった蔡元培（一八六八〜一九四〇）は周作人の才を惜しみ、彼を北京大学に招こうとした。周作人にしても当時これといった職もない時であったので、気は進まなかったが蔡のすすめる附属国史編纂処での職を引き受けることになった。

彼は北京大学在職中に、蔡の期待通り頭角を現し、多くの新しい思想上、文学上の道を開拓し、新文化運動のリーダーのひとりとして不動の地位を占めることとなった。北京大学は北京新文壇に一人の優れた人材を加えることになったのである。

一九二五年北京大学に東方文学部が設けられて、周作人は漱石の小説を講義し、その後一九二九年に日本語の本科が設けられたときには江戸文学の教鞭をとることとなる。

これより先、前述したように、周作人は日本留学中に兄・魯迅とともに外国文学の翻訳と紹介を兼ねて『域外小説集』第一・二集を世に問うた。この書は難解とも言える文語体を用いた厳密な直訳であったために当時は不評であったが、実際は当時の読者層にとってこのような外国の作品を紹介するには時期尚早であったこともその原因であった。周兄弟はそれでもあえてこの書を出版したのである。その後、周作人は北京に来てからも、さらに精力的に外国の思想、文学の翻訳をしていた。周作人による日本文学の翻訳の中には、与謝野晶子の「貞操論」

（原題「貞操は道徳以上に尊貴である」）や武者小路実篤の「新しき村」があって、そのほかに兄弟共訳の『現代日本小説集』もある。これらは新しい思想ばかりでなく、ヨーロッパ及び日本の思惟を直訳的厳密さによって中国に紹介し、ひいては中国の思惟、言語の不精密さへの反省を促すものでもあった。

また、周作人が日本の短歌、俳句、川柳といった短詩に関心を持ち、積極的にそれを中国に紹介したのも、同じ目的をもつためであっただろう。ことに、彼が川柳に強い関心を抱いたのは川柳の独自性、多様性にあり、その考証的表現として直訳的な仕方を採ったと言えよう。

周作人は、北京大学で日本文学を講義することによって、より江戸文学・文芸に親しんでいったが、一九二〇年代の中国は、希望と絶望とが錯綜する時代であった。魯迅の『吶喊』の中の「髪の話」（一九二〇年）「波紋」（一九二〇年）などを読んでも分かるように、あのように民衆が待望し、感動した辛亥革命も、結局のところ中国民衆には失意と失望だけを残したのである。

辛亥革命直後から袁世凱と革命派の激しい対立抗争が続き、北伐へと押し上げられていった革命の波は、一九二七年蒋介石の「四・一二」反共クーデターによって一挙に暗転した。少なくとも中国における一連の革命は、清朝の封建圧政への反発が端緒であり、それには成功したものの、中華民国が経験したものは、実態の伴わぬ軍閥支配であった。ここから民国では、「実」を求めて新たな、そして巨大な闘いが開始された。一九一〇年代以来、「民国の実」を求めての運動は、知識人から一般民衆へとその厚みを増加させ、その力がアンドレ・マルロー、エドガー・スノー、アグネス・スメドレー、レヴィ・アレーなどを広く惹きつけた。しかし、北伐を完成させた蒋介石国民党が次に打った手は、このような民衆の力を地主、資本家という社会的勢力を利用して徹底的に弾圧することであった。こうした政情の変転は民衆を失望の淵に投げ入れ、文学もまた失意の底で呻吟する状況に陥った。

周作人も同様であった。彼は失意の中で漸次考え方を変えてゆき、口を閉ざして物を言わぬ人になっていった。彼の「閉戸読書論」・「三礼讃」がそれを物語っている。

彼のこうした態度が、彼をして再び日本の文学、ことに川柳に目を向けさせていったとも言えるのである。

民国六年北京に来てからこの二十年間に漁った雑書の中の一部分は日本に関するものであり、それは大抵は俳諧、俳文、雑俳、特に川柳、狂歌、小唄、俗曲、洒落本、滑稽本、小話《こばなし》すなわち落語などで、そのほかには、浮世絵、大津絵、及び民芸などであって、ほとんどが庶民的なものである。私としてはただあまり難しくないもの、また日常生活の中で見たもの、あるいはそこから何か触発されるようなもののみを取り上げたのである。(6)

（拙訳）

と言うように、一九一七年には川柳句集『柳樽評釈』、一九一八年には『新川柳六千句』などをそれぞれ購入し、また、『古今前句集』（俳風柳拾遺）、『当世新柳樽』あるいは川柳研究雑誌にも目を配っている。

一九二五年、周作人は川柳の常用語彙「芳町」を紹介する文章の中で彼と同時代の古川柳研究家中野三允（一八七九～一九五五）の『古川柳評釈』、阪井久良伎（一八六九～一九四五）、宮武外骨及び外骨編集の川柳研究月刊『変態知識』など、明治の川柳研究について書いている。外骨の『川柳語彙』の中の「川柳小学」「川柳中学」「川柳大学」などは、周作人にとって川柳の入門書であった。(7)『此花』創刊以来、周作人は三十年間にわたって外骨の著書や編集雑誌のほとんどを集めており、変わらない敬意を抱き続けたのであるが、これらの行為を見れば周作人が川柳に対して単に一般的な関心ではなく、厳密な研究家として終始一貫した態度でのぞみ、その川柳理解がいかに深いものであったかが分かる。また川柳の中で猥褻さが顕著なのは『末摘花』四編であり、『末摘花』からもっとも影響を受けていたと周作人自身が言っていることから、外骨に対する関心と川柳に対する関心は質的に猥褻を同源として重なり合うものと言えよう。宮武外骨との関連については第五章に詳しく述べるので、ここでは省略する。

三、周作人の川柳理解

周作人は一九一九年「日本の詩歌」、一九二三年「日本の諷刺詩」をそれぞれ書いた。それらの論文の中では、彼の川柳に対する深い理解が見られ、川柳の詩型と内容の両面にわたる非常に要領よくまとまった川柳論が展開されている。

この種の諷刺詩は日本では「狂句」と称され、普通は「川柳」と呼ぶ。狂歌が和歌の変体であるように、狂句は俳句の変体である。当初俳諧連歌から生まれた一種の異体で、先に七七の二句を出題して、各人に五七五の三句を続けさせる。その名は「前句付」で、下に続ける者が自由に構想しやすいように、前句は必ず意味の広いものを出す。(8)（拙訳）

そして川柳の内容については以下のように述べている。

よい川柳とは、ある情景の要点を確実に捉え、それを歯に衣を着せることなくしかも味わい深く表現する。そのことによって読む者は小さい針に刺されたように感じる。それはまるでひとつまみのわさびが涙が出るほどの辛さであるものの、一瞬の間にそれは消え去り、唐辛子のようにいつまでも尾を引くようなものではないのと同様である。川柳は人情の機微を穿ち、そこにひとかけらの悪意もなく、そこに描かれた世相を見たら、思わず頷いて笑ってしまう。しかし一方、こうした人間の弱さを穿って、成功する句というものはかえって人間がいっそう愛すべきことを感じとらせることができるのである。このようなことから、川柳に含まれる諷刺は、楽天家の一種の世間を戯化した態度であり、厭世者の呪いではないのである。[9]　（拙訳）

すでに述べたように俳句、俳諧の「俳」は本来的には滑稽諧謔の意であって、いわゆる「おどけの風流心」である。一方西洋にはユーモア（humour）という言葉がある。ユーモアとはもともとラテン語のhumorから来たもので、それは中世においては血液、粘液、胆汁といった体液を指していて、それが「おかしさ」という語義に変化していったのは十六世紀頃のことであり、今日使われているような「人情味豊かな滑稽」という語義に使用されたのは十九世紀以降であるという。さらに笑いやユーモアの共通要素として「不調和」をあげて、またユーモアを「突然の優越性」として説明している学者もいる。[10]

このように、滑稽、諧謔、ユーモアには多様な考え方があるが、西洋と日本を比較して総じてこれを言えば、西洋の場合はユーモアというある種の立場があって、その立場を構成するための人為的な側面を色濃く宿していると言えるのではないだろうか。そうしたものに対して日本の川柳に含まれる「おどけの風流心」というのは、いわば「おどけのみやび心」とでもいった、俗にいて俗を離れた風雅さがあって、それを、ある「おどけ」で見せるのである。それはまさに表裏が一体となっているので、時として読者はそれに気づかぬときすらある。たとえば、

米つきに　所を聞けば　汗をふき　（柳多留初・(2)）
十二月　人を叱るに　日を数え　（柳多留四・(6)）
朝寝する　人を起すは　昼という　（柳多留七・(17)）

という句にしても、一句目は、道を尋ねようと米搗きをしている人にたずねかけたら、その人は答える前に汗を拭いたというものであり、二句目は「暮れの忙しいのにのんきにしている奴があるか。もう十日もすれば今年もおしまいだよ」、三句目は「何時だと思ってんだ。もう昼だよ」ということで、これらは誰でもが日常茶飯に体験する風景であって、どことといっておかしさが目立つものではない。しかし、それだけに見逃しがちな動作に改めて向き合ってみると、そこはかとないおかしみが湧いてくるであろう。こうした巧まざるおかしさが川柳の根底にある、これを「穿ち」と言う。つまり「穿ち」とは、事物の真を穿ち、皮肉に分け入り、裏面を探ってその本体をつかみ出すことを本義とすると言えるのではないだろうか。そして、それを表現するには「みやび心」が必須要件となるのであろう。したがって、「不調和」や「突然の優越感」のように「穿ち」はロジカルなものではなく、極めてファジーなものであると言える。

周作人が指摘する「ひとつまみのわさびが涙が出るほどの辛さであるものの、一瞬の間に消え、唐辛子のよう

にいつまでも尾を引くことはない」ものが「穿ち」であり、「ひとかけらの悪意もなく、そこに描かれた世相を見たら、思わず頷いてにっこりと笑ってしまう」ようにさせるのが「みやび心」なのである。

ところで日本は中国と交流をもって以来、中国の文物を絶えず輸入すると同時に中国文化の末端にある笑話も移入し、吸収していった。そこで中国文化の影響を受けて形成された日本文化の笑話についておおまかに考察したい。

中国では明代に至るまで、笑話はごく些末な存在であり、他の書の一部として収められていたにすぎない。このような笑話への処遇は日本にも影響を及ぼしており、近世初頭までは中国笑話は断片的に知られるのみであった。それに加えて当時の読書人と言えば貴族、僧侶といった学識ある者に限られており、彼等は社会的地位の高さゆえに、その倫理観は伝統の上に立つものであった。したがって中国から移入された笑話は文学史上にも現れない。しかし、戦乱の世が過ぎ、徳川幕府によって政治的、社会的な安定がもたらされるにしたがい、新しい読書層、知識層が現れて、彼らは従来の知識層とは異なった価値観、つまり日本にも初期的ながら自由開放を喜ぶ人たちの層が形成されていったのである。これらのことから、江戸初期には中国明代の笑話がかなりの量で移入されたし、また写本として読まれもしている。

しかし、江戸初期の段階では、まだこれらが読まれていた範囲は極めて限られた上層の知識人の間であり、一般人がそれを読むところにまでは至らなかった。一般人が中国笑話に親しめるのは江戸中期の元禄以降のこととなる。すなわち、新しい社会的勢力としての町人が社会に定着し、それによって町人階層を背景とした、いわゆる「町人文芸」が勃興してからのことである。そして、この期にはおびただしい数の中国の庶民文学が紹介されて、一般人の喝采を博した。中国笑話もその一部として次々に翻訳された。日本における中国笑話の受容は、ほ

ぼ以上のように推移してきた。(11)

周作人も日本の落語を中国に紹介し、『苦茶庵笑話選』（北新書局・一九三三年）『明清笑話四種』（人民文学出版社・一九五八年）を収録している。彼がこのような笑話選を収録したのは、中国笑話が保持しているエスプリ、すなわち笑話こそは中国民衆の積年の辛苦の中から芽生えた知恵の集積であり、素朴な民衆の哀歓悲苦のきわめて自然な吐露であると考え、道学や八股文（科挙試験に用いられた一文体）に人心を把握された不健全な中国の文学をもとの姿に戻したかったからであろう。周作人がどのように「笑い」を考えていたかは、彼が賛嘆した『笑府』の序文を読むことによって理解できる。長くなるが、その序文を引用しておきたい。

古今来、話でないものはない。話は笑いでないものはない。天地の渾沌や開闢、列聖（三皇五帝以下、夏殷周三代の帝王を指す）の揖譲や征誅を見た人は一体誰なのか。それこそただ話として伝えられているだけではないか。後世の人が今日のことを話すのも、ちょうど今日の人が昔のことを話すのと同じようなものであろう。これを話してこれを疑うのは、笑うべきである。これを話してこれを信ずるのは、特に笑うべきである。経書子史は鬼話である。しかも争ってこれを学び伝えている。詩賦文章は淡話である。しかも争ってこれを上手に作ろうと熱をあげている。褒めたりくさしたりするのは乱話である。しかも争ってこれに迎合したりこれを避けたりしている。（中略）

『笑府』は笑話を集めた。十三巻も決して薄いとはいえない。ある人はこれを読んで喜ぶかも知れない。しかしどうか喜ばないで下さい。ある人はこれを読んで怒るかも知れない。しかしどうか怒らないで下さい。古今世界は一大笑府である。わたしもあなたがたもみなその中にあって話の種を提供しているのだ。話さなければ人に成らないし、笑わなければ話に成らない。また笑わず話さなければ世界は成立しないのである。[12]

（訳・松枝茂夫）

周作人が川柳に深い関心を抱き、同時に江戸庶民文芸に対して鋭い理解を示した要因の一つが、以上の考究によってほぼ明らかになったように思う。つまり、もともと中国には文芸としての笑話が存在していたわけだが、それは比較的早い時代に日本に移入されて、江戸時代中期には日本の一般人も親しむようになった。ということは、日本の庶民文芸の中には、それが日本的感性として同化していたにせよ、源流として、一部分には明らかに中国伝来のものである「笑い」が含まれていたのである。してみれば周作人が中国人として特に「師爺」[13]（紹興幕僚）としてもつ資質の中には、こうした等しい源流を持つ江戸庶民文芸に共鳴する、あるいは共感できる感性があったはずである。そしてまた、中国に源流をもつこの笑話が、日本の風土の中で和歌やその他の文芸の影響を受容しつつ、日本的表現を獲得して「川柳」になっていたとするならば、周作人が川柳を理解していった心理的プロセスが非常によく分かる。郁達夫《いくたっぷ》（一八九六〜一九四五）は周作人について、

三・一八打撃に遭った後、彼は、空しく革命を喊《さけ》び、余計な犠牲を払うことの無益なるを知った、そこで十字街頭の塔にふみ入り、そこから紅緑の灯光を放ちつつ、悠々閑々、しかし休むことなく彼の使命を荷なっている。思想上の改革には基本的工作がやはりともあれなされねばならぬ、紅や緑の灯光の放射は、路ゆく人に与うる指示である、しかし夜半、行人の稀《まれ》になった清閑の時に到って、自らこの灯火の色彩を賞玩し、かの天上の星辰を幻想し、聾や唖を装い、一口の苦茶を啜《すす》って喉を潤すのも、世において損することなく、

己れにおいて益あるあそびである、と彼はする。[14]

（訳・松枝茂夫）

と書いているが、周作人のこうした態度や思念が彼の川柳理解の中に不可分に存在していたと言えるだろう。

以上考察してきたように、周作人は日本留学時代に川柳に関心を寄せ、それを次第に深化させていった。その始まりはどちらかといえば学術的関心あるいは民俗学的な関心であったであろうが、後には彼の文学全体に深い影響を与えるようになった。彼の文学作品には明らかにその受容の痕跡がうかがえる。ことに彼の晩年の作品である数多くの戯れ歌には、川柳の形式が取り入れられていて、これらは彼の川柳理解を考慮せずしては考えられない作品群であると言える。

四、周作人の作品と「川柳味」

ここでは、周作人がどのように川柳、あるいは川柳味と向かい合い、それを自己の作品の中に取り込んでいったか検証する。

平安和歌では滑稽味のある和歌を「俳諧歌」と言った。また中世においても滑稽な持ち味を有する「俳諧之連歌」が存在し、それらが近世に入ると連歌への従属から脱皮して、俳諧は俳諧としての独立したジャンルを獲得する。このように俳諧が独立したことは、当時の歌人であり歌学者であった松永貞徳（一五七一〜一六五三）の力にあずかるところが大きい。またそれを支えたものは貞徳の門下生であり、彼らが目指したのは、俳言、すなわち伝統的な和歌的美意識から脱却した俗語、漢語、流行語などの使用による通俗性、滑稽性であった。しかし、貞門の人たちは和歌の卑俗化を果たしたものの、そこにはあくまでも従来の和歌的優美さが温存されていた。それに対して言語遊戯を徹底させた「談林」が登場して、俳諧を和歌的美意識から完全に解き放したのである。このような変遷の中から生まれたのが松尾芭蕉（一六四四〜一六九四）という天才的俳人である。彼は周知のように、俳諧を高い詩的レベルにまで到達させた。しかし、芭蕉没後、その門流が解体してゆく中で流行を見たのが「雑俳」と呼ばれる型式であった。雑俳は「前句付」と呼ばれ、前句付集『咲や此花』（一六九二年）が刊行されたのは元禄年間であった。この雑俳で前句が省略されたものが川柳である。一七五〇年から七六年にかけて刊行された『武玉川』（点者・慶紀逸）、一七六五年に刊行された『柳多留』（点者・柄井川柳）がその代表的なものである。この『柳多留』でも初期段階では畳語型の前句があったが、次第に前句を無視する傾向が強まって、やがて五・七・五の十七文字の独詠句となった。川柳は季語もなく、俳諧よりもさらに遊戯性や大衆性が強調され、それが当時の大流行を呼ぶ原因となったのである。

このような歴史的背景をもつ川柳と俳諧との間に区切りをつけることは困難であるが、一応川柳は人事を、俳諧は自然を扱うものとすることができる。そして、何よりも川柳の特質は、それが人間のすべてを対象とすることから、人間的弱み、人生や社会の欠陥、そしてその裏にひそむ世相の矛盾を捉え、内容面では「穿ち」、表現面では「ことば遊び」をするところにある。

周作人は、川柳のこうした季語という制約を離れ、自由奔放な眼で人間のあらゆる事物や世相を鋭利に洞察し、しかも自己の言語でそれを表現しようとする姿勢に共鳴したのであろう。彼は「川柳は俗語を用いて、専ら人情風俗を詠い、それに諷刺を加える」と言い、また、「人情を描くのに、多くは極めて軽妙であり、諷刺が鋭く、その上なお江戸っ子の余情がある」[14]とも言って、川柳のもつ都会人的な感性を承認している。

また彼は川柳の「穿ち」と言われる表現手法でもって、当時の中国の状況に苦言を呈してもいるが、この節では周作人の作品の中で、彼がどのように川柳味を活かし、かつそれを同化させているかを見るべく、川柳の作品例と周作人の作品例とを対比させながら検証していくことにする。そして、その検証をすすめてゆくために、作品例を項目別に分類してみる。ただし、もともと川柳を含む文学作品に対してそのような画然とした区切りをつけることは極めて困難であることから、本節の分類の仕方にもやや曖昧さが残るが、その点は諒解されたい。

(1) 政治

役人の　子はにぎにぎを　能く覚え　（柳多留初・(6)）
役人の　ほねっぽいのは　猪牙に乗せ　（柳多留二・(13)）
献立の　ほかにころぶを　二三人　（柳多留十三・(1)）

これらの句は一読しても分かるように、役人の収賄を揶揄したもので、猪牙は猪口であり、また遊里に客を運ぶ舟を猪牙舟と言った。初期の川柳には、封建権力と庶民の接点である役人に対しては「穿つ」ところも多くあったであろうが、政道批判がタブーとされたのでしだいに姿を消した。しかし、幕府以外の大名や田舎武士に対しては、遠慮なくそれを俎上にのせた。

お湯殿で　そちもは入れと　おじゃらつき　（柳多留八・(12)）

細見を　四書文選の　間に読み　（柳多留十・〔18〕）

人は武士　なぜ町人に　成てくる　（柳多留五・〔23〕）

藏宿の　娵（嫁）は心で　笑止がり　（柳多留三・〔4〕）

この一群の句は大名や武士の姿態を「穿っ」たもので、第一句、第二句は大名、武士たちの一皮むけば中から出てくる不甲斐なさを詠ったもの。「細見」とは吉原遊廓の細かな案内書のことである。また、第三句、第四句は大名、武士の経済的逼迫ぶりを「穿っ」たものである。藏宿とは浅草蔵前で武士の禄米を換金する業者で、今で言う一種の金融業者のことである。

なお、第二句には周作人の中国語訳が付けられている（在四書文選的中間、挾著讀「吉原」的細見）。周作人はこうした川柳独特の「穿ち」や「諷刺」「揶揄」を利して、あきたらぬ中国の政情時評にぶつけているが、また、このような手法でもって、日本人の中国に対する偏見を糺してもいる。

その例をひとつあげて見ることにする。

この事件は一九二七年前後のこと、武漢で婦女の裸体行進が行なわれたという流言をまともに取り上げ、当時、北平（北京）で発行されていた日本人による漢字紙『順天時報』は「実に中国を除いては世界人類にかつて例を見ざる奇観である」と非難し、侮辱的揶揄を加えた。これに対して周作人は直ちに反論を試み、日本でもさほど遠い昔のことではない時期に実際に社会で通用していた「ある種の特殊風俗営業」を取り上げ、「裸体行進考訂」[16]と題して対抗した。その文章の最後に書かれているものを見てみよう。

俗に、人さまのハゲや入歯を笑うのは七十八十になってからにしろ、というではないか。私にしてからが、他人の欠点をあばくのは実際のところたいして愉快なことではない。けれども私は、南京虫がいるのはお互いだ、だからこちらのことはいえまいぞ、などと開き直りたいわけではなくて、ただ傲然たるエセ道学の仮面をめくって、その『論語』の陰に一冊の『金瓶梅』があることを示したまでだ。（訳・木山英雄）

この文脈の要訣は、『論語』の下の『金瓶梅』である。つまり、「論語」と「金瓶梅」という全く異質なものを同次元におくことによっておこる矛盾と、それを手法として用いる辛辣さである。この手法は前出の川柳「四書文選」や「細見」の手法と同じである。

こうした川柳的図式はこの文章に貫かれていて、世上において異質なものを同次元に置くこと（南京虫がいるのはお互い様）のおかしさ（矛盾）を鋭利に刺し貫ぬいているのである。これはまさしく一種の「穿ち」であろう。

そのほかにも周作人には「雅片祭竈考」と題する一文があるが、この文章の構造も「裸体行進考訂」と同じである。この文章は、読売新聞に載せられた中野江漢の「日本にない珍奇な支那風俗」という一文において、中野江漢たちが支那古風俗の研究の名を借りて中国を口を極めて誹謗したのに対して、周作人が反論を加えたものである。ここでも中野が誹謗の的にした「人市」あるいは「女性売買」といった指摘に、逆に『新吉原細見』を指摘して反論の根拠としたのである。

このように相手の論旨に対して、直ちに同次元の現象をもって反論していく手法は、川柳的手法だけでなく、川柳に描かれる日本の風習に通暁した周作人ならではのことであろう。

（2）愛と死

だいた子に　たたかせて見る　ほれた人　（柳多留初・〔32〕）
りんきにも　あたりでのある　銅だらい　（柳拾遺三・〔11〕）
国の母　生れた文を　抱き歩き　（柳多留初・〔8〕）

第一句は恋に焦れる女性を、第二句は夫婦の悋気を、第三句は母の情を詠んだもの。第一句では惚れた人に自分が直接触れるのはなんとなく気恥ずかしいので、抱いている児にそれをさせるという、つつましやかな愛情を見ることができ、第二句はどちらが焼き餅をやいたのかは（多分女性の方であろうが）しらぬが、派手に日用具を投げつける様は「あたりでの有」銅だらいの音で察しがつき、何ともなくおかしみが湧いてくるのは夫婦の愛が端的に感じられるからであろう。第三句は遠くへ嫁いだ我が子からの出産の便りを抱き歩く母親の切実な愛情が感傷をこめて描かれている。

なきなきも　よい方をとる　かたみわけ　（柳多留十七・〔44〕）
医者衆は　辞世をほめて　立たれたり　（柳多留二・〔15〕）
人魂の　頓死とみえて　矢のごとし　（柳拾遺三・〔16〕）
南無女房　乳をのませに　化けて来い　（柳拾遺三・〔13〕）

川柳には死を扱ったものが比較的多いが、これは死というものの平等性と、生あるものの避けては通れない必然的な厳粛性に、人生の凝縮された姿を見ようとしたものであろう。この四句は平明で、一読して理解できる。第一句は現在でも同じ光景であり、人間の欲望のあざとさを借りて、死と生の断層をえぐり出している。第二句は人為ではなすすべもない「死」というものをめぐる医者という観察者と、辞世を詠む死者を対比的に表現しているが、その裏には残された家族の哀しみがほのみえる。第三句は不慮の死を遂げた人（おそらく若者であろう）の無念の想いを「矢のごとし」という表現で描くところに川柳の真骨頂がある（ここでは「光陰如箭」が下敷きとなっているだろう）。最後の句は、赤児を残して死んだ若い妻の想いと残された夫の愛惜の心をにじませてえぐっている。なお、この第一句と第二句には周作人の訳詞があるので参考までに記載しておく。（苦苦啼啼地、還檢取好的——、分壽貨。／无聊頼地、稱讚那首「辭世」醫生站起身来）。

周作人は、「自分の文章」[17]（一九三六年）の中で、「閑適」を大小二種に分けて、その大閑適の例に、宋の明帝が毒杯をもって王景文《おうけいぶん》に死を賜い、また斉の明帝が同じようにして巴陵王子倫《しりん》に死を逼った故事を引用してその逍遥たる態度を賞賛した周作人の生死観、すなわち「死を視ること甘寝のごと」き生死観が閑適極まると言っている。このような死に対する態度は川柳の中にある「死に対する余情」のようなものに連結しているように思われる。

例えば、「若子の病」（一九二五年）「若子の死」（一九二九年）といった、愛娘若子の病と死を描いた作品でも、その描写は意外なほど淡々としていて、ときには非情ささえ感じられる。しかし、そのゆえに周作人の中に渦巻く慟哭が切々として人の心を打つのである。

愛と死、この表裏の中にある生、これが彼の人道主義の底流を形づくるものであって、それは彼の作品「初恋」

にも通じ、しかも彼の文学作品を覆っている思想であり、表現手法としては「川柳的手法」が光彩を放っている。終わりに、周作人の『西山小品』中の「ある郷民の死」[18]（一九二一年）をごく一部ではあるが、紹介しておく。

どういう人だろう？　あるいは嘗て私は見たことがあるかもしれないが、いまは知る由もない。彼は独身で、近くにも親戚らしい人もいないようだった。彼の亡骸は寺によって片付けられ、今日の午前中に山門の外の道路端の畑に葬られてしまった。
各種の店に多くの掛け買いが残っていた。粉屋には一元あまり、油と醤油の店にはこの一箇所だけでもおよそ四元近くある。店の人は彼の死を聞いて、すぐ帳面からそのページをはずして焼いた。そして、紙銭を持ってきて故人のために焼いてやった。（拙訳）

細かく説明するまでもない。実に淡々とした文章であるが、そこには周作人の死を見つめる視線が光っており、周辺の人々の人情味や周作人の暖かなまなざしが読む人の心を揺さぶらずにはおかない。

（3）婦人・子供

白かべを　両の手でぬる　花の朝　（玉柳・一）
花の雨　ねりまのあとに　干大根　（筥柳一・〔31〕）
恥しさ　知って女の　苦のはじめ　（柳多留初・〔19〕）

腰帯を　しめると腰は　生きてくる　　（柳多留初・〔14〕）

第一句は花見の朝、いそいそと白粉をまるで白壁を塗るように塗っている様、第二句は花見でいきなりの雨に見舞われ、尻をはしょって走る女たち。若い女の白く太い足の後に老女の干からびた足がついて走る様で、これらの光景を思い浮かべるとたくまざるおかしさが湧いてきて、ちょうど一枚のカリカチュアを見ているようである。第三句は、前の二句と相違して、なかなか「ひねった」句である。世情に逆えぬ封建社会の女性の哀感が十七文字の中で見事に表現されている。また、第四句からは喜多川歌麿（一七五三〜一八〇六）が描く浮世絵をみるような想いが味わえる。

かみなりを　まねて腹かけ　やっとさせ　　（柳多留初・〔2〕）
男の子　はだかにすると　つかまらず　　（柳多留三・〔35〕）
真ん中に　あんよはお下手　ぶらさがり　　（柳拾遺十・〔22〕）
人さまが　来るとまま子を　目に入れる　　（柳多留十五・〔31〕）

前の三句はともにさらりとした描写で子供を詠っている。第一句、第二句はそのままの読みであるが、第三句は現在こうした風景はあっても、江戸の昔と若干の相違があるので念のために次のことを付け加えておく。江戸時代には長屋の露路は、たいがい中央に排水のための溝があり、その両がわの通路に両親がいて、幼児の手を取り、ぶら下げながら囃して歩いたのである。第四句は鋭い「穿ち」の句である。いうまでもなく「目に入れる」

とは目に入れても痛くないほどの可愛がりようのことである。

周作人にも子供の情景を描いた『児童雑事詩詩集』（一九四八〜五〇年）がある。周作人のこの詩集に描かれた子供の情景は、「穿ち」を捨て、子供の純粋さや天真爛漫な姿を彼の独特な感情で受け止め、表現しようとした、ほほえましいものである。それは、前の第一句から第三句に見られるものと次元を同じくするもので、彼が日本の一茶、良寛の詩歌、あるいは坂本文泉子の『夢のごとく』を愛読していたのも故なきことではない。

以下に周作人の詩を二首、拙訳を付けて紹介する。

一、新年

新年拜歳換新衣
白襪花鞋様二齊
小辮朝天紅綫紮
分明一只小荸荠

新年

年始回りにまっさらなドレス
白いソックス　花柄の靴
紅いリボンのおさげははねて
それはちっちゃなクワイのようネ

（拙訳）

十一、書房

帶得茶壷上學堂
生書未熟水精光
後園往復無停止
底事今朝小便長

教室

ヤカンぶら下げ学校に
行けどサッパリわからない
やたらとヤカンをガブガブと
のめばおしっこ止まらない(19)

（拙訳）

(4) 官能的享楽(エロティシズム)

寝て解けば　帯ほど長い　ものはなし　(柳多留三・(39))
若後家の　不承々々に　子に迷ひ　(柳多留初・(33))
うたた寝の　帯より下は　女なり　(柳拾遺九・(29))
起きなんし　などと狸へ　よりかかり　(柳拾遺六・(29))

第一句は見事なほどにエロティシズムが表現されていて隙がない。帯という道具がこれほどにエロティックな働きをすることの着眼に驚嘆を禁じ得ない。第二句は、若くして夫を亡くした妻に言い寄る男と、半分以上は傾いている女性が、それでも子供を理由に応諾しないさまが、かえって心情を映して艶かしい。第三句はやや直截的で面白味に欠けるが、庶民の眼がそこに注がれていることは見逃せない。第四句の「狸」というのは「狸寝いり」で、遊女の来る気配に気づいた男が、さも余裕ありげに寝たふりをする。そのようなことは百も承知の遊女が、これもまたお世辞に男にしなだれかかる。遊里の男女のやりとりがエロティックに描かれている。

ところで、日本文学史における近世は、政治史で区切った「江戸」の時代の文学を対象とするのが一般である。時代や社会を動かすに至った国内の政情も、文芸一般については直接に影響することなく推移した。とくにこの時期には木活字や銅活字による出版文化が花咲き、読書人口も飛躍的な増加を示した。それにつれて、社会風俗と文芸との結合が緊密になり、その領域も拡大した。その背景には町人階層の勢力が増大したことがあり、遊廓、茶屋、芝居小屋といった、伝統的倫理観では悪所とされた場所が、文芸の重要な土壌としてそれを育んだのである。そうした土壌の中から、江戸時代後半になると、日本文学史上で特筆すべき庶民的耽美主義、エロティシズムが発生した。それが、軽み、虚実、粋、通などであって、このような概念の充実は諸芸全般に大きな影響を与えたのである。

下女の尻　つねればぬかの　手でおどし　（末摘花・初編）
初会から　中結を解く　こわいやつ　（末摘花・二編）
上下を　ぬぐと無常も　恋になり　（末摘花・三編）
間男は　湯屋人の　ように逃げ　（末摘花・四編）

この四句は『末摘花』からのものである。周作人は濃厚なエロティシズムの影響を、『末摘花』から最も多く受けたと述懐しており、宮武外骨（一八六七〜一九五五）のエロティシズムに最も興味をもっていたと言われる。外骨からの影響は、彼の文学の中で再構築されるのであるが、詳細については、後述に委ねることにする。

(5) 似非《えせ》知識人

孔明は　三回目から　帯をとき　（柳拾遺四・〔23〕）
七人は　藪蚊を追ふに　かかって居　（柳拾遺四・〔16〕）

五戒より　和尚やっかい　保ってる　（柳多留三・〔23〕）
大黒の　お腹ごもりは　和尚作　（柳多留五・〔8〕）

第一句は、「三顧茅蘆」の故事（蜀の劉備《りゅうび》が三度も諸葛亮《しょかつりょう》の仮屋を訪ね協力を頼んだ故事）を踏まえたもので、遊女の性意識が詠われている。そしてその背景にあるのは客の執拗さであり、それらが搦みあう面白さが何とも言えない。第二句は、竹林の七賢人（晋の時代に老荘思想をもち、俗世を避けて形式的な礼法、作法をいやしみ、竹林に入って清談を楽しんだ賢人たち）の絵でも見たのであろう。さぞかし藪蚊にくわれたろうに、という庶民の思いがおかしさを誘う。これらの句は、特に似非道学者を揶揄するものではないが、庶民の感覚を偉人に同化させたところに発想の面白さがある。第三句は五戒と厄介といった、五と八という数を「カイ」という音をかけた言葉遊びと、在家の者ですら守るべき五戒（殺生・偸盗・邪淫・妄語・飲酒）を和尚が破った行為への「穿ち」がおかしさになっている。第四句もほぼ同様で、大黒とは僧侶の妻の意。この二句はまさしく似非知識人への揶揄である。このように当時では知識層であった僧侶、そして徳目の実践者であるはずの僧侶に痛烈な批判と揶揄をもって穿つところに、江戸っ子の余情がある。ちなみに「緋の衣　着れば浮き世が　惜しくなり（柳多留・一）」という句もある。僧侶の身分が緋の衣を着られる程に高くなっても、それにも増して通俗性にとらわれる撞着を指摘するのである。

周作人の作品にも、こうした種類のものを随所に見ることができる。

今の和尚は国大選挙（国民大会選挙）に私たちより積極的に熱中している。たとえば私の知っている紹興の阿毛さま自身がおっしゃるには、わが家の数はほかの人たちよりも多くて、実家や妻家そして寺家がある、と。[20]　　　　（拙訳）

当時の中国では、まだ僧侶が選挙に参加することや、妻帯することが許されていなかった。したがって、そのことを考えると、どうやら彼は日本の僧侶にかこつけて、中国の権力志向者の俗人ぶりを指摘しようとしたのかも知れない。そして、だからこそ中国人がこれを読むとき、日本留学の経験がある人であればこそおかしみを感じたのではなかろうか。これで思い出されるのは、周作人が日本留学期に書いた詩で、当時家政学を修得しようとする女子学生にひとつの警告を与えたと考えられる作品である。まだ若さゆえの未熟さの残るものであるが、すでに川柳的な感性の萌芽がうかがえる。その詩三首を見てみよう。

爲欲求新生　　新生活を求め
辛苦此奔走　　苦労のあげくやってきて
學得調羹湯　　学んだものは味噌汁調理
歸來作新婦　　帰国の後は新妻風

不讀宛委書　　大切な本も読まず
却織鴛鴦錦　　織るのは愛の錦だけ
織錦長一丈　　織った錦はながくとも

春崋此中尽　　　青春はそれで果てる
出門懐大志　　　外国に行く前の大志も
竟事不一呋　　　ただのひとつも実らず
款款墜庸軌　　　いつしか世俗の道に墜ち
芳徽永斷絶　　　美しいはずの青春も永遠に絶たれる(21)
（拙訳）

(6) 庶民と貧

夕だちの　戸はいろいろに　たてて見る　（柳多留初・(29)）
乳貰いの　袖につっぱる　鰹節　（柳拾遺十・(30)）
首くくり　富の札など　持っている　（柳多留五・(31)）
後家の質　男ものから　置きはじめ　（柳多留十八・(27)）
浪人は　長いものから　喰いはじめ　（柳多留六・(11)）
江戸ものの　生まれそこない　金をため　（柳多留十一・(19)）

もともと川柳は庶民文化の土壌の中から生まれたものであることから、庶民や貧しさを取り上げた句が多い。第一句は、夕だちにうろたえる庶民生活の様がおかしい。第二句は、妻に死なれた男やもめが、子供を抱えて乳をもらいにゆく。その袖の中には謝礼の鰹節が入っているのだろう、外から見ても突っぱっている。学者によっては、この鰹節は乳欲しさに泣く子供に一時的にしゃぶらせるものだとする説もある。第三句は、言うなれば凄惨な光景である。しかし、富の札つまり富籤を持っているところがおかしさを誘う。第四句、第五句は同質で、前者は夫に先立たれた女性が、男もの（亡夫のもの）から順に質屋に入れて生活費の足しにしており、次句は、日頃の武士の誇りの象徴である刀から質入れして生活費の補いとする様が何とも面白い。第六句は、宵越しの銭は持たないという江戸っ子気質が、小金をためる者を軽蔑するが、どこかで羨望の眼が感じられて笑えるのである。このように、庶民の生活の中には、つねに不可分に貧なるものが入り込んでいるが、読んで分かるように実にサバサバとして屈託がない。

以上のようにいくつかのカテゴリーに分け、そのひとつひとつを検証していると、周作人が川柳に惹かれ、川柳を愛し、川柳に学んだ心情とそのプロセスが理解できる。周作人自身も、

川柳の諷刺（対象）はだいたい類型的で、たとえば遊び人、頑迷な道徳家、夜逃げ、借金などが詠み人の格好な素材となる。しかしその諷刺は特定の限られたものだけでなく、ごく日常的な習慣や言語動作でも、卓抜な着眼と言語表現によって絶妙な漫画となる。[22]（拙訳）

と述べ、彼が川柳を高く評価したのは、川柳独特の着眼と、それを十分に活かすことのできた言語表現であることを表明している。

周作人がこのように川柳味を解釈し、理解した根本には、着眼＝表現言語というふうに、お互いにイコールで

結ばれる図式が介在していて、それが彼に影響を与えたといい得よう。

彼の作品の中には、明らかにそうした影響を見ることのできるものが多いが、その一端を示せば、「前門で馬隊に出会った記録」（一九一九年）「怪我」（一九二一年）「鋼鉄趣味」（一九二六年）「肉まんの税金」（一九二六年）「死法」（一九二七年）等々がある。

周作人は、言文一致、新詩試作、児童教育、婦人解放など広範多岐にわたる活動を行った。それを支えたのが民俗学を含む知識の豊かさと広さであったことは当然であるが、しかし、今は何よりも、その底に、人間への尊重があったからだということを強調しておきたい。

周作人の理知はすでに驚くべく発達を遂げているが、彼はなおその上に常に感慨《かんがい》を加えるため、ここに彼の博識が作り上げられた。しかし彼の態度は知識のひけらかしや衒学《げんがく》ではない、謙虚と真誠との二重の内美は、ついに彼の理知をして光を放たしめ、彼の博識をして実用に致さしめている。(23)

（訳・松枝茂夫）

郁達夫のこの言葉が、なによりもそのことを雄弁に物語っているであろう。

注

（1）『周作人晩年手札一百封・致鮑耀明』（香港太平洋圖書公司・一九七二年五月）

（2）寒川鼠骨『古今滑稽俳句集』（初学俳句叢書・大学館・明治四十年）

（3）知堂『知堂回想録』（前掲）八十七、「日本語を学ぶ（続）」。

（4）周作人「関于日本画家」（『芸文雑誌』一巻二期・一九四三年）

（5）高島平三郎編、竹久夢二画・『児童を謳へる文学』（洛陽堂・一九一〇年）。作人「歌咏児童的文学」（『晨報副刊』・一九二三年、『自己的園地』所収）

（6）知堂「日本之再認識」（『中和月刊』三巻一期・一九四二年。『薬味集』に所収）

（7）子栄（周作人）・「芳町」（『語絲』四十八期・一九二五年。『自己的園地』に所収。また『周作人日記』・大象出版社・一九九六年）を参照。

（8）周作人「日本的諷刺詩」（『談龍集』・上海開明書局・一九二七年）

（9）周作人「日本的諷刺詩」（前掲）

（10）ハワード・S・ヒベット編、長谷川強訳『江戸の笑い』（明治書院・一九八九年）

（11）石崎又蔵『近世日本に於ける支那俗語文学史』（清水弘文堂書房・一九六七年）

（12）松枝茂夫訳『笑府』（岩波文庫・一九八三年）

（13）師爺とは幕友の尊称で先生の意味。幕友というのは民国以前、知縣以上の地方官が聘用した政治助理員で、普通これを刑名・銭穀の二部に分け、それぞれ司法・財政を受け持つ。周作人の郷里紹興は明清時代には刑名師爺の産地として有名であり、一般の風習からあらゆる人事までに対して批判が苛酷にして容赦しない傾向がある。筆鋒の鋭い文人、評論家のことを師爺と呼ぶ。

（14）郁達夫「魯迅与周作人」（郁達夫編選・『中国新文学大系・散文二種』導言・上海良友図書印刷公司・一九三五年）訳は松枝茂夫訳・『周作人随筆』（冨山房百科文庫・一九九六年）を参照。

（15）周作人「日本的詩歌」（『芸術與生活』所収・前掲第二章（4））

（16）豈明「裸体遊行考訂」（『語絲』一百二十八期・一九二七年。『談虎集』に所収）。訳は木山英雄編訳・『日本談義集』（平凡社・二〇〇二年）を参照。

（17）周作人「自己的文章」（『青年界』十巻三期・一九三六年。『瓜豆集』に所収）

（18）周作人「一個郷民之死」（『長生する星の群』一巻九号・一九二一年。原文は『小説月報』十三巻二号・一九二二年。『過去

的生命』に所収)

(19) 周作人「児童雑事詩」(『周作人詩全編箋注』・前掲第二章(3))

(20) 周作人「家的上下四傍」(『論語』一百期・一九三六年。『瓜豆集』に所収)

(21) 周作人「雑詩題記」(『知堂雑詩抄』・岳麓書社・一九八七年)。日本留学中に劉申叔の『天義報』に発表した詩である。

(22) 周作人「北京的風俗詩」(『知堂乙酉文編』・香港三育図書文具公司・一九六一年)

(23) 郁達夫「魯迅与周作人」(『中国新文学大系・散文二種』導言・前掲本章(14))。

松枝茂夫訳『周作人随筆』(前掲)

※ 山澤英雄校訂『誹風柳多留』(岩波文庫・一九九五)。

※ 岡田甫校訂『定本川柳末摘花詳釋』上・下(青光書店・一九六七)

本文中に引用した川柳はすべて現代仮名遣いにあらためた。

※ 中村俊定校注『芭蕉俳句集』(岩波書店・一九七〇年)

第四章　周作人の打油詩（戯れ歌）

前の二章では、中国に新詩が誕生した社会史・文学史的な背景と、中国の小詩運動の流れの中で、周作人がどのようにそれを受け止め、どのような役割を果たしていったのかを考究した。またそれと同時に、周作人が日本の川柳に共鳴した理由と、川柳の心、つまり川柳味を如何に理解し吸収していったかを検証した。

本章では、それらを前提としてさらに各論的な領域に踏み込み、彼の文学精神の形成過程を明らかにしてゆきたい。

一、打油詩創作の背景

打油詩という言葉は聞き慣れない人が多いと思う。辞典的意味は諧謔詩、内容と文句が通俗的で面白く、平仄や韻律にとらわれない旧体詩である。

もともと戯れ歌というのは、古くから中国に存在する旧体詩の一種であり、唐代の「張打油」という人物によって初めて詠われたものと言われている。戯れ歌を打油詩と言う所以であり、蛇足ながら、「打油」とは「油を柄杓で汲むこと、あるいは量り売りの油を買うこと」である。これに類似した「打牙油嘴児」という言葉は「無駄口を叩く」の意である。このように述べてくると、張打油という人物の名の面白さや、打油詩が戯れ歌であることの洒落っ気が理解されよう。

ところで、周作人が生きてきた中国の状況は前述したように変転極まりないものであった。

「近代」という言葉の語感は本来、明るい響きをもっている。しかし、アジアに即して見れば、軍事的優位のうえに立ったヨーロッパ資本主義の侵入の始まりを意味している。ヨーロッパ自身からみると、近代は世界の「西欧化」「文明化」であろうが、アジア民衆にとってはまさしく「被近代化」「被西欧化」であり、政治的にだけでなく、文化的にも「奴隷化」を意味している。こうした際に中国文学がもった特異性とは、世界文学の中で最も古い伝統と歴史を有している点である。例えばエジプトやギリシャの古代文明はその言語が死語ないし死語に近いものとなっているのに反して、中国においては今もその言語は受け継がれている。そして、そのゆるぎない言語によって、悠久の文学史を紡いできたのである。中国の近・現代文学の歴史は、まずこうした厚い層によって西欧の衝撃を受け止めたのである。したがって中国近・現代文学を見るときには、まずそこから出発する必要があるのではなかろうか。言い換えれば、周作人が川柳など日本の江戸文芸に共感し、自らの文学にそれを引き込んでいったのも、個人の思惟性を越えた、中国の文化的歴史性の層の厚みの中から発芽していったとみていいのではないだろうか。

周作人が生を受け、やがて日本に留学した二十二年間、すなわち彼の多感であった青春期は、まさに何千年にわたって中国を支配してきた封建専制政体の最後の王朝、清朝が崩壊せんとするときであり、混迷を極めた時期であった。

周作人が一九〇六年、日本に留学し、さまざまな刺激を受けながら兄・魯迅と『域外小説集』でもってヨーロッパの新しい文学思潮を紹介して以来、中国文学史上に勃発した最初の事件は胡適の「文学改良芻議」に端を発する「文学革命」（一九一七年）であった。それに先立つ一九一五年、「五四新文化運動」の中核的役割を担った『青年雑誌』は、第二巻より『新青年』と改称し、編集部が上海から北京に移ったのちは、編集長の陳独秀をはじめとする、魯迅、胡適、周作人、そしてマルクス主義の紹介者李大釗（一八八八〜一九二七。北京大学経済学部教授兼図書館主任、中国共産党創立の中心的役割を果たす）など、主として北京大学の教官が執筆にあたった。『新青年』は「民主と科学」を標榜し、儒教イデオロギーを痛烈に批判して思想革命・文学革命を実行したが、一九一九年七月から八月にかけて胡適と李大釗の間でロシア革命（一九一七年）の評価とマルクス主義の受容をめぐって論争があり、内部的な対立を深めていった。これによって陳独秀、李大釗らはレーニンのボルシェビズムに傾き、一九二〇年、上海で中国共産党組織を発足させ、翌二一年七月には中国共産党を正式に成立させた。こうした動向に対してマルクス主義に強い反発を示した胡適は、アメリカ・モデルによる近代化を主張する。そして周作人は、むしろ日本の白樺派による「新しき村」運動へ共感し、後に信仰自由の論争によって陳独秀と別れた。

この、『新青年』が分裂に向かいつつある一九二一年一月、北京大学の教授である周作人を筆頭に朱希祖《しゅきそ》（朱逷先）、鄭振鐸、許地山《きょちさん》、茅盾《ぼうじゅん》、葉聖陶《ようせいとう》ら十二名が北京で「文学研究会」を旗揚げし、「人生のための文学」というスローガンのもと、職業作家の権利保護という要求を掲げた。

「文学研究会」の文芸理論面で活動した茅盾は、

われわれは知っておかなければならない、写実文学の欠点は、人の心を暗くさせ、人を失望させ、しかも人の感情をあまりに刺激しすぎて、精神的な調節がなさすぎることである。われわれが象徴主義を提唱するのは、それを調節したいと思うからである。そのうえ、新浪漫派の声望は日に日に盛んで、彼らはたしかに人に正しい道を示し、人を失望させないだけの能力を有している。われわれは必ずやこの道を歩まねばならない。しかしそれにはまず準備が必要であり、われわれは準備をしなければならない。象徴主義は写実主義の後を受けて、新浪漫派に到るひとつの過程であるから、われわれはまずこれを提唱しなければならないのである。(1)

(訳・高田昭二)

として、新文学の向かうべき方向は、写実主義が象徴主義（Symbolism）を経て新ロマンティシズムに到達する道だとしている。すなわち、ブルジョアジーの俗物性への反抗として非現実的な方向を志向したヨーロッパのロマン主義文学の場合にくらべ、後進的な中国社会にある「文学研究会」は、反封建と近代化を目指して、啓蒙的、社会的な色彩の濃厚な国民文学、民族文学を志向したということであろう。そして、この中心的な理念が、「文学研究会」がしばしば強調する「人類」や「人生」の文学にほかならないのである。

この「人類」ないしは「人生」観を周作人の「新文学の要求」(2)（一九二〇年）によってみることとする。彼は、「われわれは人生の文学こそ実に今日の中国に必要な唯一のものであると信ずる」と述べ、その後「人生の文学」を次のように説明する。

人生の文学とはどのようなものか。わたしとしては二項に分けて説明することができると思う。一、この文学は人間性のものであり、獣性のものでも、神性のものでもない。二、この文学は人類のもの、個人のものであって、種族のもの、国家のもの、郷土及び家族のものではない。（拙訳）

として、文学を、第一に「芸術のための文学」、第二に「人生のための文学」に分ける。そして第一の場合については、

（芸術派）は技巧を重んじ思想感情を軽んじ、自己表現という目的を妨害し、遂には人生は芸術のために存在すると考えるに至る。それ故あまり適当とは思えない。（拙訳）

としてこれを斥け、第二の場合については、

人生派は芸術が必ず人生と関連しなければならないと言って、人生とかけ離れる芸術があることを認めないのである。この派の通弊は、ともすれば功利に走りがちで、文芸を倫理の道具とし、壇上の説教に変えてしまう。（拙訳）

として、これもまた斥けている。その上で、彼は「人生の文学」を提唱する。

（人生の文学）は、つまり、芸術的方法を用いて、彼の人生に対する思想・感情を表現し、読者に芸術的

享楽を与えると同時に人生についてなにがしか学んでほしい。こう考えてくると、われわれが要求するのは当然、人間的芸術派の文学でなければならない。（拙訳）

とするのである。つまり周作人は、文学というものは人生に対する思想感情の表現であり、その方法としては芸術的手法を用いなければならないものなので、ひいてはこのことが読者をして、芸術的感興に誘い込むと同時に、人生に対する解説（人生観）を得さしめると言うのである。そしてそれこそが人間的芸術派の文学だとしている。日本語としては、人間的芸術派とは極めて理解しがたい言葉使いであるが、これは単純に周作人の主張する「人生の文学」と考えてよいだろう。

このように周作人が目指したものは、芸術であれ何であれ、すべてが人生に対する態度そのものであると言える。そして、この思想が、彼の「人間の文学」に流れている人道主義、個人尊重主義に立つ文学の基底にあるものなのである。また、文学が人生に対する態度であり、それを表現するものが芸術的手法であるとする彼の芸術観は、同時に読者をして芸術的感興に誘い込むことと一体となっているので、そこに彼が胡適の「文学改良芻議」に共鳴した根源をも見ることができる。

しかし、彼のこのような人生観、文学観は、彼のパーソナリティと相俟って、必ずしも彼に常に有利にはたらくとは限らなかった。

ところで、胡適の「文学改良芻議」が文学革命の発端となったことについてはすでにふれたが、胡適の主張する白話文運動に対して、陳独秀はその根底に精神革命を見ていた。つまり、彼は文学を革新させることによって、人心を一新し、政治の革新を成しとげることを目指していたのである。こうした趨勢にも、当初魯迅は比較的無

関心であったようで、周作人も、

彼（魯迅）が小説を書くのは、白話文運動を推進するためではなく、その主な目的はやはり封建社会とその道徳を倒そうとするためにあった。すなわち『新生』の文芸運動をつづけることである。ただ今回は便宜上、白話文を使っただけであった。彼が文学革命に賛成であったのは言うまでもないが、ただそれが思想革命と結びつかなければあまり意義がないと思っていた。(3)（拙訳）

と述べ、陳独秀が運動の最終目標を政治の革新においていたのに対して、魯迅はそれをあくまでも思想革命においていたことを指摘している。したがって、この文脈からも、後に至って『新青年』が分裂する兆しがすでに見え隠れしている。しかも魯迅、周作人はすでに十年前、自らの文学運動が文学雑誌『新生』の失敗によって挫折した苦い経験がある。高田昭二も、

十年前の無惨な失敗に終った彼自身の文学運動と同じような姿勢を、彼はそこに見たから、このような運動が果たして真の思想革命を招来し得るのであろうかという危惧が、苦い思い出とともに、この運動に初めて接した頃の彼の心に生じていたのではなかろうか。(4)

と指摘している。

魯迅、周作人が歩んだ成人に至るまでの道程は、まさしく光と影とが、また希望と挫折とが錯綜する波瀾にみ

ちた時代であったが、魯迅はその影に瞳を凝らして透徹した観察眼で容赦なく人間の内面を掘り下げていった。しかし、周作人はその光と影を融合させ、ヒューマンな世界から人間を見ようとしたのである。

あれほど中国文人に期待を抱かせた「五四運動」もすでに終息期に入り、共に語り合った仲間も離散し、周作人自身も病を得て西山での療養を余儀なくされた。また、信頼し合った魯迅と周作人兄弟の仲もいつしか不和になっていった。そして、それが決定的な結果をもたらしたのは一九二三年八月のことであった。不和の原因については、周作人の日本人妻羽太信子の考え方が魯迅一家と馴染まなかったためであるとも言われているが、実は、魯迅と周作人の前述したような考え方の微妙な違いがその根底にあったのではなかろうか。

さらに一九二六年三月十八日のいわゆる「三一八虐殺事件」以来、魯迅、周作人に対してともに逮捕令が出たほど、文学者への圧力が強化された。そしてまた一方、文壇では左派勢力の文学者に利せられて、趣味文はその攻撃に晒されたのである。このような状況の中、周作人が次第に考え方を変え、ものを言わなくなったのは前述のとおりである。

さらに、中国革命の先駆者李大釗が一九二七年、張作霖（一八七三〜一九二八）によって逮捕・絞殺され、それに追い打ちをかけるかのように、周作人は二九年に娘若子の死を迎える。

前にも述べたように、周作人は新文学の形成に極めて大きな貢献を果たした。そしてひきつづき運動の退潮期にも軍閥統治の専制への反発をこめ、さらには新旧文化界の混乱・錯綜する現状に対して、先鋭的な諷刺的雑文で応じ、よく啓蒙運動の使命を果たしたが、こうした活動も、国民革命分裂前後には一応終止符が打たれ、以後は反時代的な韜晦の姿勢を強めていった。そして、彼は早い時期から中国独自の可能性を予見していた散文小品に精力を注ぎ込んでいった。こうした周作人の軌跡は、彼の初期的な西洋の模倣や啓蒙的なあらゆる信仰からの脱皮と、固有文化自体の革命ならぬ再生あるいは復興への転換にほかならない。しかし、その萌芽はすでに彼の若年期にも見られ、その文脈において日本文化に対する彼の深い理解もおのずから理解される。

周作人が、齢五十になんなんとする一九三四年、打油詩をものした心情の背景には、以上のような状況の推移と、一人の文人がたどった心理的葛藤があった。それらを考慮せずには周作人の打油詩創作の基盤は理解できないだろう。

ところで、軍事力に勝る日本は、一九三八年秋までに北京、上海、南京、広東、武漢などを占拠したが、多くの文学者は難を逃れて「大後方」や「解放区」へと移動した。そして日本の占領地区にとどまった代表的な存在が周作人であった。文化的には「親日派」でありつつ、政治的には「反日派」であるという、このアンティノミー（矛盾）を背負った周作人が選択したのは、傀儡政権の要職につくことであった。おそらくそれは彼にとって最大の挫折であったと言えるであろう。なぜなら、彼はすでに一九三七年に日本の軍国主義に絶望して、自ら日本論の筆を断っていたからである。

周作人の精神の遍歴がつづく。

二、周作人の打油詩

周作人が打油詩を作るに至った道程は前節で解明した。打油詩は彼が辿り着いた想念の凝結であると言える。時として人はこれを戯れ歌なるがゆえに、現実逃避と見ることがあるが、しかし、ここには周作人が次の目的に到達する道標としての積極的な意味が込められていると見るべきである。

一九三四年一月十三日

偶作牛山体（五秩自壽詩）[5]

其一

前世出家今在家
不將袍子換袈裟
街頭終日聽談鬼
窗下通年學畫蛇
老來無端玩骨董
閑來隨分種胡麻
旁人若問其中意
且到寒齋喫苦茶

其二

半是儒家半釋家
光頭更不着袈裟
中年意趣窗前草
外道生涯洞里蛇
徒羨低頭咬大蒜

五十自寿詩

その一

前世は僧でも今は俗人、
不断着を袈裟に変えはしない。
街頭でひねもす怪談を聞き、
窓辺で年中無駄ごとばかり。
老いてなすなく骨董いじり、
閑にまかせて分相応に胡麻など植える。
人もしその心を問いたくば、
どうかあばら屋で苦いお茶でも飲まないか。

その二

半ばは儒家、半ばは僧侶、
丸坊主でも袈裟など無用。
齢半ばにして窓前の草に心をひかれる、
穴の蛇にも似た異端の生活。
ただ夢中でニンニクを食う世人が羨ましく、

未妨拍桌拾芝麻　　机の隙間の胡麻でも叩き出して食べようか。
談狐説鬼尋常事　　ありもしないことを言うのはふだんのこと、
只欠工夫喫講茶。　ただ茶飲み話をするてだてがないだけのこと。
（拙訳）

この二首は、一見世を捨てた男の単なる自虐、自嘲の詩のようにみえるが、実はそれだけではない。二首ともにまず「袈裟など無用」と体制に背を向ける態度をはっきりとさせ、そのあとに世俗の流れに身をまかせた自らの生きざまを、諧謔的な言葉でもって表現している。同時に、世相を諷刺し、最後にお茶を飲むという所作に仮託した「ゆとり」を見せ、一連をたくみに締めくくっている。

この詩は、表面的には正統的な律詩に相対する、俚俗の詩をもって酬いる形（牛山体）を取っているが、そこに秘められているのは、周作人の並々ならぬ反骨の精神であり、彼の韜晦に託した真実、韜晦の裏にひそむ苦渋が詠われているのである。だからこそ、それが人々の感動を誘ったのであろう。同世代の文人たちは次々と唱和の詩でもって共感の意を表した。この二首は林語堂（一八九五〜一九七六）によって一九三四年四月五日に出版されたユーモアと閑適を提唱する雑誌『人間世』に掲載された。

周作人は一九三五年『苦茶随筆』の後記[6]（一九三五年）で、

私はいつになってもかくも一途で積極的であることを心から恥ずかしく思う。しかもそのことにいささか気がついた後でも、……まさか天下に奇蹟が真にあろうなどと信じているわけでもないのに。実に実にとんでもない大間違いだ。以後はよろしく努力して、いい文章を書くことに心掛け、他人の余計な世話は焼かずに、せいぜい草木虫魚のことでも談ずるようにしなければならない。

(訳・松枝茂夫)

と述べている。これが周作人の韜晦の心であろう。

そしてこの二首に深い共感をもって応じたのが蔡元培の和詩であった。

新年用知堂老人自壽韵(7)

新年児童便當家
不讓沙彌袈了裟
鬼臉遮顔徒嚇狗
龍燈画足似添蛇
六公輪擲想贏豆
數語蝉聯号績麻
樂事追懷非苦語
容吾一様吃甜茶

新年知堂老人の自寿韵によす

新年は子供が主人
沙彌に剃っても出家はごめん
鬼のお面はただ犬をおどすだけ
龍の提灯に足を描くのはほんのいたずら
六人で豆を賭けての取り合いや
しりとり遊びに興じあう
そんな楽しい思い出は愉快なもの
私にも同じ甘いお茶をば飲ませておくれ

(拙訳)

日頃は勤勉さで名を高からしめた蔡元培が、この和詩に詠んだ心暖まる豊かな風情と子供の情景の伸びやかさは、周作人にいかばかりの感銘を与えたことか。彼は「これ遊戯の中に自ら謹慎篤厚の気あり」として率直な賛辞の気持ちを表した。

苦渋に充ちた現実社会や政治に飽きたりない鬱々とした想いを抱いていた周作人にとって、無心に遊ぶことのできた故郷の新年は、春の風のように彼の寂寞の心に吹き込んだのであろう。それを遠くから見守る蔡元培に彼は心からの謝意をもち、三十年の後になってもこの和詩に計り知れない感慨を寄せて、

彼はその時、すでに古希に近かったにもかかわらず、新年に子供の遊ぶ情景を描き、細かい注釈まで加えた。ひたむきな童心がなおもあるようだ。私は彼より二十歳も若いのにそんなにはっきりとは覚えていない。これを読んでただがっかりするのは、このような些細なことさえも先輩には及ばないことだ。(8)（拙訳）

と述べて、変わることなき友情に想いを馳せている。

さて、蔡元培の「児童雑事詩」は、いわゆる「竹枝調」で書かれている。「竹枝調」というのは、七言四句で詠じられた楽府《がふ》のひとつで、その土地の風俗人情を民謡風にうたったものである。唐の劉禹錫《りゅううしゃく》の創始によるもので、後にはやや俳諧風なものへと変化していった。こうした風趣は、蔡元培の場合も周作人の場合も共通に持ち合わせるものであり、周作人は、それを最高の詩境として、「北京の風俗詩」の中で、「諧謔的な趣をその中に貫くべきであり、それでこそ辛辣さとそれを柔軟に包み込む糖衣としての甘さも加わるのである」(9)と述べて、また、次の文章の中でそれを説明している。すなわち、彼は「竹枝詞」を三種に分けて、

その三は風俗人情を主とするもの。この種の竹枝詞は私が平常から最も好むものである。しかし、それとてさほど多くあるわけではないし、よいものとなるとさらに少ない。これは風俗詩であるが、平明簡単に書

き並べても、よい詩にはならないし、無理に典故でもって飾っても、かえって陳腐さが目立つだけである。残された方法と言えばただ滑稽味を加えることだけである。すなわち、漫画法（戯画化）がそれである。したがって、この種の竹枝詞はたいてい諷刺詩であるといっても差し支えない。しかし、ここに真面目一方で理屈っぽい儒者と品の悪い本のようなものがあってはいけない。あくまでも諧謔的な趣をその中に貫くべきであり、それでこそ辛辣さとそれを柔軟に包み込む糖衣としての甘さ（蜜味）も加わるのであるが、残念なことに中国では古来、滑稽文学とその思想があまり発達してこなかったので、漫詩の成果は漫画と同様によくない。しかし、それとて実際仕方のないことなのである。[10]

（拙訳）

と述べ、竹枝詞の三の特質として、「風俗人情を主とする」点をあげている。しかも彼はそこで、竹枝調には作為があってはならず、たとえ不作為であってもただそれを平坦に書き並べることなく、さりとて無理に典故をもってきても態をなさないものだとしている。したがって、残された手法としての戯画化にしても、そこに強引な儒家思想が見えてもあざとい諷刺があってもならない。つまり、「竹枝詞」には風俗点描の姿勢として、辛辣さの中にもそれをしなやかに包む人間的な感情が含まれていなければならないと指摘している。周作人は中国の風俗詩あるいは諧詩に川柳のような歴史がないことを嘆き、視野の中には日本の川柳を手本としていたのである。

そして、さらに彼は、中国における滑稽文学が未成熟であると言う。これらのことを考えると、彼の「児童雑事詩」創作には、この「竹枝詞」に欠落したものを補完しようとする意図が含まれており、その補完の素因を川柳に求めたのではないか、と言える。

ところで、戯れ歌には激しい批判も浴びせられたが、周作人はなおもそれを書き続け、一九四四年には二十四首からなる「苦茶庵打油詩」[11]（一九四四年）を世に問うた。そのうちの二首を紹介する。

其十七

生小東南学放牛
水邊林下任嬉游
廿年關在書房里
欲看山光不自由

その十七

幼いころ、東南で牛飼いを学び、
水辺の林で自由気儘にたわむれていた。
二十年来書斎に閉じこめられ、
山の風光を見ようとてもままならぬ。

（拙訳）

其二十二

山居亦自多佳趣
山色蒼茫山月高
掩巻閉門無一事
支頤獨自聴狼嘷

その其二十二

山に棲むもまた趣多く、
山は緑深く月は山にかかって高い。
書を閉じ門扉を閉ざせば何事もなく、
頤《あご》を支えて独り狼の叫ぶを聞く。

（拙訳）

深い憂愁を詠う佳詩である。「其十七」詩は幼き日の追憶がメランコリックなリズムを漂わせながら、「其二十二」詩は孤高の憂愁が静謐な香りを漂わせながら、周作人の心中を語りかけている。そして、この二詩の中に共通してあるものは、自らをカリカチュア化して「苦」に対置させた詩魂であり、そこから深い味わいが出てくるのである。

芭蕉にもこれと同じ構造をもつと考えられるものがある。

野ざらしを　心に風の　しむ身哉　『芭蕉俳句集』一七八

しにもせぬ　旅寝の果よ　秋の暮　『芭蕉俳句集』一九八

周作人は自らの書斎を「苦茶庵」と名付けた。「苦茶」とは前出の戯れ歌にもある「苦茶」である。これは周作人が経験した人生、思想のすべてが濃縮され、抽象化、カリカチュアライズされたものでもあって、いわば彼が達観して得た世界、すなわち閑適の境地のことである。周作人のこうした「苦味」と「閑適」については章を改めて論じたい。

その後、拡大してゆく日中戦争の中で、多くの文学者が「大後方」あるいは「解放区」へと避難したにもかかわらず、前述のとおり周作人は日本占領下にとどまり、遂には傀儡政権の要職につく途を選択した。彼が敢えてそうした選択を行なったのは、一九三三年、李大釗の追悼会と、それに伴う遺稿出版の問題でトラブルが起きたことの影響があると思われる。それというのも、李大釗は革命に一身を捧げ、そのために家族を全く省みなかった。このことが遺稿出版に力を傾注していた周作人に北京残留を決意させた一因ではないかと考えられる。

この周作人の選択は中国の人々にも大きな衝撃を与え、彼はそれによって戦後、「対日協力」の廉で南京の老虎橋の獄舎に繋がれるのである。しかし、中国の新しい方向を模索しつづけ、兄・魯迅をはじめとする多くの同志たちと共に歩んできた周作人にとって、それは身を苛むような苦渋の選択であったと考えられる。その結果、獄舎に繋がれなければならなくなった彼が、自分自身を直視するには、己を一旦「苦味」の世界に沈め、自らを戯画化する以外に方法がなかったのかも知れない。

周作人は随筆「結縁豆」[12]（一九三六年）で、

仏教の中で私の非常に好きな字が二つある。すなわち、「業」と「縁」がそれだ。これによって人の世の多くの事柄をはなはだよく説明することができるように思う。ちょっと遺伝と環境というものと似ているようでもあるが、しかしさらに詩味を帯びている。（訳・松枝茂夫）

と述べ、また「虫よ虫　ないて因果が　尽きるなら」を引用し、中国語訳（虫呵虫，難道叫着，業便会尽了嗎）をつけている。

「業」とは梵語の **Karma** であり、心や言語のはたらきを含む行為や行動のことである。また現在を規定する力とし働く潜在的な「行為の余力」である。仏教では原因と結果の結びつきが重視され、原因があれば定まった結果が生じると説かれている。「縁」とは、その原因をたすけて結果を生じさせる間接的な作用のことである。こうしたことを仏教思想だけで考えていくと人為の行方が不明となって、ペシミスティックな運命論に陥ってしまう。運命は英語の場合 **fate** であり、ギリシャ語では **moira** である。**Fate** はラテン語の **fatum** を語源とし、**fatum** は判決の意で、**moira** は分配を意味する。つまり、それは常に与える者を前提とするのである。ホメロス（**Homeros** ギリシャの詩人、前九世紀の人。英雄叙事詩「イリアス」「オデュッセイア」の作者とされる）によれば、モイラを与えるのは最高神ゼウスであり、アイスキュロス（**Aeschylus**　紀元前五二五～紀元前四五六。ギリシャ三大悲劇詩人の一人。「縛られたプロメテウス」「ペルシア人」三部作、「オレステイア」など）に見られるように、知恵をもつゼウスの意志に服するなら、モイラ全体を摂理と見ることができるとなると、ここには、当然の摂理たる運命を敢えて甘受しようとする積極的な意志が入ってくると考えられる。

若き日、日本留学中にギリシャ文化を学んだ周作人は、「業」と「縁」をそのような「当然の摂理」とギリシャ的にとらえたのではないだろうか。つまり、老虎橋の獄舎にある自分の姿を、その原因も含めて必然的現実と受け止め、そこからの離脱をはかるための積極的な方向が「閑適」であり、その手段が「打油詩」であったと見てよいのではないだろうか。

このようなことを考えると、彼をある種のプラグマティストであると考えることもできる。そして逆に、プラグマティストとしての周作人が獄中でなおも自身に戯れ歌や雑詩を書かせたのであろう。

讀書[13]

讀書五十年
如飲摻水酒
偶得陶然趣
水味還在口
終年不快意
長令吾腹負
久久亦有得
一呷識好丑

読書

読書をはじめて五十年、
まるで水で割った酒を飲むよう。
たまには陶然たる味わいもあったが、
水っぽさが口に残る。
年中楽しいこともなく、
いつも心にしっくりこない。
それでもたまには得ることもあり、
一口すれば、わかる好し悪し。

冥想架上書　　棚の書物が、
累累如瓦缶　　重なる酒壺に見える。
酸甜留舌本　　酸っぱさ甘さが消えぬうち、
指願辨良否　　うまさまずさを分かりたいもの。
世有好事人　　世間の物好きが、
扣門乞傳授　　門を叩いて教えを乞えど、
舌存不可借　　口では言えず、
対客徒搔頭　　ただただ頭を掻くばかり。
（拙訳）

これは周作人が詠んだ雑詩の一つ「読書」（一九四七年）である。一読して、なんという洒落っ気であろうと感嘆せざるを得ない風趣に満ちた詩である。激動の人生で味わった苦衷を、飄々として浮き雲のように受け流す洒落さは、まるで禅僧の悟りのようであり、読む者を一つの深い感慨へと誘い込む。

この風趣、風流心には、まさに狂歌、川柳のもつそれと相通ずるものがある。周作人にはこの他にも、「苦茶庵打油詩補遺二十首」（一九四六〜四九年）「忠舎雑詩」（一九四六年）「往昔三十首」（一九四七年）「丙戌丁亥雑詩三十首」（一九四七年）「児童雑事詩巻一・巻二・巻三」（一九四七〜五〇年）など、その後に書き続けた戯れ歌がある。

一九六五年、幾多の辛酸苦楽を味わってきた周作人は、『徒然草』の言葉「命長ければ恥多し」を引いて、なかば自嘲しながら「八十自寿詩」（一九六四年）を書いた。

八十自寿詩[14]

可笑老翁垂八十
行爲端的似童痴
劇怜獨脚思山父
幻作青氈羨野狸
對話有時裝鬼臉
諧談猶喜撒胡荽
低頭只顧貪游戲
忘却斜陽上土堆

八十自寿詩

笑うべし老翁八十に垂んとして、
行為まことに童痴に似たり。
劇《はげ》しく独脚を怜《あわ》れみ山父を思い、
幻に青氈を作して野狸を羨やむ。
対話、時ありて鬼臉をよそおい、
諧談なお胡荽（中国パセリ）を撒くを喜ぶ。
頭を低げ、ひたすら遊戯をむさぼれば、
忘却す斜陽土堆にのぼるを。

茫洋とした雅趣を漂わせた詩作である。前出の「其十七」「其二十二」の詩が幽愁の気を漲らせたものであったのに比べると、この詩は諧謔味が半生の苦楽を包み込み、かえって閑雅な奥床しささえも窺わせる作品に仕上がっている。このように質的なものの相違はあっても、諧謔、幽黙の手法に変化はなく、周作人の森羅万象、生命に対する暖かい愛情が貫かれている。さらに彼が八十歳前後に書いたエッセーにも同様の態度と手法が用いられている。これらの作品は彼の人生観を投影したものと言うことができ、またそれはすでに述べてきたように川柳との関わりの中で繰り広げられたものと考えられる。

しかし、これらの戯れ歌の底辺に流れているものについて、多くの研究者たちの取り組みは決して適切なものであったとは言えない。なぜなら、従来の周作人研究者たちは、川柳と彼との関わりを見落とし、不問に付した感があるからである。研究者たちは、おそらくこれらの戯れ歌が中国古来の打油詩からのみ影響を受けたものと考えたのだろう。たしかに、古典に造詣の深かった周作人が明清文学の影響を受けていたことは否めないが、少なくともそこには、周作人が日本留学中に川柳を含む江戸の俗文学に出合い、その中から逆に中国古典の真価を再発見していったプロセスを看取できるように思われる。そして、川柳への深い理解から、自らの文学形式としての戯れ歌を発見し、それを書き続けたのであろう。周作人は「浮世風呂」[15]（一九三七年）の翻訳の際に、

士人が文章報国を信仰する時代に、このような戯れ歌はただ叱責を受けるだけだ。しかし私たちのような異端の者にとっては、かえって独自な良さもある。ある種の出来事や情景は別の形式の文学作品ではどうしても書けない、あるいは書こうとしないのだが、これを利用したらうまい具合に書くことができる。つまり、戯れ歌の生命はここにあるのである。（拙訳）

と、当時の中国の政治的暗黒の中で採択せざるを得なかった形式としての戯れ歌を説明している。一九一九年の新詩「小河」もそれであったし、一九三四年、寂寥たる中国文壇で、「五十自寿詩二首」の戯れ歌を創作したのも、まさに同じ理由からであったと言える。

三、打油詩と川柳の質的類似性

文化革命の推進者であった胡適[16]は、論文「談新詩」（一九一九年）の中で、中国の韻文の歴史を区分して、第一

次の解放は詩経の風謡体を長詩とした楚辞《そじ》の屈原である。第二次の解放は漢代以後において、五言七言の古詩の虚字を廃して、孔雀東南飛、木蘭詩を産んだ時期、第三次の解放は唐、五代の盛行した小詞。第四次の解放は民国になってから生まれた白話詩がこれで、第四次に至って初めて中国の韻文は意識的に解放されたと述べ、さらに白話詩をも含めた中国文学全般に関して、『白話文学史』（一九二八年）の中で次のように言っている。

中国の文学は漢代以後二つの道を歩いている。ひとつは模倣を事とした生気のない文語文学である。今ひとつは自然にして活発な人生を表現する白話文学である。従来の文学史は単に前者のみを認めて、後者を忘れている。

（訳・陣ノ内宜男）

ところで、鈴木修次によれば、中国では伝統的に「風雅」な文学こそよい文学であると考えられてきたが、その場合、「風雅」の内容には日本の場合とかなり差があるという。

『詩経』の古注『毛詩』(17)の序に、

是を以て一国の事を一人《いちにん》の本に繫ぐ。これを「風」と謂う。天下の事を言ひて、四方の風を形《あら》はす、これを「雅」と謂う。

（訳・鈴木修次）

とある。つまり、政治的な問題（国の事）を個人の生活の次元で（一人の本に）とらえたものを「風」といい、人間社会の問題（四方の風）を政治との関連で形わしたものが「雅」である、というのである。このような「風雅」の認識は中国で伝統的に受け継がれ、文学に対する一つの重要な価値観となって定着した。こうした中国における文学の伝統的認識や価値観は、いきおい文学と政治を結びつけることとなって、それは「五四運動」後の文学革命などによっても引き継がれている。また、『毛詩』の序は漢代の文学論であるが、その根元にあるものは、よい文学とは政治のあり方に厳しい批判を含ませたもの、すなわち「風刺」や「諷諭」「諷諫」を含むものであるという精神である。

鈴木[18]はこれを「アク」と呼び、日本では文学を中国から学んだとき、その「アク」を抜いたのだと指摘している。つまり、日本人は「風雅」の内容を「アク」抜きして日本人の趣向にかなうものにすり替えてしまったというのである。日本ではこの「風」というものを「風《かぜ》」という語感でとらえているように思われる。もともと「かぜ」は不可視なものであるから、「風」を「かぜ」という自然現象に引き寄せると、用語的にも概念的にも曖昧なものとなってしまう。たとえば、「都会風」「田舎風」といった類である。

また、「雅」も「みやび」と読み、その概念を「すさび」から「わび」「さび」といった日本的な「風流」に変えて行き、アクを抜いてしまった。言うなれば、それは「もののあわれ」である。この「もの」は「ものおもい」「ものがなし」の「もの」であって、極めて無限定で幅広い言葉（概念）である。吉田兼好の『徒然草』[19]第十九段に、

折節の移り変るこそ、ものごとにあはれなれ。「もののあはれは秋こそまされ」と、人ごとに言ふめれど、それもさるものにて、今一きは心も浮き立つものは、春のけしきにこそあゝめれ。

というのがあり、これがよくその概念を表している。

このような中国と日本の文学に対する考え方の相違は、文学を支える階層の差によっても生じている。中国のすぐれた文学は、伝統的に士大夫階層という官僚知識層によって支えられてきたが、それに対して日本の文学の主流は宮廷女性、法師、隠遁者、市民によって形作られてきた。こうした階層の差が、考え方の相違をもたらすひとつの原因であったことは否めない。さらには、日本が島嶼国であることから、島国の生活を反映させた文化を保ち続けた、と言うこともできる。したがって、このような風土条件から、日本文学が家族的同族集団によって保全されてきた経緯をもつということを指摘されている。つまり、狭い社会の中で同族的、血縁的共同生活を営み、相互に家族的な紐帯が強く、それが文学の上にも反映されている、というのである。このことによって、宮廷女性の社会、短歌集団、連歌衆的座の社会などから、同人雑誌にいたるまで、ほとんどが同族社会であり、閉鎖された社会であるという。この紐帯によって強く結びつけられた同族的な社会では、それを取り囲む諸状況はすべて共有され、了解されている。このことが、他との力の均衡や他に対する支配を考えなければならない政治性を日本文学から遠ざけ、短歌にしても俳句にしても、この了解を基盤として詠嘆的高まりを共感したと言えるのではないだろうか。そして、これが日本において俳諧や川柳のような、状況の説明を必要としない、世界にも稀な短詩形を生んだと言えるだろう。

さて、先に述べたように、日本の文学の主流をなすものは、宮廷女性、法師、隠遁者、市民であったが、その市民（町人）の文学史上への登場となると、十八世紀まで待たなければならなかった。日本の封建社会は、士・農・工・商という四階層の厳守と、経済基盤としての農業重視策によって支えられてきたが、十七世紀中頃までに完成した鎖国政策によって、外国の優れた文物の流入がなくなった反面、国内産業はかえって振興し、経済の中核をなす商人の力が増大した。ここに元禄文化が花開く。それまでの打ちつづく戦乱・政変に翻弄された庶民にとって、現世はまさに「憂き世」であったが、江戸が繁栄を迎えたこの時期の町人にとっては、現世はそのまま「浮き世」であった。この町人の「浮き世」文化がそのまま元禄文化であったといっても差し支えないであろう。

このような土壌の中から、十八世紀中頃から十九世紀初頭にかけて、俳諧では芭蕉の後を継いで与謝蕪村、小林一茶、そして狂歌では大田南畝、川柳では点者として柄井川柳が出た。さらには「読本」(上田秋成、滝沢馬琴)、「洒落本」(大田南畝、山東京伝)、「黄表紙」(山東京伝、恋川春町)、「合巻」(柳亭種彦)「人情本」(為永春水)、「滑稽本」(十返舎一九、式亭三馬)などが輩出したのであるが、そのような背景にあるものは、当然のことながら、識字率の向上、ひいては教育の普及であったことは論をまたない。また、このような教育の普及は、新しい意識(批判意識)をもった町人層を生みだし、彼らは飽きたらぬ幕藩政治への不満を揶揄にこめ、狂歌、川柳に仮託して批判したのである。しかし、町人の意識がそのように進んでいた一方で、当時の権力者は相変わらず既存勢力の保持に汲々とし、むしろそれに弾圧を加えることに懸命であったため、川柳にはそれを詠んだ個人の名は一切出てこない。そこで、前記の柄井川柳は、これらの膨大な数の川柳を選び取って世に出した。川柳は同時に世の風俗、習慣など常識的な規約の中で生活する俗人の姿を照らし出すことにも成功している。

うがちなり諷刺なりの範囲は広く且つ、人間生活のディテールに及んだが、そこには自ずから制約があり、深く入ることなく、またその方向は歪められた観があった。これは封建下の文学の宿命であったし、同時に近世後期文学の性格を要約していると言えるであろう。[20]

いずれにせよ日本の文学は、ついに中国の文学のように政治的な改革や革命と結びついて、世代を牽引するようなことはなく、あくまでも日本の島国性、同族性の域から出るものではなかったのである。

周作人の世代のエリートには、まだ科挙試験に合格して官僚となる道を歩むべきだという意識があった。しかし、一九〇五年、その科挙制度は廃止され、さらには列強の侵略が進むなかで、各地で武装蜂起がおき、世情が騒然としていたため、彼らの若き夢は破れざるを得なかった。その後辛亥革命が起こり、中国が長かった封建専制政治にやっと別れを告げることができ、安堵したのもつかの間、また革命失敗のために民衆の希望ははかなくも潰え去ったのである。周作人がこうした流れと相前後するように日本に留学し、そして帰国した状況についてはすでに述べたとおりである。

ここで、周作人の戯れ歌と川柳との質的類似を見る前に、彼が日本文学にどのような期待を寄せ、どのような関わりをもったのかを、彼の生涯を三期に分けて考証してゆくこととする。まず、時代区分であるが、第一期を彼の留学期から一九二〇年代末までとし、第二期を一九三一年から一九四五年まで、第三期をその後の生涯、すなわち晩期とする。かなりおおざっぱで異論もあるだろうが、今はこれに従うこととする。

第一期（一九〇六〜一九三〇）。兄・魯迅の後を追って日本へ留学（一九〇六年）し、当初は法政大学予科に入学したが、後に立教大学に学び、英文学、ギリシア語を修める。一九〇七年には魯迅とともに文学雑誌『新生』を発刊するべく計画するが、挫折する。一九〇九年に入り、魯迅と『域外小説集』を発刊し、同年日本女性、羽太信子と結婚、一九一一年帰国する。彼の日本留学の経緯を述べればほぼこのくらいである。しかし、周作人の日本留学は彼の生涯に大きな影響を与えている。

周作人は「日本管窺の二」（一九三五年）で日本の衣食住にふれ、中国での衣食住はそれほど東京と変わったものではなく、「東京の下宿生活が適合しないわけはなかった」と述べ、また、

私は当時また民族革命の一信徒でもあった。およそ民族主義には必ず復古思想を含んでいるものである。私達は清朝に反対していたから、清以前あるいは元以前のものならほとんど何でも良いと思っていた。ましてそれよりもっと以前のものはなおのことである。[21]（訳・松枝茂夫）

と、日本に残る中国民族の古い風習に復古の情をかきたてられた感慨とその原因について、それらがあくまでも個人的なものであると断りながらも述べている。そして、

日本の生活のうちの多くの習俗、すなわち清潔なること、礼儀正しいこと、洒落なることのごときも私の喜ぶところだ。（訳・松枝茂夫）

と、彼がいかに日本の生活に馴染んだかを記している。このように、習俗、習慣が合致することを生活の基盤としながら、清潔で礼儀正しい環境の中で周作人は日本の文化や文学の研究に力を注いだ。

日本文学の近代化は一九〇五、六年頃から始まった。それは奇しくも周作人の日本留学の期とほぼ時を同じくする。夏目漱石の『我が輩は猫である』が発表されたのもその頃（一九〇五〜一九〇六）であり、森鷗外の「ヰタ・セクスアリス」が発表されたのは一九〇九年である。そして、その頃から日本文学の重点は個人的自我の発

「新しき村」（宮崎県・木城町）の旧址に
立つ「人間萬歳」の石碑（著者撮影）

見と表現へと向かっていったのであるが、その時期に活躍した文学者の多くがヨーロッパに留学しており、西欧文学に関して深い知識をもっていた。しかし、その彼らが痛感したのは、日本文学は西欧文学の洗礼を受けて近代化は果たし得ても、日本の文学者は所詮日本人以外ではあり得ないということであった。そのような場から、ゾライズムの影響を受けた永井荷風が出てきたと言うことができよう。

　こうした、文学の近代化を試みる日本の文学者たちの活動が、若き周作人の心を動かしたであろうことは想像に難くない。また、日本の文学者は所詮日本人以外の何者でもないという自己の捉え方が個我の発見につながってゆく過程を、周作人は、彼の言う復古の情に結びつけたのであろう。そしてそれがバネとなって江戸文芸に惹かれていったことは、容易に想像できる。

　その頃（一九一〇年）、個我の徹底した表現を試みる「白樺派」が日本文壇に登場した。同人は志賀直哉、武者小路実篤を中心とする、有島生馬、木下利玄、柳宗悦、郡虎彦といった人たちである。「白樺派」は俗に「学習院派」とも呼ばれ、同人のほとんどは学習院の出身であり、明治以来の華族、高級官僚、富豪の子弟である。したがって、「白樺派」の芸術家たちが個我を発見し表現するまでには、それぞれが辛酸を舐める体験が必要不可欠であった。たとえば、武者小路の場合、トルストイと出会い、初めて自己の生活を否定することに覚醒し、そこから反転して自己肯定に向かっていったのである。そこにおいては現実へのリアリスティックな視点からの展開が試みられており、武者小路の厳しい人道主義が貫かれている。このような、彼らの自己否定から自己肯定への反転、そして彼らが自らの手で握ってゆく自由主義・人道主義に周作人は共鳴してゆき、武者小路が提唱し実践する「新しき村」への参加を決意した。また彼は後に「日本の新しき村」を書いている。そしてこの精神が彼をして、「人間の文学」「平民の文学」を書かしめる原動力となったと言えよう。彼がこの時期に数多くの日本文学を含む外国文学の翻訳・紹介をして、中国文学の近代化のために力を添えたことは周知のとおりである。

この時期における周作人の日本に関わる文学、及び論評活動は次のとおりである。

「最近三十年の日本における小説の発達」（一九一八年）「現代日本小説集」（魯迅・周作人共訳・一九二三年）「日本の人情美」（一九二五年）「日本と中国」（一九二八年）等。（但し本論中にすでに書いたものは除く）

第二期（一九三一〜一九四五）。この時期は周作人の日本研究が最も活発だった時期である。課題は、一九三五年から続けて発表された「日本管窺」の中で示されているように、中・日文化の比較研究であった。こうした研究の中から彼は以前の研究方法に修正を加え、民俗学、あるいは宗教思想史、生活思想史的な視点を研究方法の中に導入していった。そして周作人は、日本文化を解明するには、

> 国民感情生活から手をつけなければ、研究の入り口が出てこない。この中でも宗教的側面は最も重要なことだと思う。けれど急には入れないので、まずこれらの周辺のことに注意しなければならぬ。[22]（拙訳）

とし、内藤虎次郎の『日本文化史研究』、和辻哲郎の『古代日本文化』、さらに柳田国男に代表される日本の民

俗学、あるいは柳宗悦の民芸運動に関心をもち、一連の読書ノートとして紹介した。ちなみに、それらは柳田国男の「遠野物語」(一九三一年)「小さき者の声」(一九三六年)「日本の祭」(一九四三年)、早川孝太郎の「猪鹿狸」(一九三三年)、佐々木喜善の「聴耳草紙」(一九三三年)、柳宗悦の「和紙の美」(一九四五年)、杉田玄白の「蘭学事始」(一九三三年)、中田千超の「和尚と小僧」(一九三四年)、永井荷風の「日和下駄」「冬の蠅」「東京散策記」(一九三五年)、中勘助の「銀の匙」(一九三七年)、浮世絵では葛飾北斎の「隅田川両岸一覧」(一九三五年)「諸国沌布巡覧」(一九三六年)などであり、またさらに「日本語について」(一九三五年)「日本語の本」(一九三五年)「雷公について」(一九三六年)「日本の落語」(一九三六年)「俳文を語る」「再び俳文を語る」(一九三七年)「宴席を語る」(一九三七年)等々多岐に渡っている。

しかし、一九三〇年代は周作人にとって決して平坦な時期ではなかった。二十世紀も三分の一を過ぎようとする一九二七年頃からは、文学者への圧力が強まるとともに、文壇が左派の文学者に独占されるに及んで、趣味文がその攻撃の的となったため、すでに繰り返し述べたとおり、周作人は漸次ものを言うことが少なくなっていった。そして、翌々年の一九二九年には最愛の娘若子の死を迎えるのである。こうしたなかでも、彼は輔仁大学で「中国新文学の源流」と題する講演を行なった(一九三二年)。それは当時の文学観を代表するもので、プロレタリア文学を載道派(文章で道徳を宣揚すること。説明は後出)と批判しつつ、即興文学の優越性を強調している。しかしながら、中・日間の政治的、軍事的な軋轢は次第にその度を深め、一九三七年ついに中・日は戦端を開くに至った。周作人五十三歳のときである。政治的には「反日」であり文化的には「親日」であった周作人の苦渋は、想うだに凄惨なものであったに相違ない。彼は絶望しながら日本論の筆を断ったのである。そして、苦渋の中から彼が選択したのは、日本占領下の北京大学文学院長の席に就くことであり、かつ傀儡汪兆銘政権下の要職

教育督弁となることであった

この日中戦争の前夜ともいうべき時期に書かれたのが「戯れ歌」である。

周作人が日本論の筆を断った後に書かれた主なものは、「縁日」(一九四〇年)「日本の再認識」(一九四二年)「留学の思い出」(一九四二年)「島崎藤村先生」(一九四三年)「祭礼について」「武者先生と私」(一九四三年)「ツブラと茅屋」(一九四四年)「明治文学の追憶」(一九四五年)などである。そして、「日本管窺」四[23](一九三七年)では、

日本が中国に対して取っている態度は、本来明らかなことである。これを中国側は帝国主義といい、日本側は大陸政策というが、つまるところは同じ一つのものだから、今更議論の必要がない。いま私が問題として言いたいのは、只一つだけ、日本がなぜこんなやり方をするのかということである。(拙訳)

と述べて、その苦衷を明らかにしている。

第三期(一九四六~一九六七)。周作人が傀儡政権の要職についた翌年(一九三九年)、第二次世界大戦の幕が切って落とされ、世界は動乱の渦の中に巻き込まれた。そして約六年後の一九四五年、ようやく世界大戦が終結し、光明が世界に戻ったとき、周作人は対日協力者として国民政府の手によって逮捕された。そして前述のごとく、一九四九年の新中国の成立によって釈放されるまでの四年間、南京の獄舎に繋れたのであるが、彼は獄中にあってもなお創作の手を休めることなく、釈放後、死に至る(一九六七年)まで日本の古典を翻訳しつづけた。この第三期に周作人が翻訳したものは、『日本狂言選』『浮世風呂』『石川啄木詩集』『古事記』『平家物語』である。

以上、周作人の留学から死に至るまでの時期を三つに分けて、それを日本との関わりの中で概説してきたが、

これは前節の「打油詩創作の背景」と時期的に重複する。しかし、ここに敢えて重複を承知で記述してきたのは、一つには周作人の留学期から死に至るまでの間に、彼が日本に対して如何なる眼で対してきたかを再確認するためであり、またもう一つには、周作人の半生の歩みの中から、その半生を通して決して動くことのなかった不動軸と、それを中心軸として転位するものを分析し、周作人の戯れ歌と川柳との質的な類似性を実証するキーワードとしたかったためである。

まず第一期の段階で重要なことは、周作人が日本に魅かれた理由として、

一、日本の衣食住といった生活環境に違和感がなかったこと。
二、周作人の心情の中に復古の情が存在し、それが日本に残る風俗、習慣と共鳴しあったこと。
三、こうした生活環境の中で、立教大学で英文学、ギリシャ語を学び、かつ当時、中国より先進的であった日本において、広く外国文学の領域に足を踏み入れたこと。
四、白樺派の人道主義、個我の主張に共鳴したこと。

第二期の段階では、

一、第一期での経緯の中から、中・日の文化、文学の比較研究に力を傾注したこと。特に一九三四年の日本訪問によって知日家として名声を得て、その前後に日本論が大量に書かれていること。
二、また、研究軌道を修正し、研究領域を拡大したこと。
三、その間に、日本の古典、古代文化、民俗学、宗教思想の中から、庶民文化の結実とも言える江戸文化に強い関心をもったこと。
四、そうした活動範囲が拡大する一方で、中国国内での政治圧力が強まり、沈黙を余儀なくされたこと。

五、愛娘若子が病死したこと
六、日本論の筆を断ったこと。
七、苦渋の中の選択とは言え、日本の傀儡政権下の要職に就いたこと。

第三期の段階では、投獄である。

このように要約してくると、周作人の文学行為は、政治的圧力が高まる中で、第一期から第二期へと昂揚してゆくのが分かる。そしてまた、そのような行為の昂揚と正比例するように、彼の日本文化・文芸への研究も深まりを見せてゆく。しかし、一方で愛娘若子の死の前後からは、文学行為の政治的制約によって、また深刻化する中・日間の政治的軋轢によって、周作人の文学活動も凋落期を迎えることが分かる。

ところで、周作人は随筆「自分の文章」（一九三六年）の中で、「孔子憮然として曰く、「鳥獣とは与《とも》に群を同じくすべからず。われはこの人の徒と与にするに非ずして誰と与《とも》にかせん」と。中国は私の本国であり、私がここに歌いここに哭《な》く所である」と引用して、『論語』の「鳥獣とは与に群を同じくすべからず」の言葉で自らの道を確認すると同時に、「中国は私の本国であり、私がここに歌いここに哭《な》くところである」[24]と言っている。それは中国の文人の心の底に連綿と流れる心情であると言える。周作人はこうした士大夫的な有為思想（中国的風雅）を受け継いでいるのである。つまり、周作人において不動軸とは、この心情なのである。そして、この不動軸を中心軸として、彼のヒューマニズムや文学行為などが位置していると言える。したがって、運命が彼に背を向けたことが、彼をして戯れ歌に向かわしめたのではなく、それは周作人にとっての契機となったにすぎなかった。だからこそ彼は獄中にあってもなお、創作の筆を止めなかったのだと言える。

このように、周作人の「風」と「雅」は、この節の初めの『毛詩』に説かれる精神に「ゆとり」の心や「あ

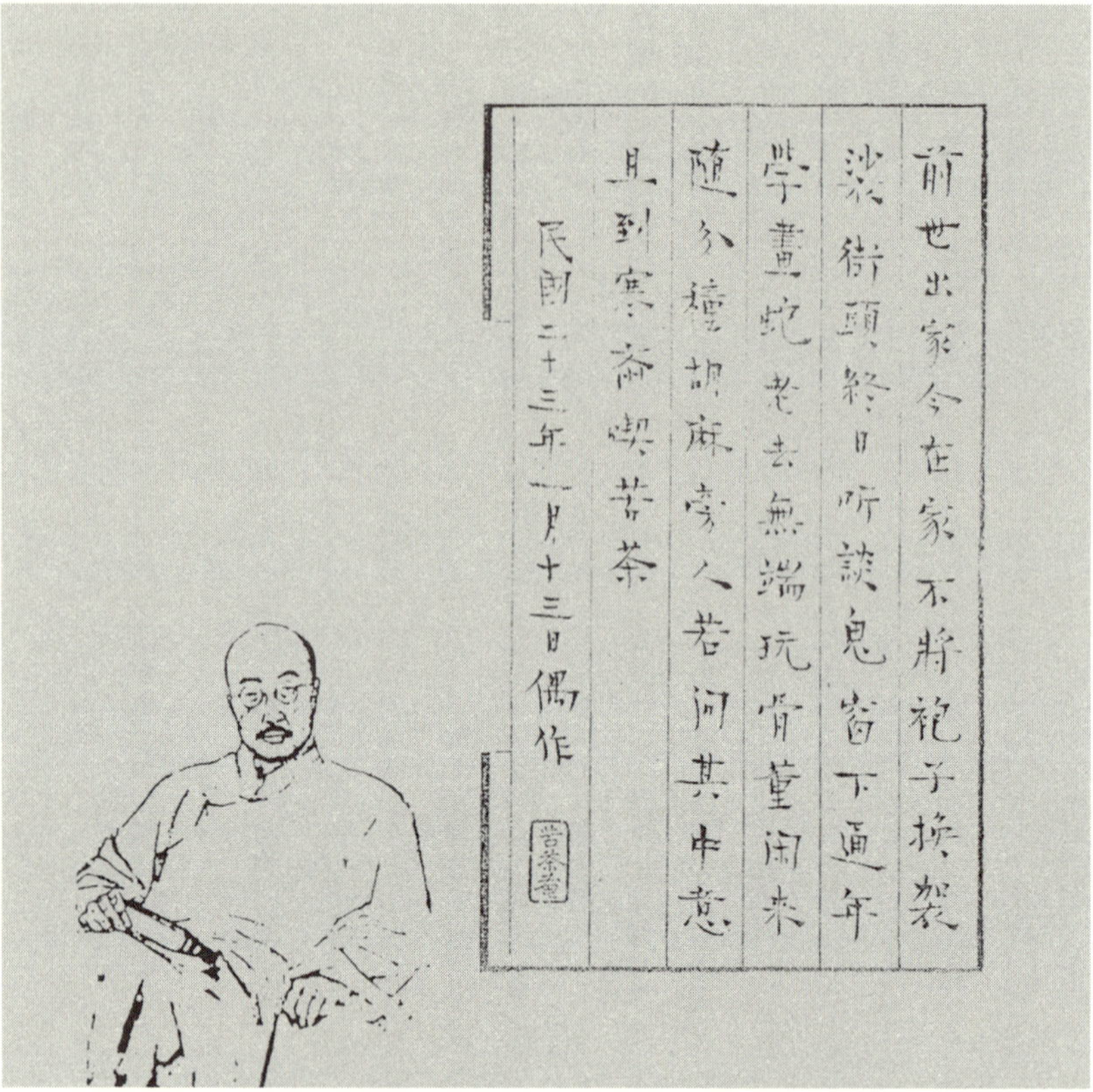

「五十自寿詩」。出所：鍾叔河『周作人分類編』④・湖南文芸出版社 1998 年

そび」の心などが加味されたものであり、これが彼の「戯れ歌」の「質」と呼べるものであるとするならば、その次元で、日本の江戸時代の川柳の「質」との等質性を見ることができる。そのことを、周作人の言葉を挙げながら検証をしてゆきたい。

　すでに述べたように、戯れ歌は旧体詩の一種であり、周作人の作品の場合もこの伝統的な戯れ歌に近似している。しかし、彼は自分の戯れ歌が伝統的なそれとは相違していると強調している。例えば、「二十三年一月十三日偶作牛山体」（五十自寿詩）についても、

「二十三年一月十三日たまたま牛山体を作る」これは当時私の作った戯れ歌の題名である。私がここで言う牛山体とは、すなわち志明和尚の「牛山体四十屁」を指している。彼が作ったのは七言絶句で、ともに寒山の五古とは違う。だからこのように言ったのである。この七言律詩（五十自寿詩）は、実のところ牛山の原作とは違ってはいるが、とにかく、打油詩の別名とする。[25]（拙訳）

また、自分の戯れ歌が世上の誤解を招きやすいことについて、『老虎橋雑詩』題記[26]（一九四七年）で、

どのように説明しても、世間での打油詩（戯れ歌）への誤解を免れることはできず、これ（周作人の戯れ歌）はあくまでもたわむれだと思われてしまう。過去の歴史があまりにも長かったため、そうした考え方は一度では変えることはできない。しかし、これも仕方のないことである。（拙訳）

さらに「苦茶庵打油詩[27]」では、

私の打油詩（戯れ歌）はもともと稚拙で率直に書かれているが、第一にはそれをただの遊び話とみなければ、意味は極めて理解しやすく、そこにあるのはだいたい憂と惧《おそれ》のみである。（拙訳）

と述べ、周作人は自分の戯れ歌は、形式上は牛山体の七言絶句の借用であるが、質的には牛山体とは相異し、

そのゆえに牛山体のような遊び話ではないと言っているのである。

前述の第二節冒頭の打油詩二首がそれであるが、そこで述べたように、この二首には周作人の韜晦するがゆえの真実、そして、韜晦の裏に秘められた苦渋が詠われており、そこに表現された憂鬱は到底短詩形では叶えられるものではない。しかし、彼の戯れ歌には俗語や口語が使われていて、平仄音律に一切こだわっていない。またその内容は諧謔味に富み、そこにはかえって周作人の風雅な気骨が滲みでているのである。

これらのことから、まず手法として俗語、口語が使用されていること、平仄音律にはこだわっていないことがあげられ、内容的には韜晦の中でかえって真実、苦渋が生きていること、そしてそれらを表現するのに諧謔、諷刺をもってしていること、精神的には風雅な気骨が滲んでいること、などがあげられる。周作人の打油詩にある、こうした要素を「質」とするならば、そこには川柳と「質」を同じくするものが見出される。その第一は俗語、口語の使用であり、第二は韜晦の情であり、第三は諧謔、諷刺の精神である。そして最も重要な質的類似は、時には自嘲的とすら見える風雅と気骨である。ただし、すべてにおいて、前者（打油詩）と後者（川柳）に類似性、等質性があるのではない。それは自己と他者との関係である。すなわち、周作人の場合は、そこに自己を定着させながら、社会に向かって自己を投げ出し、再びそれを自己に還元させる。それがまさしく中国の風雅であり、気骨なのであるが、川柳の場合、多くはこうした循環的な自己還元は稀薄であり、言うなれば、そこは個人に規定された風雅が優先される世界であると言え、それがまさに日本的風雅や気骨を形成していると言えるだろう。そしてこのことが日本に短詩形式を発達させた要因であることは、前述の通りである。

周作人も言葉は相違するが、次のように述べている。

私たちはたしかに川柳の中には多くの粗鄙なところ(粗鄙的地方)があることを認めなくてはならない。しかしこれは決して欠点ではない。川柳の人事すべてに対する真実率直な態度は、なにはともあれ川柳の良いところである。[28]（拙訳）

原文の「粗鄙的地方」という「粗鄙」は日本語の場合とほぼ同じで野卑であり、したがって洗練されないということを意味する。日本人の心証からしてみれば川柳は江戸っ子の文化のひとつの表れであり、日本で言う「粋」「いき」の表現であると考えるだろう。周作人がそのことを知らぬはずはない。むしろ彼が「粗鄙」という言葉を使ったのは、庶民そのものは「粗鄙」であっても庶民の精神の中には権力に抗する高い意識があって、そこに前記の中国での「風雅」が含まれていると見たのではないだろうか。そのうえで彼は、川柳における人間のすべてへの真実性、率直性を評価しているのである。この真実性、率直性こそ、両者に共通するものだと言えよう。それについては、彼も、

日本の庶民の風流「夕立図」。
出所：小林忠監修『浮世絵の歴史』美術出版社 1998 年

戯れ歌ではあるが、内容はあながちたわむれではない。表現は諧謔のようだが、意味するところはまじめなものである。(29)（拙訳）

と述べている。

ところで、庶民が川柳に馴染みはじめたのは、伝統的に規定された季語を用いずともよく、そのうえ俗語・口語で詠える平明さをも有していたためであるが、それにも増して最大の要因は、庶民が社会意識において覚醒したことであった。当時、ようやく町人（庶民及び富裕商人を含む）の経済力が武家階級の力を凌駕しはじめたものの、それに対する危機感から、かえって幕藩の圧力は強まった。そのような中で発生したのが諷刺、諷諭である。しかし、そこから真実や率直さが出てくると短絡的に考えることはできない。そうではなくて、川柳の底に宿る真実性、率直性とは、それを通して事象を見ようとする態度、つまり中国でいう「風」の精神なのであって、周作人が共鳴したものの根本はこれであったと考えるのが妥当であろう。こうした精神や態度の欠落したものは、エセ諷諫、エセ諷諭である。したがって、真実や率直さには、必ずヒューマンな立場からのものが求められ、そのことが暖かさや人情味を醸し出すのである。魯迅も、

周作人の自寿詩に世間を諷刺する意があることは、まことにそのとおりですが、かかる微辞ではいまの若い人には通じないし、諸公がこれに唱和したものの多くには虫酸が走ります。かくて火に油を注ぎ、にわかに衆矢の的となりました。そして、こういった攻撃の文章を書くよりほか、いまのところ発言すべきことはないのです。これまた「古よりこれあり」、文人美女は亡国の責めを負うべきものであり、近ごろでは亡国

近いのを感じた人が、責任を清流とか世論におしつけております。[30]

と、周作人を擁護している。

魯迅が指摘したように、周作人たちの世代の「自由知識人」は当時の状況では頼むべき場所を失った、悲哀の象徴のような立場にあった。彼らは国情の変化に翻弄されつづけ、まさに考えられないほどの苦渋を味わったのである。したがって、それを根底におく周作人の戯れ歌は、後の世代の若者に理解されることも少なく、また、その表現は自嘲的とも言えるほど穏やかであった。しかし、この穏やかさは大海のようにその中に苦楽を包摂した穏やかさであって、それこそがすでに述べた「風雅」なのである。そして、このような心情を詠い得るものとして彼が選んだのが「戯れ歌」であった。その点については、

時として、ある種の感慨をもよおし、これを書きおろそうとするが、散文では相応しくないし、また事情が単純すぎたり、情意が露骨に表れて文章としてはあからさまで余韻がないものとなる。つまり、文章にすると直截にすぎて味がなくなる。白話詩にしてもまたうまくゆかない。上で言ったように、最終的には大抵雑詩を用いることにする。これはただの個人の便宜からのものだから、もともと戒めとするに足りない。ここでは事実を説明しただけである。[31]（拙訳）

と述べている。

なお、この文章の末尾には出版のときに削られた記述があるが、彼の雑詩を論ずる参考となるので簡略にして

あげておく。

私の作ったこの種の雑詩は様式上二種類しかない。以前は七言絶句を作り、中山志明和尚の仲間のようだったが、その後さらに五言古詩を書いた。多少とも意のままに語ることができると、それがふさわしいと悟りはじめ、寒山子の一派になってしまったようである。しかし実際にはそうではなかった。彼らのは、より偈《げ》に近くなり、私のほうはより詩に近いからである。まだ十分とは言えないが、意を用いるに誠実さをもってすることは同じである。でも一方は仏法を大いに宣伝し、私のほうは即ちただ凡人の私見を陳述するのみである。(32)（拙訳）

周作人によれば、彼は中国文学史について、「言志」と「載道」という二つの対立する概念の流れが起伏と交代を繰り返しながら形成されたものと見ている。「言志」は『書経・舜典』の「詩は志を言う」、「載道」は宋の周敦頤の言葉に「文は以て道を載《しる》す」とあるのに依るもので、前者は詩に心の想いを即興的に託すこと、後者は文を聖人の道を説く手段とすることである。

彼は、言志文学優越の立場をとり、そこから、近年における無産階級文学の興隆によって、文学革命で復興した「言志」文学が、再び「載道」文学にとって替わられつつあると指摘しているのであるが、彼の「打油詩」は明らかにそうした立場からのものであり、また彼が川柳に共鳴したのも同じ理由によるものである。そして、両者とも表現の手法として諷刺、諷諭をもってしたことについては繰り返し述べてきた。この節で考究したように、周作人の戯れ歌と川柳とはかなりの点で類似している。しかし、それよりもむしろ川柳が出てきた日本文学史上の歴史的な経緯及び表現の方法や質的な平明性、庶民性が周作人を引きつけ、彼に戯れ歌を書かせた結果、それによって類似性、等質性が生じたと言うべきかもしれない。しかし、周作人思想の根元に流れるものは、あくまでも中国の「風雅」「風流」であり、「言志」である。それにひきかえ、川柳は日本の「風雅」「風流」から一歩を踏み出すものではなかったと言えよう。そして、この流れの中から、周作人の「閑適」が芽ぶくのである。

注

(1) 茅盾「我們現在可以提倡表象主義的文学么」(『茅盾全集』十八・人民文学出版社・一九八九年)。訳は高田昭二「文学革命と魯迅」(『中国近代文学論争史』・風間書房・一九九〇年)による。
(2) 周作人「新文学的要求」(『芸術與生活』・群益書社・一九三一年)
(3) 周遐寿『魯迅小説里的人物』(上海出版公司・一九五四年)五、「金心異勧駕」。
(4) 高田昭二「文学革命と魯迅」(『中国近代文学論争史』・風間書房・一九九〇年)
(5) 周作人「知堂五十自寿詩」(『人間世』創刊号・一九三四年四月五日)
(6) 周作人『苦茶随筆』後記」(『苦茶随筆』・北新書局・一九三五年)。松枝茂夫訳『周作人随筆』(前掲)
(7) 蔡元培「新年用知堂老人自寿韻」(知堂・『知堂回想録』(前掲)一七三、「打油詩」。
(8) 知堂『知堂回想録』(前掲)一六六、「北大感旧録」。
(9) 周作人「北京的風俗詩」(『知堂乙酉文編』・前掲第三章)(〔25〕)
(10) 周作人「北京的風俗詩」(前掲)
(11) 周作人「苦茶庵打油詩」(『立春以前』・太平書局・一九四五年)
(12) 周作人「結縁豆」(『談風』一期・一九三六年、『瓜豆集』所収)。訳は松枝茂夫・『周作人随筆』(前掲)による。
(13) 周作人「丙戌歳暮雑詩」(『老虎橋雑詩』周作人自編集・河北教育出版社・二〇〇二年)

(14) 周作人「八十自寿詩」(『老虎橋雑詩』周作人自編集・前掲)
(15) 周作人「浮世風呂」(『秉燭談』・北新書局・一九四〇年二月)
(16) 胡適「談新詩」(『胡適文集』②・前掲第二章〔2〕)。
胡適「白話文学史」第一編、『胡適文集』⑧(前掲)。陣ノ内宜男著『中国近代詩論考』・桜楓社・一九七六)
(17) 『毛詩鄭箋』巻第一・古典研究會叢書・漢籍之部(汲古書院・一九九二年)
鈴木修次『中国文学と日本文学』(東京書籍・一九八七年)
(18) 鈴木修次『中国文学と日本文学』(前掲)
(19) 西尾実、安良岡良作校注『徒然草』(岩波文庫・一九九五年六月)
(20) 市古貞次『日本文学全史』四、近世(学燈社・一九七八年)
(21) 周作人「懐東京」(『瓜豆集』・上海宇宙風社・一九三七年)訳は松枝茂夫『周作人随筆』(前掲)による。
(22) 知堂『知堂回想録』(前掲)二〇三、「拾遺卯(十四、我の雑学)」。
(23) 知堂「日本管窺四」(『国聞周報』十四巻二五期・一九三七年。『知堂乙酉文編』に所収)
(24) 貝塚茂樹訳注「第十八、微子篇」『論語』(中央公論社・一九七三年)
周作人「自己的文章」・『瓜豆集』、そのほか周作人の「結縁豆」・『瓜豆集』と「論語小記」・『苦茶随筆』にもこの言葉を引用している。
(25) 周作人『知堂回想録』(前掲)一七三、「打油詩」。
(26) 周作人「雑詩題記」(『知堂雑詩抄』・前掲第三章〔24〕)
(27) 周作人「苦茶庵打油詩」(『立春以前』・前掲本章〔11〕)
(28) 周作人「日本的詩歌」(『芸術與生活』・前掲第二章〔5〕)
(29) 周作人「苦茶庵打油詩」(『立春以前』・前掲)
(30) 魯迅「致曹聚仁・一九三四年四月五日」(『魯迅全集』第十二巻・人民文学出版社・一九八八年)

(31) 周作人「雑詩題記」(前掲第三章〔24〕)

(32) 周作人「雑詩題記」(前掲)

第五章　周作人のエロティシズム

周作人の文学の形成の過程には、前にも触れた『末摘花』やイギリスの性心理学者エリスからの受容がある。その思想的背景となる主因のひとつに彼のエロティシズムが挙げられる。この章では、周作人が彼のエロティシズムを形成してゆくに至る要件となったものを取り上げ、そのエロティシズムが彼の文学とどのような関わりをもったのか、また、彼は自らの文学的思惟にそれを、どのように位置づけようとしたのかを考えてみたい。

一、周作人と宮武外骨

宮武外骨の名は、「みやたけ・がいこつ」あるいは「とぼね」と読まれ、またの一名を廃姓外骨とも称した。四国・讃岐（現・香川県）の人である。歴史家であるよりも、政治批判、政策諷刺によって再三の筆禍があったことで有名であり、役職としては東京大学法学部の明治新聞雑誌文庫主任であった。周作人のエロティシズムには、この宮武外骨が大きく関わっているので、まず、そこから考究を進めることとする。

周作人が留学のために日本の土を踏んだ一九〇六年から一九一一年の帰国までの間は、二十世紀における日本文壇の中で、中心的文学活動と言われる「自然主義文学」が盛行していた時期であった。この中から国木田独歩、島崎藤村、田山花袋などが出たのであるが、日本文学研究家小西甚一は、独歩を徳田秋声や正宗白鳥と同じ意味で自然主義の作家として考えることには無理があるとし、独歩が田舎の民衆に深い連帯感をもったのも、無限無窮の宇宙の中で生を共にする同志としての考え方、つまりどちらかと言えばロマンティックな要因によるものであると指摘している。また藤村にしても、彼の作品『破戒』から引き出せるものは、むしろドストエフスキー的なリアリズムで、それはやはり独歩的構造をもつものだと言う。[1] しかし、いずれにせよ、自然主義は日本の文壇の中心的な存在であり続け、直接的、間接的に多くの作家がその影響下から生まれている。

この日本の自然主義の運動が日露戦争の勝利と軌を一にしていることに注目しておきたい。なぜならば、日露戦争で世界列強の一つと戦ったアジアの小国日本が勝利したことは、まさに明治維新以来の政策の方向が彼らにとって誤りでなかったことの証明であって、それが日本国民に過剰な自信と誇りを植え付けた反面、多くの作家や思想家に懐疑と幻滅とを与えたという点を充分に考えなければならないからである。ドナルド・キーンは以下のように述べている。

国民的興奮の時期が、ある者にとっては「幻滅の時代」になり、またある者にとっては「懺悔の時代」になった。虚飾を捨てなければならぬという焦燥が、あるいはいかなる苦痛に耐えても完全な真実を暴露しようとする欲望が、文章表現の彫琢を中心としてきたそれまでの文学的努力に優先しはじめたのである。[2]

こうした趨勢が、日本の自然主義作家の多くをして、自らの煩悶の中にアイデンティティを模索する方向へと向かわせたのである。そしてそのような方向の線上に、「白樺派」の誕生がある。言い換えれば、ヨーロッパの自然主義は、キーンの指摘するように「主としてそれまでの浪漫主義文学における個の偏重への反応として起ったが、日本の自然主義文学の最大の特徴は個の探究にあった[3]」のである。したがって、ゾラやモーパッサンの自然主義は、人間探究の客観的な観察手段としては受け取られずに、一切の虚構や想像を排除した、事実を事実として忠実に再生する手段として受け取られたのである。

一九一〇年前後に日本文壇では様々な雑誌が創刊された。『郷土研究』『明星』『スバル』『新思潮』『三田文学』『白樺』などである。宮武外骨が文壇に登場したのは、まさしくこのような時期であった。

外骨は一九〇一（明治三十四）年、文壇に登らんとする大志を抱いて上京し、漢学を学びつつ、四国・高松で発行された『南海日報』『屋山旭影』『人間須知百事問答』に法律や語源に関する記事、あるいは狂詩、狂句を数多く投稿して、ジャーナリストとしての第一歩を踏み出した。また、『烏賊の睾玉』『屁茶無茶新聞』『頓知協会雑誌』『頓知と滑稽』『骨董雑誌』『滑稽新聞』などを発行して、時の政治を批判し、自己の主張を強烈に打ち出していったが、その反骨の精神が体制側の反発を呼び、三十回以上も投獄・罰金刑の憂き目に遭った。しかし、それにも頓着することなく自己主張を繰り返して、反俗文人、奇骨の人としてその名を高からしめたのである。このような外骨の自己主張の仕方は、質こそ相違するが周作人の傾倒した武者小路の場合と近似している。

同じ一九一〇年、つまり周作人が中国に帰る前年の一月、外骨は雅俗文庫から浮世絵研究雑誌『此花』を創刊した。浮世絵紹介を兼ねて、その主題である江戸風俗などが紹介されており、さらには翌年四月に『美人長絵三幅対』、五月に『人形つかひ』(歌麿の春画を六枚の絵葉書にしたもの）などを出し、またこの間に『猥褻風俗史』や『筆禍史』を執筆、南方熊楠の『同性色情史』の出版を企てたりもした。その後も『男女性学雑誌』『迷信研究雑誌』『半男女考』、古川柳研究雑誌『変態知識』『猥褻と科学』など極めて多彩な出版を試みた。このように外骨はその論説の鉾先を権力だけでなく、従来の性タブーにまで拡大して、旧道徳に挑戦しつづけた。これらのことに対して周作人は、

私は『此花』によって日本の浮世絵を知ったばかりでなく、それによって、雅俗文庫とその主人廃姓外骨(宮武外骨)をも知った。その後、雅俗の出版物は大抵収集した。これらから私はたくさんの知識を与えられ、多くの興味をそそられた。私はそれに対して三十年間変わらない敬意でもって報いた。(4)（拙訳）

と述べているように、彼は外骨の影響で、日本の江戸風俗にさらなる関心をもつようになり、ことに北京に来てからは『江戸繁昌記』『東京年中行事』『江戸之今昔』『武蔵野風物』『東都歳時記』など江戸に関する本を大量に購入し、江戸の市井風俗から並々ならぬ知識を摂取していった。

時代は少し遡るが、周作人が初めて日本の土を踏み、下宿先の東京・本郷湯島二丁目の伏見館に落ち着いた折、彼が強く惹かれたのは、なにくれとなく彼の世話をやいてくれた伏見館のお手伝い乾栄子（伏見館主人の妹にあたる人）が見せる、素足の表情であった。これは周作人にとって衝撃的な出来事（カルチャー・ショック）であって、その後、幾度となく日本女性の天足（素足）を描写した文章や詩を残し、彼は乾栄子をひそやかな恋人の一人として一生胸に収めていたのである。

こうした意識は谷崎潤一郎（一八八六〜一九六五）のフット・フェティシズム（foot fetishism）と一脈通ずるものがあると言えよう。谷崎は作家生活の第一歩から自然主義を軽蔑して、むしろ奇型的状況下での異常な人間

行動を描いた。そのひとつに「刺青」[5]がある。この物語は、刺青職人がたまたま駕籠の簾からふと見えた女の素足にひかれ、その女性をくどいて、背中いっぱいに女郎蜘蛛を彫り上げるが、完成と同時に女性は、邪淫の化身のごとくになって、その刺青職人だけでなく、ほかの男性も次々に淫欲の犠牲にするのである。これは谷崎における頽廃、耽美、倦怠、懐疑の表現であり、同時に美しい女性の足にひかれたフット・フェティシズムの表れである。

ところで、兄・魯迅も周作人と同様に弁髪を忌み嫌ったが、魯迅の場合は、それが清朝政権の圧政のシンボルであったためで、それは言わば清朝政権への反発であった。周作人も「纏足」の封建的美の表現には強い嫌悪の情をもったが、それは清朝政権への反発ではない。もともと纏足は、清朝のものではなく、その起源を唐末まで遡ることができ、南宋期に最も盛行し、明、清に至るまでの間に慣習化された風習であって、清の康熙帝はむしろそれに対して禁止令を出した経緯があるくらいである。したがって、周作人の場合は纏足の封建性に制約された目的そのものを嫌悪したことも一因であるが、それよりもむしろ人間本来のものを歪曲する、つまり本来美に対する人工美（制約的封建美）への反発であったのであり、いわば、人道的意識からのものであったと言えるだろう。

周作人は「日本管窺」二[6]（一九三五年）に、

谷崎潤一郎が最近出した『摂陽随筆』の巻頭に「陰翳礼讃」なる一篇があり、漆の椀に味噌汁（味噌でスープをつくり、茄子、大根、わかめ、あるいは豆腐を具にする）を盛ることの意味を説いて、すこぶる気の利いた答えを出している。その理由をすべて有色人種というところへ持って行って白色人種とは好みがちがっているのだとするあたりは、いささか宿命観の色合が濃すぎるけれども、全体としてはなかなか面白かった。中日ともに黄色の蒙古人種であり、日本文化は古来中土に糧を取ったのでもあるが、しかしその結果は似たり似なかったりで、唐では太監〔宦官〕を取らず、宋では纏足を取らず、明では八股〔科挙試験のための形式的な文体〕を取らず、清では阿片を取ってない。これはまた何という嗜好の隔りようであろう。こういえば一層陰気な宿命観めくかも知れないが、とにかく私は、日本の選択の巧みさにもとより感心はするけれども、それと同時に、中国がいつの日にかこれらの汚れを洗い流せるだろうことを夢想するのである。

（訳・木山英雄）

と断って、中国と日本の文化選択の違いを言っている。

周作人は留学中に日本女性、羽太信子と結ばれる（一九〇九年）が、このことは周作人の日本に対する心情の深さを窺わせると同時に、先述のような彼の美意識があってのことと想像される。彼ら夫婦が知識人の蝟集する本郷西片町から麻布区森元町へと居を移したのは一九一〇年十二月のことで、周作人は本郷とは違った麻布に江戸下町の情緒を感じたのであろう。日本の庶民生活の中の人間臭さに一入《ひとしお》愛着をもち、逆に中国の封建士大夫家庭の野狐禅的な道学教育に一層の嫌悪感を募らせていったのである。

こうした周作人の感性が、欧米化した文明を遠ざけ、日本固有の伝統文芸、江戸庶民文芸に彼をして接近させたのであろうし、またこの感性が宮武外骨への共感を導いたと言えるであろう。

周作人は「浄観」(7)（一九二五年）という文章の中で、

外骨氏の著作は、例えば浮世絵、川柳及び筆禍、賭博そして私刑などの風俗に関する研究各種はすべてがとても面白いと感じた。しかしとりわけ私を感服させたのは彼のいわゆる猥褻趣味、すなわち礼教に対する反抗の態度であった。（拙訳）

と、彼の外骨観を語っているが、その骨子を形成しているのは、外骨を単なるディレッタントではなく、旧道徳に対する反抗者とする評価である。このような外骨に対する評価は、新文学形成が胎動しつつある中国が、それにもかかわらず今なお封建的、伝統的な価値観を引きずっていて、文化的不透明性、不合理性から抜け出せない焦立ちを少しでも改善する手だてとして、この外骨の精神を学びとろうとする心情が働いたからに相違ない。そして、そのために日本を中国の鏡として捉えようとする意欲が生じ、中国文化について、及ぶ限りの学際的な分野、あるいは時空を越えた視点からの再検討を試みたのであろう。それが、周作人の懐古であり、江戸庶民文化への嗜好であり、武者小路、藤村、荷風、谷崎などへの傾倒、さらには柳田国男、宮武外骨への評価という形で表れたのである。

二、周作人と浮世絵

周作人は、飽きることなく何度も永井荷風の『江戸芸術論』第一篇「浮世絵の鑑賞」の中の一節を引用した。

しかして余は今自己の何たるかを反省すれば、余はヴェルハアレンの如く白耳義人《ベルヂックじん》にあらずして日本人なりき。生れながらにしてその運命と境遇とを異にする東洋人なり。恋愛の至情はいふも更なり。異性に対する凡《すべ》ての性慾的感覚を以て社会的最大の罪悪となされたる法制を戴くものたり。泣く児《こ》と地頭《じとう》には勝つべからざる事を教へられたる人間たり。物いへば唇《くちびる》寒きを知る国民たり。ヴェルハアレンを感奮せしめたる生《しよう》血滴《ちしたた》る羊の美肉《びにく》と芳醇《ほうじゆん》の葡萄酒と逞《たくま》しき婦人の画《え》も何かはせん。ああ余は浮世絵を愛す。苦界《くがい》十年親のために身を売りたる遊女が絵姿《えすがた》はわれを泣かしむ。竹格子《たけごうし》の窓によりて唯だ茫然《ぼうぜん》と流るる水を眺むる芸者の姿はわれを喜ばしむ。夜蕎麦売《よそばうり》の行燈《あんどう》淋し気《げ》に残る川端の夜景はわれを酔はしむ。雨夜《あまよ》の月に啼《な》く時鳥《ほととぎす》、時雨《しぐれ》に散る秋の木《こ》の葉、落花の風にかすれ行く鐘の音《ね》、行き暮るる山路《やまじ》の雪、およそ果敢《はか》なく頼りなく望みなく、この世は唯夢とのみ訳もなく嗟嘆《さたん》せしむるもの悉《ことごと》くわれには親《した》し、われには懐《なつか》し。(8)

その後に周作人は、

永井氏は自分の国の事を言っているため非常に悲憤しているのだが、われわれが外国の芸術として見る時には必ずしも同様な態度はとらなくともいいかと思われる。いかにも彼の言うところには賛成だが。然り、しかしまた、否。生活背景がこのように近似したところが多いので、そこから出た芸術的表示を見ても、常に人をして「旅を瘞《うず》むる文」の「吾と爾と猶彼のごとし」の感を抱かしめる。大きな芸術の中には吾と爾と彼とがことごとく合一している。(9)

（拙訳）

と述べ、荷風の主観的な浮世絵観よりも、浮世絵の価値を描く者と描かれる者と、そして観る吾の重なり合い、合一するところにありとした、さらに客観的な浮世絵観を語っている。周作人から見れば、中国もまた、未だに封建的な残滓が幅をきかせる閉鎖された社会体制であって、「これこそがまさに東洋人の悲哀なのだ」と言う。

周作人は、一見「破天荒」に見える宮武外骨の中にも、共通する「東洋人の悲哀」を見たのだろう。外骨への接近を深めつつ（外骨の手になる書物、雑誌を蒐集したり、また外骨が収纂した「徳川時代絶版図書展覧」が大阪、京都、東京で催された折、『此花』の広告を見て参加した。その参加者名簿に周作人の名前が記入されていた[10]）、浮世絵や「白樺派」の柳宗悦の大津絵、民芸運動をも通して江戸庶民文化・文芸への造詣を深めていった。

周作人は、「日本文化を語る書簡[11]」（一九三六年）の中で、

> 美術に関しては私は全くの素人《しろうと》でありまして、めったなことは言えないのですけれども、しかし私は浮世絵（Ukiyo-ë その意味は現世の事物を描写した絵ということで、西洋で日本の色彩木版画と称しているものがこれです。本物は公開の陳列場で幾枚か見たことがあるだけで、自分が持っているのはみな復刻か写真版にすぎませんが）を見れば、これこそ一種特別の民衆画で、近時の「大厨の美女」なんというのはおろか、乾隆時代のいわゆる「姑蘇板」さえもこれとは比べものにならぬと思います。それはすべてあくまでも現世的で、もっぱら市井の風俗や男女の姿態を描いているのであって、吉祥とか頌禱の意を寓《ぐう》することはないのです。中国では後に文人画が勢力を占めて、仕女〔美人〕の描きようがなくなりました。（中略）本の挿絵をかく普通の画工の作は、これがまたどれもこれも平板で、文人画よりもずっと劣ります。なぜならそれには気韻すらもなくなっているからです。日本の浮世絵師は本来が画工であって、彼らは少なくとも艶美さをつ

かむことができました。

（訳・松枝茂夫）

と、浮世絵が近来中国ではやった料理店などに掲げられている美人画（大厨美女《ターツウ》）や、乾隆時代に民衆にもてはやされた大衆版画（姑蘇板《こそばん》・著者注・蘇州板ともいう。清初に主として蘇州で行なわれた西洋画法を取り入れた民衆版画）でも、日本の浮世絵には及ばないと、その艶美なることを称えている。また浮世絵がもつ繊細な技術についても、

世界の版画の中でも、もっとも精緻であり、すぐれているのは日本のものだと言える。江戸時代の民衆が手すさびに観賞した浮世絵は今ではすでに珍品になっているが、当時の絵師、彫師、摺師たちの技量は実にすぐれており、別人の容易に及びうるものではない。[12]

（拙訳）

と述べ、また、

中国の康熙期のいわゆる姑蘇画もまた精巧な優れたものであるが、わが国にはすでに存在しないようで、ただ黒田氏（著者注・後出の黒田源次）の編集になる『支那古板畫図録』には若干見られるのみである。しかし浮世絵に比べるとどうしても劣っている。日本の民間の浮世絵師は妓女、役者、市井風俗を描き、山水も描く。しかし抽象的なものや寓意的なものは絶無である。これはとても特別なことである。中国と比べると特筆すべきことである。[13]

（拙訳）

と、中国の姑蘇画などの絵が自国では保存されずに散逸してしまい、外国の研究でのみ見られることを慨嘆している。実は宮武外骨も同じように「此花の咲きし理由」[14]で「日本の浮世繪を外人の研究にのみ委して置くのは、位置転倒の甚だしきことである。これは是非とも我々が大いに研究して見ねばならぬ」(『此花』第一枝)と言っている。さらに、

黒田源次が編集した『支那古板畫目録』の姑蘇版の絵は、まぎれもなく大衆のものである。それらの大衆性は日本の浮世絵と同じである。われわれはこうした雍正乾隆時代の作品を観賞すると、明らかに当代のものと比べて良さが分かるが、と言っても内容的にはやはり好ましいとは思えない。それらはだいたい吉祥語を画題としており、例えば五子ともども科挙に合格したという類のものであったり、或いは芝居であったり、風俗や風景を描くものは極めて少ない。この点が浮世絵とはなはだ違っているのである。われわれは姑蘇板を十竹斎の通俗化と言うことができるが、しかし、それはあくまでもともに士大夫の思想である。窮すれば五子科挙合格図を描き、達すれば歳寒の三友を描く。それだけでは雅俗の区別はただ楼の上と楼の下の段階的な差だけのものになってしまうのである。[15]（拙訳）

周作人はこのように述べて、浮世絵と姑蘇板の絵がともに大衆画である点では同質であるとしながら、浮世絵は雅俗が一体となって表されているのに対して、姑蘇板の方は雅俗が分離されているのみならず、内容的には単に楼の上・下という段階的なものにすぎない、と後者を批判し、さらには、その原因となっているものは、つまるところ封建的士大夫思想の投影によるのだと言い、雅俗一体の内容について次のように言っている。

浮世絵の重要な特色は風景にあるのではなく、市井の風俗にある。これが、浮世絵と称せられた理由である。こうした側面はわれわれも注目したいところであり、(浮世絵の美的な) 背景となっているものは市井の世界で、しかし人物は女性が多い。一部の役者似顔絵を除き、描かれている者は女性であって、その多くは妓女が主となっている。したがって、浮世絵と言えば短絡的に吉原の遊廓と結びつけがちであるが、実はこの両者(著者注・浮世絵と吉原)には確かに密接な関係がある。画面は華麗であり、色彩もまた艶美なことである。しかし、ここには一つの社会的な陰翳がにじんでいる。これはあるいは東洋的色彩とも言え、中国の芸術を見ても文章とりわけ道徳文を読んでも、いつもこうした感じをもつのである。[16]

(拙訳)

つまり、周作人の言うところの「雅俗」一体というのは、こうした社会的恥部とも言える場の「陰翳」が妓女の姿態に刻まれており、そこから出る憂愁の美が「雅」というものに結びついてゆくということではなかろうか。また、このような雅俗が一体となった状態を関西では「すい」と呼び、江戸では「いき」という。そして「すい」とは損得をある程度勘定に入れながら、損得を捨てるといったやや理性的なところがあるのに対して、「いき」は最初から損得を捨てた感性的なものであるという。それが江戸の雅びであり、江戸庶民の心意気であるというのである。

前出の小西甚一は、

「いき」の語源は「生き」だと考えられ、生気のある精神態度を意味した。遊里で「いき」だと感じられるような様式は、日常生活の意識として行き過ぎになるはずだが、あえてそれを試みるところに、なにがしかの進取性があり、それが生き生きした感じを与えたのであろう。だが、遊里では遊里としての「さま」を重視するから、むやみな進取性は「さま」にあわず、野暮になる。そこで、既に存在する「さま」と調和しながら、どこか思い切りの良い態度が「いき」なのであり、いわば「雅俗」をその本性とする。[17]

と言う。周作人の考え方が小西のこうした考え方に合一するかどうかは別問題としても、周作人は中国の姑蘇板の画風には雅俗一体の美はないとしており、またそうであれば封建的、伝統的な士大夫意識からは抜け出せないということ、つまり絵としての艶やかさ、活き活きとした人間的な情緒に欠けるとする点では一致している。ところでこの「雅俗」の中核をなす「いき」「艶」「生」はいずれも性と関連しあっていると言える。そして生きとし生けるものが「業」を背負って生きているならば、その「業」こそが「性」なのではなかろうか。そして人間的な哀歓はそこから始まると言っても過言ではない。してみれば、人間と芸術との接点として「性」を見ることは、むしろ人間をその宿業から解き放つ、と言うこともできよう。周作人が宮武外骨を、そして浮世絵を愛好し、また西原柳雨の編集になる『吉原風俗志』上、柳雨と佐々醒雪との共著『川柳吉原志』などに目を通したのも、このような考えからであろうと考えられる。

ひたむきに中国の文学に身を挺した周作人は、中国文学の歩む方向や中国文学に欠落しているものを探究しようとした。そして、それらをついには人間の宿業である「性」にまで立ち入って見据えようとした、数少ない文人であったと言えるのではないだろうか。

三、周作人の性志向

乳ぶさおさへ　神秘のとばり　そとけりぬ　ここなる花の　くれなゐぞ濃き
春みじかし　何に不滅の　命ぞと　ちからある乳を　手にさぐらせぬ

この歌は与謝野晶子の第一歌集『みだれ髪』[18]（一九〇一年八月）に収載されたものである。与謝野晶子は周知のとおり、夫・与謝野鉄幹の主宰する『明星』の中心的メンバーとして、詩歌革新運動で活躍した。与謝野晶子を含む女性歌人（中浜糸子、山川登美子）たちは、樋口一葉の世代とは十年足らずの年代差しかないが、生活意識、感覚は別の世界のものとしか思えないものがある。晶子たち以前の女性文学は、当時の男性優位社会の風潮を反映する、いわゆるジェンダーギャップを背負ったものであったが、晶子たちは伝統的な女性歌の忍びやかな恋の表白を一変させ、恋を単純に心身の主情的リズムや常識的秩序美として言語化することを拒絶し、従来誰も語ることをしなかった女性の性的真実をもって、女性自身をして堂々と自らの身体を開示したのである。周作人は、

歌集についてては知らないことを知るふりをする勇気がないので、ただ晶子の歌にまつわる話と歌の作法についてのものとの二種を買っただけだった。随感録の文集は十四冊あり、その殆どを続けて手に入れた。（中略）それはもう三十二年も前のことだが、今手に取って読んでみても、やはり大いに感服するに足るもので

あり、その見識の深さは常人の及ぶ処ではない。[19]　（拙訳）

と賞賛している。周作人の婦人問題に関する愛読書の中には、大正の初期から一連の婦人解放論を活発に展開した与謝野晶子の評論感想集があったという。また、彼は「日本の詩歌」「日本の小詩」の中で、晶子の歌を紹介したり、一九一八年に彼女の『貞操論』（原題『貞操は道徳以上に尊貴である』）「愛の創作」などを翻訳、紹介したりしている。このことについて、木原葉子は「周作人と与謝野晶子——『貞操論』・『愛の創作』を中心に——」[20]の中で、

『貞操論』の翻訳は……『新青年』四巻五号（一九一八年五月）に発表された。与謝野晶子は、この文章の冒頭で、「私は貞操を最も尊重し、貞操を最も確実堅固な基礎の上に据ゑたいために此一文を書きます」と前置きして、貞操を「昔の儘に道徳として強要しようとする態度の議論」に反対して、「道徳は私達の生活のために制定されるので、其れが不必要になり、または私達の生活を害するに到れば漸次に改廃すべきものであろうと思ひます」という独自の道徳観に立って貞操の性格を検討し、それが「人間共通のものであるべき道徳としての資質を最初から備へて居ない」ことを明らかにした上で、貞操は趣味、信仰、潔癖であって、「他に強要すべき性質のもの」ではないと結んでいる。

と述べている。また晶子について、周作人は、「現在、日本における最高の女流批評家、極めて進歩的、自由でかつ真実、公平な偉大な婦人」[21]と評価している。

このように、明らかに二人は共通の地平に立っていて、彼らのエロティシズムはあくまでも従来の道徳思想から人間性を解放しようとするために、切り口あるいは手段として用いられたのであろう。

一九一八年二月一日付の『北京大学日刊』で歌謡募集をするに当たって、周作人らはそれが性的志向の強いものであっても、学術研究の上ではむしろ必要であることから、その価値は充分に認めるべきであると考えた。また「北京大学歌謡収録規則」の中で周作人は、

民国七年本大学において歌謡募集が開始されたが、規則に決められた応募歌謡の基準の第三で「征夫（旅人）、野老（粗野な老人）、遊女、怨婦などの言葉、淫猥に及ばなくて自然に趣と為す者」であったと記した。一九一一年に発行された歌謡の週刊紙に於いて規定が変えられたが、その第四の応募者注意事項の四に「応募歌謡の内容制限がなく、すなわち迷信、猥褻等に及んでもその研究価値があれば一緒に記録して送ること、応募者による選別は必要なし」とある。発行の祝詞にも特別に「私たちは応募者に……できるだけ録音し、学術の上では猥褻あるいは鄙俗は関係がない」と声明した。[22]（拙訳）

と書いている。このことからも、歌謡募集規定が従来のものから変えられことに関しては、周作人らの影響が大きかったと考えられる。さらに一九二五年十月十二日の『語絲』四十八号において、周作人、銭玄同、常恵《じょうけい》らは体制に抗して三人の共同署名で「猥褻歌謡」の募集広告を出した。このような彼らの行為は人間性を性の領域の中にまで立ち入って探究しようとする表れであり、彼らの、そしてわけても周作人の封建礼教に対する反抗と批判の精神を示すものである。

また、郁達夫の小説『沈淪《ちんりん》』が不道徳文学であると批判されたのに対して、周作人は、その小説で描かれているのは現代青年が抱く社会的現実の不確かさに対する憤懣からの情欲、そしてそれを抑圧する因襲的道徳、そのはざまにあって苦悩する青年の錯綜し屈折する精神の表現であると擁護する。またそこには自らの内なる精神を人間として見つめようとの意図の下、情欲に仮託しつつ、それを芸術の高みにまで昇華しようとした表現を見ることができるとしている。その意味で『沈淪』は受戒の文学であり、そこに性的な志向性が強く出されていても決して不道徳なものではないと、彼はやはり郁達夫を擁護した文章を書いている。(23)

周作人は以前から、新しい人間的理念に立った文学の発展を、因襲的な封建道徳でもって批判することに対しては非常な反感をもって警戒してきた。このことは同年十月、汪静之の詩集『蕙之風』への論評「詩情」の中でも同様の趣旨を述べていることによって分かる。彼は、詩はもともと情念（**passion**）の発露であり、情念には深く性的志向が関わっていて、むしろ時としては性的な志向性が情念の中枢となっており、そのような性を因襲的道徳観、価値観で束縛することは不合理であると説き、世に言うところの不道徳性がもつ真実性を訴えている。

富を得、年取った人は、勝手気儘に性に耽溺できるが、もしも若い男女が文字の上で率直にその志向を表したら、道徳の律を犯したとされる。その上、性愛は免れがたい罪悪であって、公許のものであるが、口に出すことは許されない。すくなくともそれを文学の上に表してはならない。しかし、その一方では驚くほどに寛容であり、かつてある老道学家が公刊した筆記などは、初めのうちは理だとか気だとかと大いに講じているが、後半になると不愉快な性に関する話を多く含んでいた。とかく老人は性的変態になりがちで、それと同様に旧社会のものの考え方にも不健全なものが多いのである。(24)

（拙訳）

このように述べて、周作人は俗に卑猥とされる言動に対する不合理な道学的解釈、そしてそのような見解から出てくる不健全性を開示し、それらの価値の判断を、彼の作品を読む人々の自主的、主体的な判断に委ねようとした。つまり、彼は西洋や日本から得た現代科学を基礎とするコモンセンス、たとえば生物学、医学ことに性心理学などの新しい観点から、道学者たちが正統性を主張する旧い道徳に対して、それらはすでに現実とは合一せず、むしろ反動的なものであるとの攻撃を加えたのである。

古人には壁と向き合って道を悟った人がいる。或いは蛇の争いを見て文字を書く道理が理解した人もある。しかし、むしろ私は「妖精の喧嘩」から道徳を考える。恐らく傻大姐《シャーダージエ》に陰で笑われるだろう。[25]（拙訳）

この「妖精の喧嘩」というのは、『紅楼夢』第七十三回に見える、ある知能の低い女中の傻大姐（馬鹿姉や）が庭で枕絵のついた香嚢を拾い、それをお化けが喧嘩している（妖精の喧嘩）絵と思い込む故事に倣ったものである。周作人が注目し一九二八年に訳した森鴎外の「ヰタ・セクスアリス」[26]にも、「僕」という少年が、きれいに彩色してある本に異様さを感じて、

「をば様。そりや何の繪本かなう」
僕はつかつかと側へ往つた。娘は本を伏せて、をばさんの顔を見て笑つた。表紙にも彩色がしてあつて、見れば女の大きい顔が書いてあつた。

をばさんは娘の伏せた本を引つたくつて開けて、僕の前に出して、繪の中の何物かを指ざして、かう云つた。

「しづさあ、あんたはこれを何と思ひんさるかの」

娘は一層聲を高く笑つた。僕は覗いて見たが、人物の姿勢が非常に複雑になつているので、どうもよく分らなかつた。

「足ぢやらうがの。」

をばさんも娘も一しょに大聲で笑つた。足ではなかつたと見える。僕は非道く侮辱せられたやうな心持がした。


という会話が展開される情景があるが、これも前記の「妖精の喧嘩」と同じく性を話題としているのである。このように、周作人にせよ鴎外にせよ、性を人間本然の営みとして見たり考えたりすることはむしろ新しい道徳を構築する上で必要であると信じていた。ことに中国の文化はそうした態度で臨まぬ限り、因襲から脱け出すことは至難の業であるとして、周作人はほぼ六十年余の文学生涯をかけて性の解放を求め続けたと言えよう。彼は後年、若かりし頃南京で修得した英語でエリスの原書を繙けたことは、決して無駄ではなかったということと、半生の間に読破した書物の中で、性に関わるものの影響が一番大きかったということを述懐している。[27]

四、エロティシズムの展開（生活の芸術）

これまで私は、周作人が浮世絵や川柳などを通して、江戸庶民のエロティシズムを追求しつづけたことの意義を検証してきたが、この節では彼がそれをどのように展開し、何を導き出していったかを考究してみたい。

「五四運動」が民衆運動としての高まりの頂点に達した頃から、帝国主義、反動勢力が次第に力を得てきて、「五四運動」もたちまち退潮期を迎える。

「五四運動」の最盛期における周作人について、木原葉子は、

「個人」と「人類」とを「無媒介」に直結するものとして人道主義の理念を信じ、全ての人間が人類という共通の地盤に立つことによって、たとえば婦人問題をも含む旧社会の諸々の矛盾や問題点は解決されると考えていた。それが、そのような自らの構築した、ある意味で楽天的な理論が、旧態依然とした中国社会の現実には何の効力をも発揮せぬこと、言い換えれば、全てを包括するような大きさと広がりとを持つ構想ゆえの空しさ、を知ったことにより、思想上の軌道修正を余儀なくされたのである。[28]

と指摘している。その反面、周作人には具体的な人間社会の諸相がかえってよく映るようになったとも言える。そしてこうした人間社会の諸相の投影の中に男女の性の存在があると彼は見る。つまり、たしかに人間を「人」という類でとらえたとき、男と女はその中に包摂される。しかし、同等に包摂されつつも男と女は明らかに分け

隔てられる存在であって、その中核にあるものが性なのであり、それ故にエロティシズムが存立し得るのである。言うなれば、周作人のエロティシズムは性の差別を単に身体的、生理的なものとは見ず、全人格的なものとして捉えようとするのであって、理性的で、かつ近代的性科学に依拠したエロティシズムなのである。そして、そこから彼のエロティシズムの方向性が開示されてゆく。

宗教的な禁欲主義には私たちは感心しないが、合理的な禁欲の方はもとより可能なことである。それによって純愛を養うことができるだけでなく、夢想を育くみ、文芸の種とすることもできる。思うに欲は本能だが、愛は本能ではなく芸術である。すなわち本能に基づき調節を加えるものである。（中略）カサノバは十八世紀ヨーロッパの有名な蕩児だが、エリスは彼のことを「自分の愛する婦人の悦楽を自らの悦楽としているのであって、彼女たちの奉仕に耽溺しているわけではない」という。したがって、彼は愛を知る人である。この愛の術（Arts amatoria）は以前はほとんど民間にしか存在しなかったが、「結婚の愛」の作者は家庭における愛の術の提唱者であり、伝道者でもあると言えるだろう。[29]　（拙訳）

と周作人は述べ、「愛は本能に基づき、調節を加える」べきものであること、すなわち「愛の術」とは、ほしいままなる性の欲望（縦欲）を恋愛へと昇華してゆく精神の働きであると言うのである。

また、一九二四年十一月、周作人は『語絲』創刊号に発表した「生活の芸術[30]」で、

中国の生活様式には現在両極端しかなく、禁欲でなければ縦欲である。（中略）中国は千年以前には文化が

発達し、一時は霊肉一致の域にさえ達していたが、後に禁欲思想にうち負かされ、現在のこのような自由もなく節制もない生活に変わってしまったのである。万事につき礼教の仮面の下で圧迫と放縦とを行なっている。実際、いわゆる礼なるものはとっくに失われ存在しなくなってしまっているのだ。

（拙訳）

と言い、「生活の芸術」を求めてこの禁欲と縦欲の調和を説くのである。

さらに彼はエリスの言葉を引いて、「生活はすべて一つの建設と破壊、一つの取得と支払い、永遠の構成作用と分解作用との循環である」また「生活の芸術、その方法はまさに、取と捨との二者を微妙に混和するところにある」と述べている。

以上のように周作人は、彼のエロティシズムを軸としてエドワード・カーペンター（Edward Carpenter）の『愛の成年』（Love's Coming of Age）から、マリー・ストープス（Marie Stopes）の「結婚の愛」（Married Love）、そして晶子の「愛の創作」、エリス（Havelock Ellis 一八五九〜一九三九）の「愛の術」へと「性」に関する論を展開させていく。

一九三四年、周作人に関わる評論を収集した『周作人論』（陶明志《とうめいし》・北新書局）が上梓されたが、その巻頭の「周作人自述」で、一九三〇年に『燕大週刊』に書いた自分の文章を引用して「読んだ書の中で最も大きな影響を受けたのはエリスの著作である」と言っていることから、このエリスとの関わりの中から、彼の「生活の芸術」に至るまでの軌跡を探ってゆくこととする。

一九一八年五月、周作人は『新青年』に「武者小路実篤君が書いた『一個青年的夢』を読む」を書き、十二月には「人間の文学」を発表するなどして、積極的に自己の見解を述べはじめ、一九一九年三月には「日本の新しき村」を書いた。こうした中で、一九一八年六月彼はカーペンターの『愛の成年』を紹介しつつ初めてエリスの『性の進化』(Evolution In Sex)と『新しい精神』(The New Spirit)を引用している。

人民の生殖は社会の機能である。だから、我々は断定する。女子の出産は彼女が社会の義務を果たすがゆえに、自活できなければ、社会は彼女を養わなければならない。（拙訳）

宗教と政治において、我々は大きな闘争を経て、ようやくかけがえのない自由と誠実を手に入れた。しかし、性の分野では我々の道徳、社会の生活と同じように、いまだに幸福を手に入れていない。いまでもまだ、ある種の野蛮な伝説が中世の教会の懸命な宣伝を経て世間に流布している。それは女子を性の象徴とみなし、物事が彼女たちにふれると不潔なものになるといううわさである。[31]（拙訳）

と、述べている。前文では生殖を社会機能の一部と捉えるべきことを、また後文においては道徳や社会生活がそれぞれに未発展であるのと同様に、性もいまだに未発展のままであることを訴えている。このような性の解放の希求は与謝野晶子の「貞操論」にも共通するもので、同年に彼はこれを中国語に訳している。

周作人によるカーペンター、エリス、与謝野晶子など、一連の性の解放論者の紹介は、中国文壇において、『新青年』を中心に『婦女雑誌』等の誌上にも、婦人問題や貞操問題をめぐる活発な議論をまきおこし、中国社会に大きな波紋を呼んだ。

周作人のエロティシズムは、畢竟、性を直視することによって人間の根元的な欲望に接近し、そこからヒューマンな人間像を描こうとする、極めて人道的な思想への展開を第一の目標としていたと言える。このことは婦人問題についても同様である。婦人が人間として覚醒するには経済的な独立を優先させるよりもまず、個々の人格としての性の問題、すなわち男性との性的な社会的差異を認識することから始めるべきであると考えた周作人は、性の平等性の回復に重点をおいたのである。

小川利康氏の調査[32]によると、一九一八年以降二二年までは周作人のエリスの引用は全くない。年代史的に追えば、一九年、二〇年には「新しき村」の紹介を中心とした文筆活動を行なったが、二一年には幹部として「文学研究会」を設立したものの、病を得て北京郊外西山での療養生活を余儀なくされ、二三年には兄・魯迅との不和が発生している。

しかし、二三年からはエリスの引用が急増し、二月（一回）、四月（二回）六月（一回）、七月（一回）と計五回に及び、二四年も二月（三回）、九月（一回）、十一月（一回）、他に月不明のものが一回と計六回ある。二五年、二七年は年一回ずつのみである。すなわち、周作人のエリス引用は、二三年、二四年に集中していて、文筆活動もまた活発になってきたことを示している。

この一九二三年、二四年に発表されたものの論旨には、大別して三つの傾向が見られる。そのひとつは、一九一八年の『愛の成年』の延長線上にあるということ、またひとつは、当時『晨報』紙上で行なわれた論争の延長線上にあるものであること、そしていまひとつは芸術との関連で猥褻を論ずるものである、ということである。

一九一八年の論旨はすでに述べたとおりであるが、二三年の『晨報』紙上の論争「愛情問題」は男性側の一方的な離婚宣言に端を発したものである。この中で周作人は、旧来の道徳的な伝統に基づく親による強制的な婚姻（包辦婚姻）の不合理性にさいなまれた者に同情を示し、「不合理な礼教や習慣などに反対するのは、もとより良いことで正当だ」とそれを認めながらも、礼教や習慣への反発が婚姻の因襲性、あるいは性への不合理性に対してのみに向けられがちな傾向を指摘して、「まるで不合理な礼教や習慣とやらの温床が、彼と王女士の結婚だけにあり、離婚さえすれば、目的はすぐ達せられるかのようだ」（「離婚と結婚」）[33]と言い、女性だけに問題があり、男性は潔白であるとの利己的な主張をする男性の側を批判している。これにつづいて周作人は『愛の創作』で、愛は永遠に不変なものではなく、愛を獲得するには日々自己向上させる努力が必要であると説き、道学者が貞操という名目のもとに女性を束縛する非合理を衝いている。そして、「愛は与えるもので報酬ではない。ところが中国の結婚はまだ取引で、その違いはあまりにも大きい」[34]と、失望を隠さない。

聖パウロは言う。「物事には不潔なものなどもともとない。単に人が不潔であると考えると、彼にとっては不潔となるのだ」と。エリスは『聖芳済及びその他を論ず』で言う。「われわれはいますべてを直視し、何ら一つも余りに卑俗すぎ、或いは神聖すぎて研究に適さないようなものはないと思っている。だがある種の事実を直視するのが有害なこともある。もしも、あなたが汚れなしに見られぬのならば……」[35]（拙訳）

周作人はこのように述べ、不潔、不潔でないという考え方には、基本的に「性」が横たわっているので、それを猥褻とするか否かは受け取る側の問題であると言うのである。

こうしたことを契機として、周作人は、一九一八年から二二年までの間の、主として差別される女性の側を擁護するという姿勢から、二三年以降は、差別する男性の側を重点的に批判するという姿勢へと、その方向性を転換させていったと考えられる。

そのうえで彼は、猥褻なるものと猥褻ならざるものとの区別は、性的な満足が行為として充たされるか充たされぬかの違いによってではなく、あくまでもその行為を享楽的なものとして果たすのか、それとも愛を根底におき、人間として人間らしく果たすのか、ということによるのだとする。つまり、「性」を人間的な行為として受け止め、ゆえに人間の心をもちつつ、かつそれを動かし難い事実として（厳粛なる事実として）自己に引き受けることが肝要であると説くのである。

そこから、第三の問題、すなわちエロティシズムと芸術の関係が取り上げられる。この問題は、郁達夫の『沈淪』を弁護する文章（「『沈淪』」・一九二二年三月）や「戯曲に対する二つの意見」（一九二二年三月）と題する文章ででも取り扱われている。周作人がかねてから関心を寄せてきたテーマでもある。

我々は、そこにどの程度、欠陥教育の影響によるもので、よって改めることができるのか、或いはどの程度人心の除去することのできる傾向によるのかは分からない。当然、猥褻の形式は時代によって変化し、日々変わりつつあるのだ。[36]

（拙訳）

と猥褻を感じる価値観が時代とともに変化することを承認しつつ、それでもなおかつ、旧来の道徳観をもって社会を律しようとする道学者、つまり自らは性への放縦な欲求を抱きながら、世に礼教的道学を説く偽道学者を次のように批判する。「偽道学者の不道徳な所以をよく明らかにしている。なぜなら、その反抗が実は意志薄弱で誘惑を受けやすい証拠そのものだからだ」（「猥褻論」）。そして情詩に対して道徳を振りかざす道学家を、「極めて古くからの洞察だが、最も不貞な詩はもっとも貞節な人によって書かれ、最も清浄な詩を書いた人は逆に最も不貞である」（「文芸と道徳」[37]）と攻撃するのである。さらに最も放縦な文学がキリスト教徒によって書かれたのは、「ただ単に彼らの生活の厳正さがこの種の感情の運動をより一層必要としたから」（「文芸と道徳」）であると解釈しながら、エリスを次のように引用している。

ある一定の節制……性だけではなく、その他の様々な人間の活動を含めて……は必要である。それは、欲望の幻想やイメージを芸術的な完成されたイメージに育て上げることができる。[38]（拙訳）

ここでは、節制を「一定の」という条件を付加した上で承認しているが、この場合でも周作人の言う「節制」が道学家の言う「節制」と質を異にするのは言うまでもない。そしてさらに「衝動をすぐに気儘に行動に移す余地を我々は常には持てない。抑圧された衝動の危害を避けるために、こうした欲求をより高い穏和な方面へと移行させる方が、むしろ重要である」と「より高い穏和な方面」を強調するのであるが、この「より高い穏和な方面」というのが、周作人の唱える「中庸」であると考えられる。

禁欲や耽溺の一つをその生活の唯一の目的とする者がいるが、その者は生活をする以前にすでに死んでいるのだろう。（中略）生活の芸術、その方法はひとえに取と捨を微妙に混合することにある。[39]（拙訳）

或る人は私の意見を余りに保守的だとし、或る人は余りに過激だとする。世にはどうしても過去を熱心につかまえて放さない人と、自分達の想像する未来を熱心に捕まえようとする人がいる。しかし、賢い人は両者の間に立ち、どちらにも共感する。しかし自分達が永遠に過渡期にあることを知っている。何時であろうと、現在は単なる交差点で、過去と未来の出会う場である。我々は両者に対する何ら不満を持つわけには行かない。それは伝統なくして世界はなく、活動なくして生命はないからである。[40]（拙訳）

と周作人の二元論的思想展開の中から「中庸」[41]を導き出している。この「中庸論」を根拠として、彼の「生活の芸術」という考え方が提唱されたと言えるのである。すなわち、「本来、生活の芸術は禁欲にも耽溺にもなく、その二者が支え合い、取らんとしては拒み、拒まんとしては取って、旋律を生み出す人間の生にある」のが「生活の芸術」[42]なのである。

注

（1）小西甚一『日本文芸史』Ⅴ（講談社・一九九二年）
（2）ドナルド・キーン『日本文学の歴史』⑪ 近代現代篇二（中央公論社・一九九六年）
（3）ドナルド・キーン『日本文学の歴史』⑪（前掲）
（4）周作人「関于日本画家」（『芸文雑誌』・前掲第三章（4））
（5）谷崎潤一郎「刺青」（『新思潮』第三号・一九一〇年）。『新思潮』は周作人の定期購読雑誌の一つである。
（6）知堂「日本的衣食住」（「日本管窺」二）（前掲第一章（10））。訳は木山英雄『日本談義集』（平凡社・二〇〇二年）による。
（7）子栄（周作人）「浄観」（『語絲』十五期・一九二五年。『雨天的書』に所収）
（8）永井荷風「浮世絵の観賞」（『荷風随筆集』下・野口冨士男編・岩波文庫・一九九七年）
（9）知堂「懐東京」（『宇宙風』二十五期・一九三六年。『瓜豆集』に所収）

(10) 劉岸偉『東洋人の悲哀』(河出書房新社・一九九一年)
(11) 知堂「談日本文化書」(『自由評論』三十二期・一九三六年。『瓜豆集』に所収)
(12) 周作人「画廊集序」(『苦茶随筆』北新書局・一九三五年)。訳は松枝茂夫・『周作人随筆』(前掲)を参照。
(13) 周作人「画廊集序」(『苦茶随筆』前掲)
(14) 谷沢永一、吉野孝雄編『宮武外骨著作集』第七巻(河出書房新書・一九九〇年)
(15) 知堂「隅田川両岸一覧」(『大公報』一九三五年十一月三日。『苦竹雑記』所収)
(16) 知堂『知堂回想録』(前掲) 我的雑学十五、「江戸風物与浮世絵」
(17) 小西甚一『日本文芸史』V(講談社・一九九二)
(18) 与謝野晶子「みだれ髪」(『与謝野晶子全集』第一巻・講談社・一九七九年)
(19) 周作人「女子与読書」『苦口甘口』(太平書局・一九四四年)
(20) 木原葉子「周作人と与謝野晶子」(東京女子大学『日本文学』六十八・一九八七年)
(21) 周作人「『貞操記』訳記」(『新青年』四巻五号・一九一八年五月)
(22) 周作人「猥褻的歌謡」(『談龍集』開明書局・一九二七年)
(23) 周作人「沈淪」と「情詩」(『自己的園地』北新書局・一九二三年)
(24) 周作人「情詩」(前掲)
(25) 周作人「自己的文章」(『瓜豆集』前掲第三章(17))
(26) 森鴎外「キタ・セクスアリス」(『鴎外全集』第五巻・岩波書店・一九七二年)
(27) 知堂『知堂回想録』(前掲) 十一、「性的心理」
(28) 木原葉子「周作人と与謝野晶子」(前掲本章(20))
(29) 作人「結婚的愛」(『晨報副鐫』・一九二三年四月十八日。『自己的園地』所収)
(30) 開明(周作人)「生活之芸術」(『語絲』一期・一九二四年。『雨天的書』所収)

(31) 作人訳「愛的成年」(『新青年』五巻四号・一九一八年年十月十五日。『談龍集』所収)
(32) 小川利康「周作人とH・エリス——一九二〇年代を中心に——」(早稲田大学大学院文学研究科紀要別冊十五、文学・芸術編・一九八八年)
(33) 作人「離婚与結婚」(『晨報副鐫』・一九二三年四月二十五日)
(34) 作人「愛的創作」(『晨報副鐫』・一九二三年七月十五日。『自己的園地』所収)
(35) 作人「結婚的愛」(『晨報副鐫』前掲本章(29))
(36) 作人「猥褻論」(『晨報副鐫』・一九二三年二月一日。『自己的園地』所収)
(37) 周作人「文芸与道徳」(『晨報副鐫』・一九二三年六月一日。『自己的園地』所収)
(38) 開明「生活之芸術」(『雨天的書』所収・前掲本章(30))
(39) 槐寿(周作人)「藹里斯的話」(『晨報副鐫』・一九二四年二月二十三日。『雨天的書』所収)
(40) 槐寿(周作人)「藹里斯的話」(前掲)
(41) 伊藤敬一「周作人と童話」『人文学報』(東京都立大学四十二期・一九六三年)
(42) 開明「生活之芸術」(『雨天的書』・前掲本章(30))

第六章　周作人文学の滑稽趣向

中国文壇に起こった小詩運動や、民謡歌謡から栄養を吸収した新詩の流行に、周作人による日本の短歌、俳句、川柳などの紹介の貢献があったことはすでに述べたが、その時期すなわち一九二〇年から三〇年代にかけては、一九二七年四月、蒋介石の反共クーデターがあり、それに対抗するプロレタリアートの意識を内容とした「革命文学」が提唱された。その中において一九三〇年代の中国文学界では周作人、林語堂などによって「幽黙《ユーモア》」「閑適」の「小品文」が提唱され、流行を招いた。本章では、周作人文学の特徴をなす「幽黙」を課題として探究してゆきたい。

一、滑稽とユーモア

滑稽とユーモア、あるいは機智、コミックなどさまざまな言葉使いと概念があるが、それらの用語の表現方法や概念は、極めて曖昧で互いに混じりあってさだかではない。一通りそれを整理しておきたい。

木村洋二は「笑いのメカニズム」(1)で、アリストテレス以来の多くの笑いを三つの類型に分けている。第一は、優越感から生ずるもの、第二は、概念と実在とのズレ（incongruity）から生ずるもの、第三は心的エネルギーの放出、または節約から発生するもの、の三類型である。

第一の「優越感から生ずる笑い」は、笑いを誘う根元になっている者に対して自分が優れているという安堵感からのものであるが、それは笑いの中の一部であって、必ずしも笑いが優越感からのみ生ずるものではないと、足立和浩が『笑いの戦略』[2]で指摘している。第二、第三の場合は、まず「期待」があって、それに対して「現実」の姿との間にズレがあったとき、そのズレ方が初めにあった期待、あるいは期待に伴う緊張が突然ゆるむ状態、すなわち、心的エネルギーの放出や節約（抑制）があれば笑いとなるのである。

諷刺やブラック・ユーモアは、緊張をゆるめるよりも、逆にそれを高めることから生じると考えられるが、その場合は、それに触れる人の立場や、触れてからの時間的段階によっても表れ方が異なるという。

河盛好蔵の『エスプリとユーモア』[3]では、食糧不足と貧困、そして人口過剰を一挙に解決するには、手段として子供を食べればよいと説いている。この場合、現実にはあり得ないことを真面目くさって記述してみせ、子供を食っているのに等しい資産階級を痛烈に揶揄している。これはまさしくブラック・ユーモアであり、魯迅の「狂人日記」にも共通している。

次に「笑いの種類」であるが、「人を刺す笑い＝ウィット」「人を楽しませる笑い＝コミック」「人を救う笑い＝ユーモア」の三つに分類する方法で分析しているのが織田正吉である。[4]

このように笑いは、さまざまな学者によって取り上げられ、論じられている。

それではこうした問題に対して、「滑稽」は中国では古来どのような構造をもつものであるのか、それを検証することにしたい。

中国においても「滑稽」の概念については古くから取り上げられており、『史記』「滑稽列伝」巻六十六では、

淳于髠というのは、斉のある家の婿養子になった男である。身のたけ七尺（約一六〇センチ）にたりなかったが、よく舌がまわり、話術のおもしろおかしい持ち主で、たびたび諸侯のもとへ使者として派遣されたが、一度もあなどりをうけたことはなかった。[5]

と書いている。滑稽という意味は、機知とおかしみにあふれ、笑いのうちに相手に同意させる話術、あるいは、そうした話術によって主君を風刺し、その結果治政に貢献する人物を意味する。また『史記・索隠』[6]では、崔浩の言葉として、「滑の音は骨。稽とは酒を注ぐ器である。転注（横たえて注げば酒を吐いて終日止むことがない）、口を出た言葉が、文章をなし、滑稽が酒を吐き続けるように、言葉が塞り竭《つ》きることがない」という意味になる。また姚察の説明では「滑は文字どおりに読み、稽の音は計である。諧謔の語が滑らかに発せられることをいう。その知計はすばやく出る。故に滑稽と言う」とあり、どちらかと言えば今日の「機智」に近いものである。

周作人も『韓非子』[7]などのような古書にある滑稽はほとんど理知（滑稽人を刺すウィット）で、それらはみんな感覚的なもので文学的価値はないと言っている。また、

中国はもともと感情滑稽（有情滑稽ともいう）がまったくなかった。また理知滑稽も欠乏していた。あるのはただ感覚的な挑発だけであって、聞いたら人に痒いところが掻かれたような不愉快さを感じさせる。これが最も下等な諧謔であり、今までの滑稽文章はみなこのようなものである。[8]

（拙訳）

と述べている。

ところで、伝統的な中国の世界解釈が象徴的二元論（Symbolic dualism）に依っていることはよく知られている。そのもっとも基本的な原理は『易』に言う「陽」と「陰」である。そして、その陰陽二気の消長を契機に変移する四季が対立し、それがそのまま自然と人間との間に入りこむ。そして、これが「天壌の情」つまり世界の本質であると説くのである。しかし、その象徴的二元は、どこまでも対立しあうものではなく、互いに交替しつつ歴史を構成してゆくのである。

マルセル・グラネ（Granet Marcel 一八八四〜一九四〇、フランスの中国学者）は、一九三三年、『中国における右と左』(9)の講演の中で、「中国では古来右よりも左が重んじられたが、しかしその両者の関係は絶対的な対立ではなく、相互に交替しあうものだった」と述べている。すなわち、グラネは、この左右の優越性を、インドやヨーロッパ、あるいはポリネシアなどの未開先史文化に見られるような「宗教的極性」にまで抽象化することはできないとして、中国古代の象徴的二元論の原理は、陰陽の対立、貴賤の対立、大宇宙としての世界と小宇宙としての人間との対立が相互交差して、世界全体が成立するとする。そしてこの対立は絶対的なものではなく、世界が「陰陽の調（リズム）」によって、離合集散することで成立し、代置しあうのである。

このように考えると、たとえば、夏、殷、周のいわゆる三代王朝の交替も、春秋、戦国期の政権交替も、各王権の宗祖において宇宙レベルにまで隆盛していた徳性が、各王朝最後の王において、世界の秩序を突き抜けて衰微・下落した結果と考えられる。そして、こうした陰陽二元対立の構造原理に忠実な儒家は、プラスの頂点を「治」と呼び、マイナスの最下点を「乱」と呼んだと言えよう。これが孟子の言う「一治一乱」である（『孟子』「滕文公」）。さらに滑稽について言えば、このような象徴的二元論が、意識のうえでも無意識のうえでも極めて深く根づいていたにもかかわらず、滑稽を演じるものが、その秩序の枠から、つまり二元的対立から滑落しているからこそ、それをわれわれが滑稽と見るのであって、そこに中国的な滑稽の図式があるのではなかろうか。

中国の古い笑話に、稲の生長を早めようと苗を手でひっぱって枯らせてしまう「抜苗助長」または「揠苗助長」（もと『孟子』「公孫丑上」による）、兎がたまたま切り株に当たって死んだのを見た農夫が、耕すことをやめて株を見守り、再び同じことが起こるのを期待した「守株待兎」（もと『韓非子』「五蠹」による）、車の梶棒を南に向けて、車を北に走らせる「南轅北轍」（もと『戦国策』「魏策四」による）などがあるが、これも構造的には、同じようなものをもっていると言える。

また、この三つの笑話は、当事者が特に人を笑わせるつもりもないのに期せずして笑わせる結果になってしまうことから、「受動的笑い」と呼ぶことができる。このような受動的笑いは、滑稽ないしコミック（Comic）と言える。

周作人が編集した「苦茶庵笑話集」から、二例を引用してみよう。

ある男が妻に一発くらって、やむなくほうほうの態でベッドの下に潜った。妻が「早く出てきなさい」と叫ぶと、男は「大丈夫（立派な男）たるもの、出ないと言ったら、絶対出ない」と答えた。[10]（拙訳）

あるコックの男が自宅で肉を切っていた。彼はひそかに自分の袋に一塊の肉を隠した。妻がそれを見て、「ここは自分の家なのに、どうしてそんなことをするの？」となじったら、コックは答えた。「うっかりしていたよ」[11]。

（拙訳）

これらも受動的笑いと言うことができる。

しかしこの二例には一読して理解できるように、受動的な笑いと、批判的・暴露的笑いが混在している。したがってこれは「受動的・能動的笑い」とも呼べる。前者の場合、妻に一発お見舞いをうけ、ベッドの下にもぐっても「男子たるもの」と見栄を切る男という特権に依拠した精神勝利法への批判であり、後者の場合は、人の目を盗んで自己利益を獲得しようとする庶民の日常性や人間のエゴなどをあらわにすることによって笑いを誘う、自嘲的諷刺がある。

このような「受動的・能動的笑い」には、もう一つの要素として許容性が含まれる場合がある。その例としてあげられるのが、魯迅の「阿Q正伝」「孔乙己」である。これらの作品には、本来笑われても仕方のない状態が描かれているが、それを読者が容認し、慰藉し、あるいは積極的に推奨することによって救済する笑いである。阿Qの「精神勝利法」に人はそれを感じるであろうし、重なる科挙の失敗で没落し、一介の飲兵衛になり下った孔乙己の背後に人はそれを見るだろう。

さらに、笑いにはもう一つのタイプがある。「徐文長故事」[12]（一九二四年）に、

卵売りに出会った徐文長は、それを全部買うからと卵売りに、石板の上で両腕を丸く張らせ、一つ一つ卵を数えてその中に並べた。全部数え終えてから、徐は籠を取ってくるからと、その場をはなれた。しかし、そのまま彼は戻らなかった。卵売りは両腕の卵を囲んだまま身動きもならぬ。焦っているところに中から一

匹の犬が放たれたので、卵売りは恐ろしく困り果てても、どうにもならない。（拙訳）

と言うのがある。これは意識的に作り出す笑いである。罪のない（なぜなら、卵売りは商売の期待こそはずれたが実害はない）いたずらに対する笑いである。これを先の「受動的笑い」に対して「能動的笑い」と呼ぶことができる。

もう一例を挙げてみよう。これは一九七〇年、ソウルで行なわれた第三十七回国際ペンクラブでの林語堂の講演、「東西文化の幽黙を論ず[13]」の中の一節に使われたものである。

諸君は恐らくソクラテスにとても気がつよく我儘な妻がいることを知っているでしょう。ソクラテスは奥さんに一連の罵声を浴びせられる毎に部屋を出て静かなところを探しに出かけます。しかし彼が門を出たとたん、彼の妻は桶一杯の冷たい水を窓から彼にあびせかけ、それで彼は全身びしょぬれになってしまいました。しかし彼はおこらずに「雷の後は必ず大雨が降ってくる」とつぶやいて、泰然としてアテネ市場のほうへ向かいました。（拙訳）

イギリスの劇作家であり評論家である、J・B・プリーストリーは、『英国のユーモア[14]』の冒頭で、

われわれイギリス人の生活を取り巻く大気そのものが、ユーモアを生み出すのに適しているのだ。ぼんやり霞んでいるときが多く、すべてがくっきり見えることはごく稀である。単なる滑稽と区別される真のユー

モアとは、たくさんの要素の混合物からかもし出されるものだ。もっともこの要素すら、それ自体あいまいな集積物、合成品なのかも知れない。(中略)その要素とは、すなわち皮肉を感じとれる能力、ばからしさ(不条理)を感じとれる能力、ある程度の、すくなくとも片足は地に着いている程度の現実との接触、それから、これは一見意外に思えるかも知れないが、愛情である。

と言っている。

このプリーストリーの言葉でイギリスのユーモアが百パーセント理解できるかどうかは別問題として、ある程度は語り得ているのではないか。すなわち、プリーストリーは、ユーモアと風土の関係を指摘し、ユーモアは多様な要素からなる混合物であり、それを受け取る側の能力と愛情であると言うのである。

一九二四年五月三十日、林語堂は『晨報副刊』に載せたの文章の中で、「Humour」を「幽黙」と訳した。また彼は、「幽黙を論ず」の中で、幽黙はその国の文化の象徴であると述べ、そこには生きる知恵、すなわち、物事を処理する能力が存在していると言った。そしてそこから聡明さが生まれ、余裕が生まれる。人が知性に目覚め、知性によって人生の矛盾や人間の愚かさ、自惚れ、偏狭に気づき、それがゆとりと重なり合って幽黙が現れると言うのである。したがって、ヨーロッパ、なかんずくイギリスの幽黙には野卑、揶揄的な笑いを避け、低俗な内容に陥ることなく、闊達な心の輝き、豊かな知性がある。このような幽黙はアリストテレス、プラトンからカントに及び、現在に受け継がれていると言う。

また林語堂は、中国では老子、荘子をもって最高の幽黙人としている。老子はいう、「道を失って徳を得、徳を失って仁を得、仁を失って義を得、義を失って礼を得る……」(失道而后徳，失徳而后仁，失仁而后義，失義而后礼……）。したがって、「知者は言わず、言う者は知らず」（知者不言，言者不知）。また、「聖人は死せず、大盗人は止まず」（聖人不死，大盗不止）と。この老子の超脱的な幽黙に流れるComic spiritが、自由奔放な笑いを誘うと林語堂は言う。そして、老子の笑いは尖鋭的であり、荘子のそれは豪放であるという。その根底には天を悲しみ、人の情に配慮する温潤な心情がある。周作人も「日本文化を語る書簡[15]」の中で、

> 滑稽（中略）は、なんでもこれは東方民族には欠乏しているものだそうで、日本人自身も常に英国人には及ばないと慨嘆慚愧《ざんき》しています。（中略）聞くところによれば、英国人は「幽黙《ユーモア》」に富み、その文字もまた多く「幽黙」趣味を含んでいるのだそうで、そしてこのユーモアの一語は日本ではよく滑稽と訳されているからです。もっとも中国ではこのユーモアの訳音として、別義を含む「幽黙」なる二字を宛てたことについては、ずいぶん人々の顰蹙《ひんしゅく》を買い、ある人は「酉秣《ユーモー》」と改訳せよなどと主張しましたが、それでも駄目でしょう。
>
> （訳・松枝茂夫）

と述べて、林語堂を擁護している。

「幽黙」には周作人の指摘するように、別義として、深く静かで含蓄があり、外には表さぬことの意がある。それは彼がいう、

> ……物事の条理や人情を察知して、それを直截に描き出し、人に破顔一笑させる。そしてときとして淡々とした哀愁すらも覚えしめる。これがいわゆる有情滑稽というものであり、これこそが最も高い質のものな

のである。[16]

（拙訳）

周作人の言うこの有情滑稽は、林語堂の温潤とイコールで結ばれるものと考えられる。

以上で滑稽、ユーモアの概念を一通り概説してきたが、その概念は多岐にわたり、到底ひと筋縄ではいかない。しかし、周作人文学を解明するには、これがひとつのキーワードであることに相違はないと思う。

二、周作人と日本滑稽文学

前節では、滑稽、あるいは幽黙の比較的曖昧なままに見過ごされてきた概念について、ひととおりの整理を試みたが、次にはそれを踏まえて、周作人と日本の滑稽文学・文芸との関わりについて概観してゆきたい。

すでに述べたように、周作人が日本の川柳に触発されて、日本の滑稽文学・文芸に関心を寄せるようになったのは、一九〇六年から一九一一年に至る日本留学期においてであった。周作人が留学中に住んだのは東京であり、東京はまた、江戸庶民文学・文芸の発祥地であった。しかし、周作人が、単にそれだけで江戸の文学・文芸に関心を抱いたというのは、あまりに短絡に過ぎる。

周作人が留学した当時、日本文学では十九世紀後半にエミール・ゾラ（Emile Zola 一八四〇～一九〇二）の提唱による科学的理論に基づく写実主義が、ロマン主義文学への反発を根底として日本文壇に影響を与え、永井荷風を始めとして、島崎藤村の『破戒』（一九〇六）、田山花袋の『蒲団』（一九〇七）等が現れた。しかし、これらの作品は事実なり真実なりの根拠を、科学性や実証性におくのではなくて、自己の「主観」すなわち「個」に求める文学であった。このように、日本文学独自の個の追求は詩にも見られ、詩語の口語化、韻律の自由化に向かうとともに、それはやがて白樺派の運動へと引き継がれていった。

こうした日本文学の近代化は「個我」の発見と表現に進んで行ったが、そもそも日本の近代文学の成立を、言文一致の提唱、あるいは二葉亭四迷の『浮雲』(一八八七年)に起点をおいたとき、魯迅の「狂人日記」(一九一八年)を出発点とする中国文学の近代化とほぼ三十年の隔りがあると言われている。この隔りは、おおざっぱに言えばヨーロッパ近代を何の抵抗もなく受け入れ、しかも一刻も早くそれに順応しようと力を傾けた日本独特の「転向型文化」と、伝統を重視し中華思想を根元にもつ中国の保守性と抵抗の強さゆえの中国の「回心型文化」のもたらした隔りであると言うことができよう。[17]

こうした日本文学の近代化は、一方で日本人から、また日本文学からは笑いを喪失させていった。ラフカディオ・ハーン(小泉八雲)は、「日本人の微笑[18]」の中で、伝統的な日本人は心やさしい微笑を持っていたのに対し、近代の高等教育を受けた日本人から急速に微笑が失われていったことを指摘し、その原因としてあまりにも多くのものを学びとろうとして心身を酷使し、過度な緊張を強いられているからだとしている。つまり、先進国に追い付き追い抜こうとする明治の政策から強いられた緊張によるものであると言うのである。それかあらぬか、坪内逍遙、二葉亭四迷、尾崎紅葉たちの文学を始めとして、笑いは日本文学から消えはじめ、一九〇五年に夏目漱石の笑いが生まれるまでは、それが断ち切られていた感がある。しかし、それでも笑いは日本文学から完全に締め出されたわけではない。たとえば、幸田露伴の『風流仏』(一八八九年)や『五重塔』(一八九一〜一八九二)、内田魯庵の『社会百面相』(一九〇二年)などには「ゆとり」としてのユーモアや、諷刺に含まれるのびやかな笑いがある。このような笑いは日本近代文学の中では例外のことかもしれないが。

中村光夫[19]は、西欧文学にあるセルバンテスの『ドン・キホーテ』、フローベールの『マダム・ボヴァリイ』、ドストエフスキーの『白痴』などの作品も、滑稽の要素を抜きにしては考えられないという。しかし、明治以来の日本人は「このやうな近代文学の本質に根ざす性格の一面を、そろひもそろって見落としてしまった」、その原因は「明治以来我国の西洋文明を移入する態度の底にあった、或るこわばりと考へてよいのではないでせうか」と述べている。中村の指摘する「近代文学の本質に根ざす性格の一面」は、言い方を変えてみると滑稽文学の真髄を指しているものではないだろうか。日本に留学した周作人が見たものは、一方では、近代日本文学の中で胎動する「自我」への意識であり、また一方ではこの近代文学の本質に根ざすもの、つまり笑いの欠落であったのではないだろうか。そして、彼をして、武者小路の「新しき村」に興味を感じさせるのは日本文壇のこうした新しい動きであり、江戸の庶民文学・文芸に向わしめたのは中国新文壇に欠落したものへの回帰であった。

ところで、言文一致体の小説の出現は、近代的表現の記念すべき第一ページであり、それによって成功をおさめたのは二葉亭四迷の『浮雲』であったが、このような言文一致体の小説の成立に直接の影響を及ぼしたのは、三遊亭円朝（一八三九〜一九〇〇）の落語の速記であった。

『浮雲』の発表後数年にして、中国はアジアの小国日本に敗れ（日清戦争）、康有為、梁啓超らを中心とする「変法維新運動」が起こり、厳復によって近代ヨーロッパの思想が紹介されるようになった。しかし、日ならずして変法維新運動が西太后によって鎮圧され、梁啓超は日本に亡命、横浜に居を構えて文筆による啓蒙運動をつづけた。彼の執筆する文章は「新民体」と呼ばれ、当時の文壇の主流であった桐城派古文に対する「文体改革」と言えるものであった。このような流れが、のちの胡適の「文学改良芻議」による白話文の提唱につながっていったのである。

こうした中国近代文学の経緯を身をもって眺めてきた周作人が日本の言文一致体小説に抱いた感懐は、およそ推測しうる。そして、彼のそのような感懐が、日本の落語から遡行して、江戸庶民文学・文芸への関心を強めさせたのではないだろうか。

学んだのはもう本の中の日本語ではなく、実際に使われている言語である。理屈から言えば現代小説や戯曲を選んだ方が一番いいのだが、その範囲は非常に広く、どこから手をつければいいか分からないので、ただ諧謔的なものだけを読むことにした。それが文学の上では狂言や滑稽文であり、韻文方面では川柳という一種の短詩である。(中略)またその他にもう一種笑話があった。それは落語と呼ばれるものである。[20](拙訳)

彼はさらに冨山房の『狂言二十番』、『落語選』、『俳風柳樽』などを教科書替りに読破していった。

周作人は日本から帰国後ほどなく、北京大学東方文学部教授となって、江戸文学などを講義することになる。このことによって、以後の彼はさらに本格的に江戸庶民文学・文芸に重点をおいた日本文学の紹介と研究に力を注ぐことになる。「日本之再認識」の中で、周作人は、一九一七年以来北京で活動した二十年間、特に川柳、狂歌、小唄、俗曲、洒落本、滑稽本、落語などに親しんだと述懐している。

このように周作人は日本の江戸文学・文芸に意欲を燃焼させていった。江戸時代の庶民文学は、中国では明、清時代の俗文学に相当し、この俗文学はその時代の活き活きとした民衆の活力の表れであった。すなわち、明代ことに明末の政治の放埒さに、あるいは清代の封建専制政治に対する民衆の抵抗によって文化の担い手が官僚から民間へと移行しようとする活力から生まれたものとしている。さらに中国の俗文学は、日本の江戸庶民文学に必ずしも引け目を感ずるものではないとしながらも、日本の滑稽本にはやはり中国にないものをもっていることを認めざるを得ないと述べ、また彼自身が追求しようとしたものは、中国の現状に欠落しているものであることを「日本文化を語る書簡」の中で述べている。そして、それは先に述べたように、中村光夫が近代日本文学に欠落しつつあるものと指摘したことと質を同じくしているのである。

周作人は、こうした指摘をさまざまな分野で繰り返しており、たとえば、「落語」では、

かつて柳家小さんが高座にのぼったのを見たことがあるが、あたかも村塾の先生のようにゆったりと話しだし、『論語』を講ずるがごとき（態）に、聞く人は思わず笑いを禁じ得ない。突然笑い、突然泣き、歌い出したり、酔っ払ったりする必要はない。ここで私が不思議に思うのは、中国になぜこのようなものがないのか、と言うことである。[21]（拙訳）

中国の文学、美術の中では、滑稽の要素があまりにも欠如しているようであり、日本の鳥羽僧正のような戯画が中国に存在したことはなかった。これが私達には今になっても風刺画を描ける人がいない所以である。[22]（拙訳）

と、その想いを述べている。このような想いは、裏を返せば、周作人がいかに日本文学、ことに江戸庶民文学・文芸に強い関心を寄せていたか、と言うことの表れであって、

川柳はただ十七音で成り立っている諷刺詩であり、すぐれたものは人情や物事の条理を察知して、それを直截に描き出し人に破顔一笑させる。それは時として淡々とした哀愁すらも覚えさせる。これがいわゆる有情滑稽というものであり、これこそが最も高い質のものなのである。[23]

（拙訳）

と述べて、周作人は川柳に高い評価を与えている。また、狂歌についても、

これはあえていえば一種の打油詩（戯れ歌）とも言うべきもので、その特色はかけ言葉を利用して、正統的な和歌の形式に則って作るところにある。それによって些末なことを崇高化し、あるいは荘厳なことを滑稽化して、破顔一笑を誘う。諷刺はその二の次である。[24]

（拙訳）

と紹介しているのは、その証例である。

さらに、周作人は狂言についてもかなり詳細に紹介しており、それを中国の「目連劇」（古典劇の一つで、目連聖者が、地獄に落ちた母親を仏の慈悲にすがって救い出すという芝居で、奉納芝居として演じられることが多い）との比較で、その類似性を取り上げている[25]（「喜劇の価値」）。狂言について彼は、さらに、

狂言の特質は滑稽である。しかし、その按配には非常に工夫がある。俗悪を表さず、特に色情の要素が極めて少ない。まともな民衆文学は壮健なものである。[26]

（拙訳）

狂言は高尚な平民文学の一種で、当時の口語を使い、社会のでたらめさと愚鈍さを描いた。しかし、その滑稽趣味はとても純朴かつ淡白である。したがって、俗悪な味わいがないのである。[27]（拙訳）

と述べ、狂言の特質についても客観的な評価を示している。

以上のように、周作人の日本の滑稽文学・文芸の紹介は多岐にわたり、層の厚みがある。そして、さらに「日本文化を語る書簡[28]」の中で、

「滑稽本」は文化、文政（一八〇四～三〇）年間に起り、全然西洋の影響を受けていません。また中国にも絶えてこの種のものは有りません。だからこれは日本人が自身で創作したあそびといっても差し支えないのです。英国の小説家のユーモアと比べてどうかということは、われわれには言えませんけれども、とにかく日本人には中国人よりも多くのユーモア趣味があるということをこれは証明しています。（訳・松枝茂夫）

と語っている。彼は、式馬三亭の『浮世風呂』と『浮世床』を翻訳紹介するとともに、十返舎一九の『東海道中膝栗毛』、さらには今村信雄の『落語辞典』、安藤鶴夫の『落語国紳士録』『落語鑑賞』『落語全集』、関根黙庵の『江戸之落語』『講談落語今昔譚』などを購入し、『落語選』も翻訳しようとしたが、翻訳の難しさからか、これは果たすには至らず、彼はそれを心残りとしていたという。[29]

この節の考察で分かるように、周作人の念頭に常に去来していたもの、それは中国にある載道的なしばりが、中国文学から「近代文学の本質に根ざす性格の一面」を拭い去ってゆくのではないか、という懸念であったと考

えられる。そしてその復元のために周作人は、日本の江戸庶民の滑稽文学・文芸に意図的に接近していったと思われる。彼は晩年の回想録で以下のように述べ、滑稽文学から雑文学への拡大を述べている。

正統でない滑稽諷刺的なものが好きで、真面目な大作にはかえって興味がない。したがって、日本の『古事記』は有名だが、私は『狂言選』とあの『浮世風呂』や『浮世床』の方がもっと素晴らしいものだと思う。ギリシヤのエウリピデス（Euridpies）の悲劇を十数種翻訳したが、しかし、私の興味は後世の雑文作家の方にあり、ルキアノス（Loukianos）の『神々の対話』は私を四十年も惑わせることになった。[30]（拙訳）

三、周作人の志向と滑稽

すでに述べたように、周作人は江戸の庶民文学・文芸、ことに滑稽文学・文芸に相当するものが、現代の中国に欠落しているとしながらも、中国の明、清時代にはそれに相当する俗文学があったことを述べている。「明の天下を有するや、伝世すること十六帝、太祖、成祖のほか、称うべき者は仁宗、宣宗、孝宗あるのみ」と『明史』巻十五[31]が評価しているが、十一代武宗以下十七代毅宗に至る間について、大なり小なりに明史の評価が当てはまるであろう。しかし、明代の文化は宋代の場合とは少なからず異なり、文化の形成はかつてのように正統の士大夫によってなされたものではない。当時の中国の士大夫にとって儒学は官僚となるためだけの手段であって、詩や書画は公務の余業としての存在であり、したがって、伝統の枠を越える必要もなかった。このことが明代唯一の思想としての陽明学を除いて、学問に独創性の乏しかった理由である。

その一方で、士大夫に替わって文化を形成したのは伝統的な文化の枠組みからはずれた階層の人々である。このことが明代の文化に活気を与えた要因となっている。そして、武宗や神宗（十四代万暦帝）のように、欲望のおもむくままに権勢を振るった皇帝のもとで、貨幣経済を通じて実利を重んずる現実主義が幅を利かせたのであるが、そうした活気ある時代であっただけに、都市人たちは政治的権力とは無関係に、かえって伸びやかな考え方をもつことが可能であったと言える。また、士大夫の中にも官僚の世界に疑問をもち、世俗的な栄達の道を捨て、庶民として自適の生活、つまり市隠の生活を送る者も増えて、彼らも新しい文化の担い手となっていった。

一六四四年十月、幼主（世祖、順治帝）を北京に迎え、清が明に代わって中国を統治することを宣言したが、清朝の満州族は壮丁約十数万、人口百万に満たない少数民族であり、この小勢力で人口約二億人以上の漢民族を支配することは、とうてい不可能な事であった。そのために清朝は行政組織のほとんどについて明の旧制を踏襲したほか、帰服の官僚の登用、税制の改革等を積極的に推し進め、科挙も三年に一度は挙行した。また、清朝の皇帝はそろって文化人であり、暗君は一人として出なかったという。ことに世祖を継いだ聖祖康熙帝は八歳で即位し、爾後六十一年間の治世を行なったが、中国歴代皇帝の中でも屈指の名君とされ、その評価は遠くヨーロッパにまで及んだ。さらに六代皇帝高宗（乾隆帝）は常に聖祖を目標とし、内政、外政に励んだ。事績として彼が聖祖を凌駕したとは言えないが、聖祖は誰も手がけたことのない大百科全書『古今図書集成』一万巻をつくり、『康熙字典』などを世に出した。それに対して、文人皇帝高宗は生涯に四万二千四百二十首の詩を作り、『四庫全書』（七万九千二百二十四巻）の編纂という一大文化事業をおこした偉業が称えられている。

また、清代中国の文明は、ヨーロッパ人宣教師の渡来によって新鮮な息吹きを与えられたことも特筆すべきであろう。しかし、文化は一方的に西から東へと流れたのではなく、東から西へも流れた。その結果、十八世紀のヨーロッパにいわゆるシノア（中国）趣味が横溢した。

このような明代の民間活力が、従来、通俗文学として軽視されてきた戯曲と小説を改めて見直させ、口語体小説『三国志演義』、『水滸伝』、『西遊記』、『金瓶梅』が、いずれも神宗の時代に整理、もしくは創作された。しかし、清朝六代高宗（乾隆帝）の後半期から政治の綱紀は乱れ始め、また、変転する内外政情の波にもまれて、さしもの中国の威信も徐々に揺らいでいった。そのような中で、形骸化した科挙制度に対する批判が強まり、その制度の矛盾を暴露し、これをめぐる読書人たちの腐敗堕落を諷刺した『儒林外史』が書かれた。

このことが、周作人がいう「中国の明、清時代には、それ（江戸庶民文学・文芸）に相当する俗文学があった」ということの背景にある。

周作人が生きた時代の中国はすでに繰り返し述べたように、長期にわたる封建専制の制度がようやく終息したものの、革命と反乱が入り混じり、繰り返されており、文学も自ずとそれに巻き込まれざるを得ない状態であった。そして、そこに存在するものは、イデオロギーの上では自由であっても、自由の素地になっているものは緊張であり、ゆとりではなかった。

周作人が求めたものは常に伝統批判を根底にもつ「人間の文学」であり、「平民の文学」であった。彼はそのために自由の意義を追い続けたと言ってよい。そして、そのゆえに人間としてのゆとり、あるいは「天を悲しみ、人の情に配慮する温潤な」心を求めたのであろう。それが彼の幽黙であり、有情滑稽なのである。

すでに述べたように、林語堂が『晨報副刊』に「散文の訳を募集しかつ〔幽黙〕を提唱する」(32)という一文を載せ「Humour」を「幽黙」と訳すことを提唱したのは、一九二四年五月三十日のことであった。しかし、彼の提唱はほとんど無視され、文壇に理解されることもなく葬り去られた。それがようやく陽の目を見たのは、八年後の一九三二年林語堂主編の雑誌『論語』においてであった。

周作人もまた、一九二四年に『晨報副刊』に「徐文長故事」を掲載したが、その結果の一つとしてであろうことか、編集長・孫伏園が掲載の責任を負わされて辞職を余儀なくされた。(33)つまり、それほどに当時の中国で滑稽は異端視されたと言うことである。周作人は『晨報副刊』編集長の解任により、一九二四年十一月十七日、魯迅及び彼自らが主宰する雑誌『語絲』を刊行して、その誌上で滑稽への志向の呼びかけを行ないつづけたが、それと同時に、文学を志す仲間達の自由な発言の場所を提供しようとしていたと言える。

一九三六年七月五日付の梁実秋《りょうじつしゅう》「日本文化を談ずる書簡」(前出)においても、日本の滑稽文学に比較して、中国のそれの未熟さを指摘しているが、その意図するものが何であるのかは先に述べたとおりである。その上で周作人は、中国における滑稽文学の高峰のひとつとして、先の『儒林外史』を挙げるのである。

周作人はまた戯曲の中でも戯れ役の「副浄」を取り上げ、『喜劇の価値』が滑稽芸術の精華であると評価している。その後彼は、『苦茶庵笑話集』(北新書局・一九三三年)、『明清笑話四種』(人民文学出版社・一九五八年)を編集・出版している。

ちなみに、笑話は明代中葉以後に著しい発展を遂げ、すぐれた笑話集が出された。これは久しい太平に慣れて庶民生活にも経済的余裕が生じたうえに、思想的にも、王学や禅宗の隆興によって自由で開放的な気運があったからと考えられる。笑話の中心となったものは当時の政治を壟断していた宦官に対して、あるいは偽道学者に対しての辛辣尖鋭的な諷刺・嘲罵である。有名なものに、『権子』『艾子後語』『艾子外語』『憨子雑俎』などが挙げられる。また、中国の笑話は『笑府』に至って集大成され、これによって一応の文学として承認されたと言えるが、原本は中国では早く散逸し、周作人によってそのうちの百七十三話が、日本の藤井孫兵衛の刻本で発刊されている。清代では、『笑倒』『笑得好』『笑林広記』などがある。

ところで周作人は一九二五年一月、『語絲』第八期で、読者の伯亮《はくりょう》という人物に宛てた返信の書簡を掲載し、『語絲』誌上に滑稽にかかわる記事が多用されていることを承認しつつ、次のように述べている。

私は滑稽がいくら多くても何の妨げにもならないと思います。言う人と聞く人がいればよいのです。ただ、あまり「滑稽のための滑稽」を表現できていないように思います。そこで言われているのは、だいたい「厳正のための滑稽」なのです。これは私にとってあまり満足できないところです。[34]（拙訳）

すこし理解しにくい文章であるが、ここで周作人が滑稽を「滑稽のための」ものと「厳正のための」ものとに分けていることから考えてみなければならない。本来、「……ため」と言うときの「ため」は目的を指すと考えられる。そう考えると、この場合、滑稽が目的とするものは、ひとつは滑稽そのものであり、もうひとつは厳正であることが目的であることになる。つまり、「滑稽のための滑稽」は「厳正のための滑稽」と対応関係にあると考えられることから、「厳正」に含まれない概念を含んでいると考えられる。それでは周作人が言うところの「厳正」とは何を指すのだろうか。それを周作人の作品、あるいは論文などから推測すると、おそらくRigorism（厳格主義）を含むものであるように思われる。つまり、「厳正」という概念には、客観的な視点でもって事象を観察し、そこに含まれる矛盾や歪みを尖鋭的に諷刺・批判することが含まれているのではないか。一方「滑稽」のそれは、自己及び他者にも妥当する主観的な視点からの観察表現であり、そこには諷刺を含みながらも、人間の営みの奥にある矛盾を温潤なおかしみで包み込む、周作人のいう「有情滑稽」のことであると考えられる。

このように、周作人が滑稽を二種に分ける考え方は、滑稽に関わる周作人の考えの深さ、幅の広さを物語るものといえ、彼が四十余年の時間をかけて、ルキアノスの『神々の対話』を研究・翻訳したことも理解しうる。

次節では、この周作人の滑稽の概念を使って、周作人における滑稽の分析と、それが彼の文学にどのように位置づけられるのかを考察してゆくこととする。

四、周作人文学の滑稽の意味と位置づけ

前節ですでに述べたように、林語堂は「幽黙はその国の文化の象徴である」と言う（「幽黙を論ず」）。しかし、幽黙はその国の文化の象徴ではあっても、文化の高さが必ずしもユーモアの質の高さに比例するものではない。なぜなら、ユーモアは元来、人間の根元的な知恵であるからである。たしかにユーモアは文化の発達とともに洗練されてはゆくが、原初的には人間と神との接点にユーモアは存在するとも言えるのではないだろうか。林語堂も、「東西文化の幽黙を論ず――仏祖とキリストの愛と恕[35]」の中で、

もしも、われわれが天使であるならば、幽黙は必要としないだろう。なぜならば、天使はいつも空を翔びながら賛美歌を歌っていられるだろうから。しかし、不幸なことにわれわれは人間世界にいて、そこは天使と悪魔の間にあるからである。（拙訳）

と言い、また彼はユーモアの精神は素朴に立ち戻り、真に帰ることだ（反朴帰真）という。

周作人も、ユーモア（幽黙）の真髄を「有情滑稽」あるいは「感情滑稽」であると指摘している。そして、滑稽を「有情滑稽」と「厳正滑稽」とに分けていることは前節で引用したとおりである。このことから、ここではまず周作人の中でこの二つの概念がどのように使用されているのかを見ておくことにしたい。

金魚がまるまると肥った赤い身体をして、二つの眼球を突き出して、のろのろと水中を泳いでいるのを見るたびに、私はいつも中国の花嫁を連想する。紅い上下に身を包み、ズボンの裾を縛って、一対の纏足を突っかいながらヨチヨチと歩いている花嫁を。(36)

（訳・松枝茂夫）

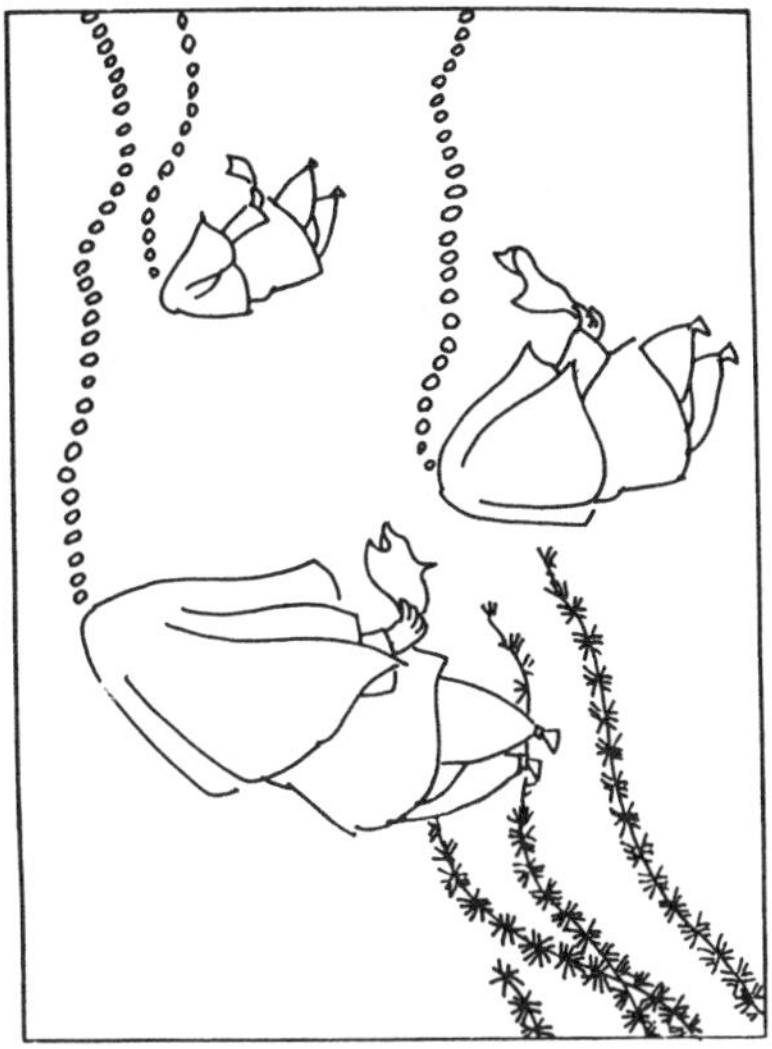
金魚を見ると、中国の花嫁姿を連想する。
出所：戴逸如絵、于凭選編『周作人金句漫画』上海書店出版社

ここでは、「一対の纏足を突っかいながらヨチヨチと歩いている」花嫁を金魚に例えて実にユーモラスである。笑った後に一種の哀愁が残る。また、

（中略）最も私を不愉快にさせたのは難民婦人の足だった。彼女達の足はもともとこうであって、難に遭遇してから、縛ったのではなく、或いは難から逃れるために特に走って尖ったようになったわけでもない。しかし、これは実に怖いほど尖っている。わたしは以前にも確かに神秘的な小足を見たことがあるが、それはほとんど

「足はどこにあるのだろう」と疑うほど小さな足であった。見るたびに、私は自分が結局野蛮民族なのだと感じ、「私は女の生まれながらの足がもっとも好きだ」と歎息せずにはいられなかった。今この足が難民の体にくっついているのを見るとますます憮然となる。私は難民がこのような小足を持っているのが相応しくないと言っているわけではなく、ただどういうわけかこの小足と難民との玄妙なる関係を感じとったのである。小足は難民だからこそだと言えるようである。[37]

（拙訳）

この文章の中で周作人が見ているのは、難民とならざるを得なかった女性達の旧い道徳、社会の載道性に翻弄されつづけた過去の影なのであろう。それを見る自分の気持ちを彼は「憮然」たるものと表現し、過去と現在との接点に立つ女性たちとその足を、「玄妙」と表現しているのである。そして、この女性たちの足が訴えるもの、訴える力は、それが難民の女性たちのものであるからこそ倍増すると言うのである。

この小文は、中国語のもつニュアンスを理解できない外国人にとっては、一読しただけではユーモアと受け取りにくいかも知れない。しかし、このような重く、苦渋に充ちた状況を軽妙に表現するところに周作人のユーモアがある。そして、そのユーモアの底流にある周作人のヒューマンな精神も、これが軽妙なればこそかえって鮮明に浮かび上がってくると言えよう。

第四章でも、鈴木修次の文章を借用して述べたが、日本文化の「アク抜き」について、やはり鈴木修次は『中国文学と日本文学[38]』の中で、

（中略）食べ物や嗜好品でも、例えば、「うどん（饂飩）」や「まんじゅう（饅頭）」「ようかん（羊羹）」な

どはそのことばや文字が示すように、中国の食べ物からヒントを得て日本的に工夫されたものに違いないのであるが、それらはすべて日本人の嗜好に併せて、まことに淡白な、そして純粋化され単純化された食べ物に変わっている。（中略）こうした傾向は、色彩や味覚だけではなく、ものの考え方の中に根強く存在するように考えられる。例えば儒教倫理も、日本においては「三尺さがって師の影をふまず」に代表されるように、非常な厳格主義に陥って、かえって本場の中国のそれよりもきびしくなったりする。それはやはり、浄化作用によってもたらされた純粋化であるといえる。江戸時代の日本朱子学も本場の朱子学と比べたとき、より多くリゴリズムを発揮するようである

と、アク抜き（純粋化）とそれからくるリゴリズム（Rigorism 厳格主義）を説明している。前節でも書いたように、周作人の言う「厳正滑稽」には、これと同質等価なリゴリズムが含まれていると考えられる。すなわち、彼にとって、人間には本然的に平等性を保有する権利があり、それが人の道であるとする考え方が前提として存在する。その視座に立ってみれば、人道であれ、社会であれ、政治であれ、それに反するものは受け入れがたいのである。このような視座ないしは態度を、彼は「厳正」と捉えていたようで、それを柔らかに包むのが「滑稽」なのである。

周作人には「五三〇事件」（二六頁参照）を扱った「烈士を喫す」「怪我」「前門遇馬隊記」といった小文があり、この一群の小文は「厳正滑稽」であり、難民纏足と質的には同じものと言える。

しかし、周作人の場合の「厳正」は、先に述べたようにそれを柔軟に包む「情」がある。そして魯迅の場合は、『阿Q正伝』に見るように峻烈な批判がある。郁達夫は、このことについて、

魯迅の文体は一本の匕首《あいくち》のごとく簡練せられたものであって、よく寸鉄人を殺し、一刀血を見る。重要の点を引っ掴み、わずかに三言両語をもって主題を道破し、次要の点、あるいは一様に重要でも敵の致命傷たり得ない点は、彼は軽々にこれを放置して問わぬ。これと反対に周作人の文体は緩徐自在、筆の至るところに信《まか》せ、初め見たときは散漫支離、繁瑣に過ぎるかと思わせるが、仔細に一読すれば、彼の漫談の、句々重みあり、一篇のうち一句を減じてもいけないし、一句のうち一字を易えても不可なるを覚える。(39)

(訳・松枝茂夫)

と述べ、魯迅のユーモアは辛辣、単刀直入であり、周作人のそれは湛然和靄《たんぜんわあい》これを反語に出すと評価してその違いを明らかにしている。

郁達夫のいう「湛然和靄」が、周作人のいう「有情滑稽」の基底となるものであろう。そして彼は、どちらかと言えば、「厳正のための滑稽」を「あまり私にとっては満足できないところ」と言っている。林語堂もまた、

もし魯迅に笑話を語らせたら、それは中国に本来流れている(精神的)慣習なるものとなり、もしも立派な北京大学の教授周先生に、社会のために優雅なジョークを言ってもらったら、それこそは西洋の「幽黙」の風格に相応しいものとなるだろう。(40)

(拙訳)

と述べて、魯迅の笑話と周作人のジョークとを区別している。

次に「滑稽のための滑稽」を考究してゆきたい。

この節のはじめに述べたように、林語堂の指摘するユーモアの精神、つまり「反朴帰真」は周作人の「有情滑稽」の概念に通じると考えられるので、ここから入ってゆくことにする。

十、書房

書房小鬼忒頑皮
掃帚拿來當馬騎
額角撞牆梅子大
揮鞭依舊笑嘻嘻

書房のちびっこはとても腕白
箒の馬にまたがって
額のたんこぶが梅の実ほどでも
やっぱり鞭をふるってはしゃいでる
（拙訳）

三、趙伯公

小孩淘氣平常有
唯獨趙家最出奇
祖父肚臍種李子
幾乎急殺老頭兒

子供のおいたはあたりまえ
だけど趙さんちの子はとても奇抜
祖父のへそに李の種をいれりゃ
じいさん死ぬほど驚いた
（拙訳）

二、花紙

老鼠今朝也做親

今朝はねずみの婚礼日

燈籠火把鬧盈門　提灯、たいまつ門出の祝い
新娘照例紅衣袴　赤い着物の花嫁も
翹起胡鬚十許根　鬢をばピンと押し立てすましてる(41)
(拙訳)

黄花麦果韌結結　黄花麦果はがりがり固そう
關得大門自要喫　門をとざして一人で食べよう
半塊拿弗出　半分だってやるものか
一塊自要喫　全部一人で食べちゃいたい(42)
(拙訳)

以上四つの詩はすべて児童を詠ったものである。四詩のうち、三詩は周作人の児童雑事詩から、あと一つは「故郷の山菜」から引いた民謡のようなもので、彼はこの民謡が気に入っていたらしく、何回となく自分の文章に引用している。これらの詩に一貫して流れているのは、のびやかな周作人の詩情であり、ユーモアであり、まさに「反朴帰真」の精神であると言えば足りよう。これが「有情滑稽」の原理をなすものである。
この有情滑稽を端的に表すものとして、次の文章がある。周作人が、一九二九年に北京大学に日本語の四年コースが復活したのにふれたもので、

教員の割り当てがたりなくなった。そこで無理矢理人を引っ張ってきて手伝ってもらうことにした。銭稲孫《せんとうそん》に『万葉集』の和歌を担当してもらって、傅仲濤《ふちゅうとう》に近松の浄瑠璃戯曲を担当してもらい、徐耀辰《じょようしん》には現代文学

寓意画「五子奪魁」五人の元気な童子が蓮の実を奪い合っている絵である。科挙試験に合格した子供はさらに上級をねらい、「奪蓮」は「連中」（続けさまに及第する意）と諧音であることから、続けさまに及第し、天下をとることの願いがある。出所：樋田直人『中国の年画』大修館書店　2001 年

の部分、そして私は江戸時代の小説を担当した。（中略）俗語に言う、「黄胖春年糕，吃力弗討好」とはまさにとてもふさわしい評語である。（拙訳）[43]

と書いているが、「黄胖春年糕，吃力弗討好」という言葉が理解できないと、この文章の持ち味は理解できない。つまり、黄胖とは体がむくむ浮腫症のことで、この病気になった人は顔などの浮腫みのために身体は一見大きく見えるが、実は病気であるから全身からは気力も体力も失せてしまう。しかし、一見、あくまで大きく力もありそうに見えるから、餅つきでもやらされると、本人にとってはたいへんな労働となる。その様子がおかしいので笑われもするが、本人はいくら力を尽くしても結果はうまくゆかない。その様をこのように言い表わすのである。これは、誰しもが理解できるように、批判・諷刺で

はなく、「やさしさ」である。そして、その黄胖の中には周作人もいて、決して彼は傍観者ではないのである。

其五

禪林溜下無情思　禅の寺から脱け出せど、はて、何をすればよいのやら。
正是沉陰欲雪天　空はどんより、今にも雪が降り出しそう。
買得一条油炸鬼　油揚げ一枚買ってはきたが、
惜無白粥下微塩　惜しいことには、塩少々と一緒に食べる粥がない。

（拙訳）

其二十

一住金陵逾十日　金陵に泊まり、早や十日。
笑談哺啜破工夫　仲間と語らい飲み食いに、思わず時が過ぎ去った。
疲車羸馬招摇過　おんぼろ車に痩せ馬で、意気揚々と町をばよぎる。
爲吃干絲到後湖　町のはずれの湖へ、「干絲」を食べに行くために。(44)

（拙訳）

（疲車羸馬＝貧乏秀才の譬え。干絲＝干した豆腐を細かく切ったもの）

天地が世俗の世界とは別に悠然としてあるように、超俗的な存在観が一幅の俳画を見るような洒脱・軽妙さで迫ってくる。これが、周作人の言わんとする「有情滑稽」である。またこの天衣無縫さは、前詩、児童雑事詩とも共通している。

しかし、本書第四章第三節でも述べたように、中国では『詩経』の古注『毛詩』の序にあるように、「一国の事を一人の本に繋ぐ。これを風と謂う」伝統があり、この文学観が受け継がれ定着している。こうした文学観をもつ文学は政治のあり方に厳しい批判の目をむけ、諷刺や諷諭、諷諫を含むものであったのである。それはまた、「五四運動」を契機として提唱された、新しい文学運動の中にも底流となって残っていたと考えられ、周作人の唱える滑稽文学は当時の文壇に受け入れられるものではなかったのである。このことは先に述べたように林語堂の **Humour** の訳語「幽黙」が長いあいだ陽の目を見なかったことをもってても実証されよう。

また中国の伝統的な文学観は、「一国の事を一人の本につな」ぎ、「天下のことを言いて四方の風をあらわす」のであるから、政治との関わりが深いこともあり、またその文学観は士大夫たちによって受け継がれてきたこともあって、どうしても時が経つと載道的に傾きやすいものを包摂している。中国文学史も常に載道派と、文学から政治性を排除しようとする言志派との、鬩《せめ》ぎあいの繰り返しであったと言える。

周作人は、中国に新しい文学を築くためには、この載道性からの離脱が何よりも優先すると考え、そのためには文学を人間存在の根本にまで立ち戻らせ、見直そうとしたと考えられる。そして、明末期に、あるいは日本の江戸中期以後に、庶民が見せた活き活きとした人間観を目指し、そのために周作人が選択したのが滑稽文学であったと考えることができる。周作人のエロティシズムも滑稽も、そこに収斂される。このことが周作人文学の中の滑稽の意味であると言える。

一九三二年、林語堂は自らの主編誌『論語』で再び「幽黙」を呼び掛け、さらに三四年、同じく主編誌『人間世』創刊号に周作人の「五十自寿詩」(前出)を掲載し、その影響力によってヨーロッパの幽黙を移植した。その結果、「幽黙」への理解と反響は、小品文運動、明清俗文学への回帰という一連の運動となったが、これらの流れは広汎な読者層に支えられて、その後の中国新文学への方向を定めていったと言える。文化大革命後中国では「傷痕文学」「尋根文学」が生まれ、多くの作家が周作人、林語堂の衣鉢を継ぐように再び中国文学回生の道を世俗文化に求めるべきことを提唱し始めたのではないだろうか。

このように中国の近現代文学史を顧みると、周作人の果たした役割は大きく、彼の滑稽文学が中国近現代文学史上でいかなる意味を持ちどのように位置づけられるのかが、おのずと判然としてくると考えられる。

注

(1) 木村洋二「笑いのメカニズム」(『笑いの社会学』・世界思想社・一九八三年)
(2) 足立和浩『笑いの戦略』(河出書房新書・一九八四年)
(3) 河盛好蔵『エスプリとユーモア』(岩波新書・一九六九年)
(4) 織田正吉『笑いとユーモア』(筑摩書房・一九七九年)
(5) 司馬遷「滑稽列伝」(『史記』巻六十六・中華書局・一九五九年)。小川環樹、今鷹真、福島吉彦訳・「史記列伝」(『世界古典文学全集』第二十巻・筑摩書房・一九六九年)
(6) 司馬遷『史記・滑稽列伝』(前掲)
(7) 周作人「児童的文学」(『新青年』八巻四号・一九二〇年。『芸術与生活』所収)
(8) 子巌「読『笑』第三期」(『晨報副鐫』・一九二二年十月十三日)
(9) マルセル・グラネ「中国における右と左」(フランス社会研究所での講演・一九三三年。『英国のユーモア』(小池滋、君島邦守共訳・(株)秀文インターナショナル・一九七八年による)
(10) 周作人編「苦茶庵笑話集」(『周作人全集』二・藍燈文化事業股份有限公司・一九九二年・前掲第三章〔20〕)
(11) 周作人編「苦茶庵笑話集」(『周作人全集』二・前掲)
(12) 周作人編「苦茶庵笑話集」(『周作人全集』二・前掲)

(13) 林語堂「蘇格拉底溌辣的妻子」（万平近編・『林語堂論中西文化』・上海社会科学院出版社・一九八九年）。林語堂・「論東西文化的幽黙」（『晨報副刊』・一九二四年五月三十日）
(14) J・B・プリーストリー『英国のユーモア』（小池滋、君島邦守共訳・（株）秀文インターナショナル・一九七八年）
(15) 知堂「談日本文化書」（『瓜豆集』・前掲第五章〔11〕）
(16) 知堂『知堂回想録』（前掲）。二〇四、「拾遺（辰）」。
(17) 竹内好『近代の超克』（筑摩書店・一九八三年）
(18) 小泉八雲「日本人の微笑」（『小泉八雲全集』③・第一書房・一九二六年）
(19) 中村光夫「笑ひの喪失―近代日本文学の―性格」（『文芸』・一九四八年）
(20) 知堂『知堂回想録』（前掲）。八七、「日本語を学ぶ（続）」。
(21) 知堂「日本的落語」（『晨報副刊』・一九三六年三月九日・『風雨談』所収）
(22) 知堂「日本的落語」『晨報副刊』（前掲）
(23) 知堂『知堂回想録』（前掲）二〇四、「拾遺（辰）」。
(24) 周作人「江都二色」（『青年界』十一巻二号・一九三七年。『秉燭談』所収）
(25) 周豈明「喜劇的価値」（『羊城晩報』一九五八年七月六日。『木片集』所収）
(26) 周豈明「《日本狂言選》引言」（『狂言選』・中国対外翻訳出版公司・二〇〇一年）
(27) 周作人「『骨皮』附記」（『周作人文類編』⑦・湖南文芸出版社・一九九八年）
(28) 知堂「談日本文化書」（前掲第五章〔11〕）訳は『周作人随筆』による。
(29) 知堂「日本的落語」（前掲）。豈明・「関于日本的落語」（香港『文匯報』一九六四年五月十三日）
(30) 知堂「八十心情――放翁適興詩」（『新晩報』・一九六四年三月十五日。）
(31)『明史』巻十五（本紀）（中華書局・一九五九年）
(32) 林語堂「徴訳散文並提唱〔幽黙〕」『晨報副刊』（一九二四年五月二十三日）

(33) 子安加奈子「『語絲』について」(『お茶の水女子大学中国文学会報』第十八号)を参照。孫伏園辞任の原因について魯迅と周作人の言い分が違うが、それはさまざまな要因による複合的なものとして考えられる。
(34) 周作人「滑稽似不多」(『語絲』第八期・一九二五年一月五日)
(35) 林語堂「論東西文化的幽默」(万平近編・『林語堂論中西文化』・上海社会科学院出版社・一九八九年)
(36) 豈明「金魚」(『看雲集』・開明書店・一九三二年)訳は『周作人随筆』による。
(37) 豈明「閑話難民婦女的脚」(『語絲』八十三期・一九二六年。『澤瀉集』「閑話四則」四・北新書局・一九二七年)
(38) 鈴木修次『中国文学と日本文学』(東京書籍・一九八七年)
(39) 郁達夫「魯迅与周作人」『魯迅全集』(前掲第三章〔14〕)
(40) 林語堂「徴訳散文並提唱〈幽默〉」(前掲本章〔35〕)
(41) 周作人「児童雑事詩」(『老虎橋雑詩』・河北教育出版社・二〇〇二年)
(42) 陶然(周作人)「故郷的野菜」(『雨天の書』・北新書局・一九二五年)
(43) 知堂『知堂回想録』(前掲)一五一、「東方文学学部」。
(44) 周作人「苦茶庵打油詩」『老虎橋雑詩』(前掲第四章〔11〕)

第七章　結びにかえて――周作人の「閑適」と「苦味」

周作人はしばしば、中国近・現代の「閑適文人」と称される。また彼の「閑適小品」には中国式の「閑適」だけでなく、日本式の「苦味」も包含されているとも指摘されている。(1)ここでは彼の「閑適」の中に含まれる「苦味」を取り上げて、今まで具体的に考究されなかった「閑適」と「苦味」の関わりの中から周作人文学を論証してゆきたい。

一、中国文学の「閑適」と「憂患意識」

閑適とは、そもそも中国の隠逸文人の社会や事象に対する態度である。『論語』巻十八「微子篇」の六にも、孔子の一行が渡し場への道を子路に問わしめたとき、桀溺《けつでき》が子路に対して、孔子の弟子として無駄な骨折りをするよりは、われわれ隠者の仲間入りをせよと誘う一節がある。「且つ而《なんじ》その人を辟くるの士に従わんよりは、豈《あに》世を辟《し》くるの士に従うに若かんや(2)」という。「人を辟くるの士」とは悪人を避け、善人を選ぼうとする者たちという意味で、一種の理想主義のもとに社会を改めようと奔走する者をいう。これに対し「世を辟くるの士」とは世の中全体、人間全体を避けて暮す隠逸の人をいう。このように隠逸の士はすでに孔子の時代に存在していた。そして三国、両晋を経て、六朝の時代には、すでに隠遁を求めそれを崇拝するといった気風が、士大夫や文人たちの心の中に定着していたと言われている。そして『後漢書』(逸民伝の序)に、隠逸の動機を次のように分析している。

ある者は隠遁して自分の志を追求し、ある者は権力者から避けのがれてその道を全うし、ある者は己を静かにしてその激しき気性をしずめ、ある者は危険なところを去ってその身の安全をはかり、ある者は俗世間を汚らわしいとしてその気概を動かし、ある者は富や名誉をくだらぬとしてその清廉の志をはげました。(3)

(訳・石川忠久)

いずれにせよ、隠遁は個人的な動機によるものであり、そのかぎりにおいて逃避である。したがって隠遁という逃避は、社会が不安定な時代に多く発生していることをあげている。

魏、晋の文人が隠遁を希求したのは、当時の老荘思想の影響によるものである。老荘思想は玄学を標榜し、老荘思想そのものが隠者の行為を理論化するところから始まった。玄とは奥深いという意であり、玄遠のことである。即ち心を玄遠にしておけば、必然として世俗の超脱につながる。同時に自然を重視すれば、帰着するところは隠遁に落ち着く。

閑適という言葉は唐の白居易(七七二~八四六、字楽天)によって初めて熟語にされた。白居易は、八一五年友人の元稹《げんじん》に宛てた「與元九書」(4)の中で、彼のいう「諷喩詩」と「閑適詩」について、次のように述べている。

諷喩に至りては、意激しくして言質なり、閑適は思い澹にして詞は迂なり。

また或いは公より退きて独り処り、或いは病を移して閑居し、足るを知り和を保ちて、性情を吟玩する者一百首、之を閑適詩と謂う。

白居易はまた、元稹に詩は単に「風雪に嘲《たわむ》れ、花草を弄ぶ」だけのものであってはならない、詩が人間の文学の存在として主張されるものとすれば、詩経の詩のように「風」「雅」「頌」「比」「賦」「興」の六義に立ち、「上は以って時の政を補け察《はか》り、下は以って人の情を洩《あら》わし導く」、つまり「人の病《くるしみ》を救い済《たす》け、時《まつりごと》の闕くるを裨《たす》け補う」ことを使命としなければならないと書き送っている。以上のような白居易の主張が彼の言う「諷諭詩」であり、一方、「足るを知り和を保ちて、性情を吟玩するもの者」、つまり穏やかで自由な心をそのままに歌った詩は閑適の詩である。

白居易は、詩人を祖父にもち、父は地方の長官補佐官であったが、長官補佐官と言っても、せいぜい辺境の一介の長官補佐官であったので、白居易が語るように「憐むべし少壮かりし日は、適またま貧賤の時に在り」(「悲哉行」)、暮らしむきはけっして楽ではなかった。しかし、彼は、年若くして国家試験(科挙)に合格すると、地方事務官を振り出しに、皇帝秘書(翰林学士)、皇帝諫官(左拾遺)を経て地方長官を歴任し、さらには東宮博育次長(太子少元)から、最終的には法務大臣(刑部尚書)となった人物である。しかし、彼は激しく正義に情熱を傾け、常に天下を正し救世の志に生きた人であった。このような彼の性情が、彼に数多くの「諷諭詩」を作らせ、同時にその余裕と自由を求める心はまた多くの「閑適詩」を書かせて、中国文人に伝統的に横たわる隠逸の文学から閑適の文学を独立させたと言えるのである。

ところで、白居易から遡ることおおよそ四百年、六朝時代の東晋に陶淵明（三六五～四二七、名は潜、または淵明。字元亮）がいた。淵明は三十代をはさんで十数年、役人として務めたが、官途を見限って鍬をとり田を耕すという、隠遁の生活を送った。日中の労働のあとの快い疲れに、近所の人々と酒を酌み交わしてそれを癒す。彼はそれをしばしば詩に詠じた。「天子呼び来たれど船に上《のぼ》らず」という李白と違って、淵明のそれはきわめて平静な酒である。詞もまた平易であり、表現は淡白である。六朝時代の詩句は美しく、細緻に対句によって構成されるが、淵明の詩は、「相い見て雑言なく、但だ道《い》う桑と麻は長《の》びたりと」（「田園の居に帰る」其二）、「弱き児《おさな》は我が側に戯れ、語《ことば》を学《ま》ねて未だ音を成さず」（「郭主簿に和す」）などのように平易な内容で詠われている。といっても淵明の詩は、平易なものばかりではない。彼の詩には哲学的とも言える内容をもったものが少なからずあり、そこでは多く死が取り上げられている。しかし「帰去来の辞」で「聊《ねが》わくは化（万物の変化）の乗に尽《まさ》くるに帰せん、夫《か》の天命を楽しみて復た奚《なん》ぞ疑《ためら》わん」と詠じ、その数年後には「古えより皆没する有り、これを念《おも》えば中心《むなぞこ》は焦がる」と詠って、明らかに内容に矛盾がある。こうした矛盾は淵明にとっても、いかんともしがたい矛盾であったろうが、彼はその矛盾の中から「死に去れば何の道うところぞ、体を託して山の阿《くま》に同じん」（「挽歌の辞に擬す」其三）と詠ずる覚悟を得ていったのである。

周作人は、このような白居易、陶淵明の二人に自らを重ねていったのではないだろうか。

一九三六年、周作人は「自分の文章」[5]の中で、中日戦争勃発直前、中国文壇で批判の対象となっていた「閑適」について、次のように述べている。

社会改革に熱心な諸君は間適を敵視し、これはブルジョアの快楽で、つまり飽暖懶惰と大差なしと考えている。然り而《しこ》うして然らず。間適は一種はなはだ得がたい態度であって、苦楽貧富を問わず誰にもできそうなものだが、また決して容易に真似のできることではない。これは二種に分けることができる。その一は小間適である。（中略）たとえば農夫が終日水車を踏み、ふと足を駐《と》めて西山を望み、日が落ちて涼しくなり、河の水が色を変えるのを見て、欣然として何物かを得たかのような気がするときも、また間適である。（中略）また陶淵明の「挽歌の辞に擬す」の三にいう、

向来《きょうらい》相送る人、
各自《おのがじし》其の家に還る。
親戚は或いは余りの悲しみあらんも、
他人は亦た已《すで》に歌う。

このような死者の態度は真に間適極まると言うべきである。（中略）ただそれ奈何ともするなし、ゆえに余計な騒ぎ方はしないで婉にして趣なる態度をもってこれに対しただけなのだ。これこそ間適にしてまたすなわちいわゆる大幽黙《ユーモア》なのである。

（訳・松枝茂夫）

周作人は、ここで間（閑）適を二種にわけて、一つを「小閑適」とし、もう一つを「大閑適」としている。周作人が引用した陶淵明の詩は死を迎え葬られる自らを想定して詠ったものである。こうした死に対する逍遥たる態度こそが「大閑適」であると言う。

周作人はまた、「閑適はもともと憂鬱なものである」(6)と言う。つまり、周作人は「閑適」の底に流れるものは、

自己の希求と現実社会の矛盾、人に等しく訪れる老や死、揺れ動く人の心、複雑に絡み合う人生、それらの空しさからの苦楽貧富を問わず存在する寂寥感であるとしたうえで、それを自覚して見ることが幽黙なのであると考えていたのではないだろうか。

中国には古くから官吏登用の道として科挙の制度があり、中国の知識層はすべて科挙の制度を基本として形成されてきた。このことは知識人、読書人は何らかの形で政治と関係づけられることを意味する。したがって政治的な有為転変は彼ら知識人、読書人に直截的に影を落とすことになる。これが中国文学を特質づける「不平（憂患）の文学」[7]を生み出したのではないか。そして、不平の文学と言えば、屈原《くつげん》（前三四三ー前二七七頃、戦国時代の楚の人。名を平、字を屈という）を思い浮べる。

屈原は乱世にあって自らの理想を実現しようとしながら、王を囲む者たちの讒言によって追放され、最後は汨羅の淵に身を投げて自らの命を絶った。彼は鬱積する想いを「離騒」をはじめとする諸篇に表現した。

また、中国文学を繙けば、屈原を始めとして、「不平の文学」は数限りなく存在する。その中でも儒教を尊び柳宗元とともに古文の復興を唱える韓愈（七六八〜八二四、唐の人。字退之、昌黎と号す）は「孟東野を送るの序」で、優れた文学作品は不平から生まれると述べ「不平の鳴」なる文学理論を提唱し、中国文学の中から「不平の文学」の系譜を鮮明にした。

本書第四章第三節でも述べたように、中国には日本と異なる風雅の概念があって、「是を以って一国の事を一人の本に繫ぐ」のが「風」であり、「天下の事を言ひて、四方の風を形はす」ことが「雅」なのである。風が一国の事に関わり、雅が天下の事に関わるかぎりにおいて、風雅は極めて政治に接近せざるを得ない。こうしたことから諷諭が生まれるのは、必然の結果とも言える。そして、それは憂惧、憂患にリンクされるのである。

中国歴代のいわゆる「閑適作品」を、その時代背景とともに吟味すれば、作品の中にひそむ「憂患意識」を見ることができる。阮籍の「竹林飲酒」、陶淵明の「東籬での菊摘み」、李白の「四海求道」、蘇東坡の「黄州仏法修行」などにもそれが読みとれる。

文人周作人が、波瀾の人生の拠りどころとしたのがこの「憂患」であり、「閑適」であったとするならば、それは何よりも周作人の苦渋を物語るものと言うことができるだろう。

二、周作人の「閑適小品」と「苦味」

周作人は再三にして、「拙文は見かけが閑適であるので、往々にして人を誤らせる。ただ一人二人の旧友だけがその苦味を知る」[8]と述べている。周作人の苦味は、彼の閑適小品を字面だけで読むと淡々としてかえって理解するのが困難かも知れないが、その淡白な味わいの底に沈殿している苦味を汲み取ることによって、味わいが分かる。このことから、ここでは周作人作品の中に含まれる「苦味」を考究してゆくこととする。

周作人は「苦」という文字、ないしはそれを暗示する文字を好んで使用している。彼の住んでいた北京の八道湾書斎の名には「苦茶庵」「苦雨斎」「苦住庵」などがあり、また、出版された散文集には『苦茶随筆』『苦竹雑記』『薬味集』『薬味語録』『苦口甘口』などが見られる。こうした彼の「苦」の使用のしかたには、それで見るかぎり、味覚的なものと主情的なものとに分けることができようが、いずれの場合でもそこには、日本流に考えれば「ほろ苦さ」「渋み」といったニュアンスが漂っている。

周作人は一九二四年に書いた「喝茶」[9]の中で、日本の茶道を日本の象徴的文化の中の一種の代表芸術だと称し、

「忙しさの中に閑暇を見つけ、苦しさの中に歓楽をなす」、すなわち不完全な現世にあっていささかの美と調和を享楽し、刹那《せつな》の間に永久を体得できるところにその精義が存すると言っている。周作人の「苦茶」はそうした日本の茶道を視野に入れたものであろう。また、周作人はことのほか『詩経』の鄭風の「風雨凄凄、以て至らば晦の如し」を好んだことも知られている。さらに、漢学一家から出た永井荷風にも一九二一年三月春陽堂から出した『新小説』の中に「雨瀟瀟」という小説があり、それは荷風の名声を一挙に高からしめた傑作である。周作人は後に永井荷風の文明批判や江戸芸術論などに感銘を受けることになるが、実は二人にはこうした文学的に共感できる心情的なものがすでにあったことも言えるだろう。

本書でも各章で、周作人文学の動向を周作人文学の中枢をなす要素を取り上げながら論証してきたが、周作人文学のコア（核）は、一貫して流れる人間に対する深く温かな「まなざし」であったと言える。しかし、それゆえに彼の苦渋もそこから発生しているとも言える。

日本留学から帰国後、周作人は関心と精力の大部分を従来の道学的封建勢力への批判と新文学理論の構築、外国文学の翻訳と紹介に注ぎ込んでいった。その新文学理論も「五四運動」を境として次第に成熟期に入り、「五四運動」の退潮とともに、周作人の活動も変化していった。こうした変化に呼応するかのように周作人を病が襲う。一九二一年の春三月、周作人は肋膜炎再発のために入院した。病状は一時かなり悪化したが、兄・魯迅やその家族の手厚い看護のもとで命を取り戻したという。その高熱の中で生まれたのが「病中の詩」六首である。

過ぎ去つた生命(10)

此の過ぎ去つた我が三ヶ月の生命は何処に往つたか。

もうなくなつた、永久に往つて仕舞つた。
我は自分で彼の重くてゆつくりとぼ〳〵と
我の枕元を通つて往つたのを聞いて居た。
我は起きて筆を持つて紙の上に矢鱈に書き散らし、
彼を紙の上におし付けて少しの跡を留めて置かうとしたが――
一ト行も書けない、
一ト行も書けない。
我はまた牀の上に眠た、
そして自分で彼の重くてゆつくりとぼ〳〵と、
我の枕元を通つて往つたのを聞いて居た。

（訳・周作人）（一九二一年四月四日）

この詩は生命がゆっくり消え去る内心の淡い憂いの心を偽りなく書いている。その背景にある「五四運動」退潮後に生まれた周作人の内心の葛藤と理想と現実の衝突の中にもがく心情をよく読み取れる。西山の療養期間は彼にこれまでの人生を反省する時間を持たせた。次の「岐路」（一九二一年）はこれから歩くべき道の確認である。

岐路(1)

荒れ果てた野原にのこされた雑多な足跡は、
先人の歩いた道を示している。

東への道があり、西への道があり、
また真直ぐに南へ行く道もある。
…………
しかし私はどちらの道へいこうか決められず、
只目を瞠って岐路の真中に佇んでいた。（一九二一年四月十六日）

（拙訳）

一九二一年の大患は、周作人にとって単なる身体的、生理的なものだけでなく、思想的、創作的にも変換をもたらしたとも言える。したがって「岐路」には、そのような周作人の心象が切実な想いとなって表れていると見てもよいのではないか

その後周作人は、北京の山本病院から北京西郊の西山碧雲寺に静養の身を横たえる。その時期に綴った散文には日本語で書かれた二篇がある。一篇は「ある郷民の死」（一九二一年）。これは静養先の碧雲寺の厨房で働く調理人の平凡な死を取り上げたものであり、もう一篇は「サイダー売り」（一九二一年）で、丸く黒っぽい少し狡そうに見えるサイダー売りの少年の姿を、山中の静寂な風景の中にさりげなく描き出したものである。

周作人の「冬の蠅」[12]（一九三五年）によれば、

文章といえば私はむかし根岸派の提唱した写生文を喜んだものだ。正岡子規のほか、坂本文泉子と長塚節の散文は今でも愛読している。（中略）古来の俳文はこんなものではなかった。大抵みなもっと充実していたように思う。文字はよしんば飄逸ユーモアでも、その内にはしみじみとしたまごころのこもった深い思想と

経験とがにじみ出ていた。芭蕉・一茶以来、子規に至るまで、しからざるはない。（中略）谷崎、永井両氏の書くものは俳文ではない。だが随筆としてきわめて立派なものであって、現代の俳諧師の遠く及ぶところではないと思う。

（訳・松枝茂夫）

とあり、彼の小品が日本文学に負うところの大きさを物語っている。

ところが、このような『ホトトギス』の写生文の影響は、周作人の初期作品には「釣り」（一九一〇年）の一文以外にほかはほとんどあらわれておらず、というのは上京した当初の周作人は文芸評論家、翻訳家として文壇に登場したからである。その後新体詩の提唱や日本の新しき村の紹介などで北京文壇に新しい風を吹かせ、活躍した。

一九二一年六月八日、周作人は『晨報副刊』に「美文」（一九二一年）という一文を寄せ、外国文学で評価されている芸術的な高さをもつ美文を、中国の新文学にも移植しようと呼びかけた。それをきっかけに一九二〇、三〇年代の中国文壇では芸術的な香り高い小品文、つまり日本でいう随筆散文が盛んになった。

その後、周作人の社会人事を批判する雑文は影を潜めて、大量の美文（閑適小品）が書かれたのである。一九二二年から二四年までに書かれた作品は、「初恋」（一九二二年）「娯園」（一九二三年）「苦雨」（一九二四年）「故郷の山菜」（一九二四年）「北京の茶うけ」（一九二四年）である。

これらの作品は、初恋の人の死や雨のぬかるみにできた庭の水溜りで遊ぶ子供たちの姿、今はもう口にすることも叶わぬ故郷の山菜、北京の茶うけ菓子などを題材として市井の様子が味わいある語り口を通して淡々と伝わってくる。

一九二四年以降の「死の黙想」（一九二四年）「若子の病」（一九二五年）「若子の死」（一九二九年）「中年」（一九三〇年）「志摩記念」（一九三一年）などは死や病、重ねる齢《よわい》などを通して、ある種の無常観がさらりとした筆致で描かれている。また以下のような文人としての寂寞や悲哀、政治に対する文学の無力さも書かれている。

人は群れを喜ぶものである。しかし彼は往々にして人の群れのなかにあって堪うべからざる寂寞を感ずる。たとえばお寺の縁日の潮のような雑踏のなかに揉まれながら、特に一枚の木の葉のように、一切と絶縁して孤立しているかのような思いをすることがある。(13)

（訳・松枝茂夫）

われわれの生活としては、おそらくやはり酔生夢死がいちばんいいだろう。——残念なことは私にはわずか幾口かの酒しか飲めないことで、麻酔もできずに、やっぱり醒めたまま、何でも見えもすれば聞こえもする。そのくせ大きな声を出してわめく力もない。これこそ凡人の悲哀というもので、実に如何《いかん》ともなしがたい。(14)

（訳・松枝茂夫）

それぞれ「結縁豆」（一九三六年）と「麻酔礼賛」（一九二九年）から引いた一段である。永井荷風の随筆や石川啄木の短歌、詩論などと比較して読めば、文人の共通な寂寞や独立とした一人の人間の悲哀が読み取れる。政治に触れない「閑適小品」はいずれも「忙中に閑を盗み、苦中に楽を作」るものであり、周作人は自らもそれを拠りどころとしたかったのであろう。その一方で周作人はなお社会人事の批判や政治的諷刺の作品も少からず執筆しており、ここに彼の二元論的思想をうかがうことができ、彼自身も一九二六年に書いた「二個の鬼」(15)（紳士鬼と流氓〔ゴロツキ〕鬼）の中でそれを描いている。また、両者の間（触れると触れない）にはざまれる内心の矛盾の開示から読み取れる苦味（苦渋）も周作人散文の特色である。しかし、中日戦争終結を境として、政治性や主情性を表現した作品は姿を消し、大量の反省や回想、読書感想文、学術的、啓発的な文章が次第に主流となってゆく。

このように周作人は北京の四合院の自宅に住み、日々聞こえる煩雑な街の騒音（動乱の中国の声）と向かい合いながら、その自宅の苦茶庵に芸術の象牙塔を作って蟄居した。もし日中戦争がなければ、その後も彼はどの政治団体とも距離を置き独立した自分の畑を守りつつ、中国文学の重鎮として北京文壇に君臨し続けたのであろう。

三、周作人の「苦味」と日本文学

前節までは、中国文学における「閑適」とその根底にある「憂患意識」を検証し、その流れの中で周作人その人及び文学に存在する「苦味」を考究してきたが、この節では周作人の苦味を形づくるに大きな影響を与えた日本文学との関わりを考えてゆきたい。

まず、兼好、芭蕉、一茶とのかかわりを見てみよう。

一九六五年六月九日、香港の友人鮑耀明に宛てた手紙の中で、周作人は、「私の受けた日本の影響と言えば、もっとも顕著なのは兼好法師からのものだと言えるだろう」[16]と述べている。

兼好と言えば、その伝記については、現在でも未詳の部分が多い。生年も没年も、したがって年齢も定かではない。しかし、おおよそ一二九三年（弘安六年）頃に生を受け、後に後二条天皇に仕え、ほぼ三十歳頃の一三一三年（正和二年）九月に「兼好御房」と呼ばれる遁世者となった。その後、南北朝期（一三三六〜一三九二）の内乱に際しては、北朝の側に与して京都にとどまり、二条派の和歌をよくしたことから、二条派の四天王と呼ばれていた。年代系列的にもこの頃、兼好はすでに現在の京都市山科に約七町歩（二万坪強）の水田を購入して、遁世生活の資としていたが、文章家としての名声も得ていたらしく、『太平記』巻二十一に北朝の権力者が恋文の代作を「兼好と云ひける能書の遁世者」に命じたことが記されている。このほか、兼好は古典学者、有職故実家としても世に認められる存在であったが、一三五二（観応三）年から五四年の間に七十歳前後で死亡している。なくなったのは京都ではなかったかと推定されている。

ここで、兼好の経歴を記述したのは、元来、随筆、日記、紀行、書簡、和歌、俳句といった作品は、作者の主体性に極めて高く密着した文学形態であり、作者の時代的、社会的背景が作品を読み取るために重要な要件となることによるものである。

こうしたことを含めて、周作人が何故に兼好に傾注したかを検索するために、『徒然草』がいかなる意義と価値をもつ作品であるかを考えてゆきたい。

安良岡康作は、『徒然草』が展開している世界には三つの広がりがあると言う。

その一つは「世俗」であって、彼（兼好）自身、かつては、その世俗の中に生活して、その喧噪と煩雑と束縛とを充分に経験したことのある世界であった。（中略）もう一つは「仏道」であって、恩愛を断ち、諸縁を離れ、寸陰を惜んで、菩提を求め、安心を願う境界に生きる道であった。（中略）さらにもう一つは、彼が中年以後、身を置いた「遁世」の世界が考えられる。(17)

それは「非僧非俗」という当時の言葉が示しているように、「世俗」とも「仏道」とも異なる、第三の社会的身分であった。彼はその「遁世」をいかに生きるべきか、その中に、自己をいかにして確立すべきかを、真剣に模索し、追求した。その結果として見いだされたのが、生活の閑暇境であり、心身の安静境であった。(18)

と述べている。

兼好の文学を見るには、この「非僧非俗」という立場が大きな役割をもっている。なぜなら、安良岡の指摘するように「非僧非俗」という、僧でもなく俗でもない「第三の社会的身分」からは、遁世というかつての現実逃避的消極性はもはや消去され、新しい社会観、価値観の上に立つ積極性が生まれるからである。兼好はこの積極的な立場によって、三つの世界を自由に出入りする。これが兼好文学の、あるいは『徒然草』の特異性であり真価である。そして、兼好は社会の諸相を人間としての感性でもって見つめ、具体的かつ現実的に描写してゆく。

周作人は、一九二五年『徒然草』全段の中から十四の段を選び、その訳文を『語絲』に掲載した。ちなみに十四の段とは次の部分である。

一・第五段（憂患）、二・第七段（長生）、三・第百十三段（中年）、四・第八段（女色）、五・第九段（訶欲）、六・第三段（好色）、七・第百九十段（独居）、八・第百七十五段（飲酒）、九・第二十一段（自然与美）、十・第二百十二段（秋月）、十一・第十三段（読書）、十二・第八十四段（法顕故事）、十三・第百二十一段（愛生物）、十四・第百二十三段（人生大事）。「徒然草」全段は二四三段あるから、十四段といえばその約十七分の一にすぎない。しかし、周作人の選択は多様である。彼は訳文掲載にあたって、その序で、

『徒然草』の最大の價値はその趣味性にあると言える。巻中に理知的な議論があっても、決して乾いた冷酷なものではなくある種の温かく潤った情緒があり、随所において趣味でもって社会萬物を観察しようとするので、たとえ教訓の文字でも詩的分子に富んでいる。読んでいくと、常に六百年前の老法師の話が昨日の友人との対談のように感じられて、とても愉快である。（拙訳）

と述べているが、周作人が『徒然草』の最大の価値を「趣味性」としたのは、先に安良岡康作の言葉を引いて述べたように、兼好の「三つの世界」を自由に往来する、その自由さと、その眼を通して人間の諸相を見る豊かな視点を指してのものであろう。そしてこの老法師の淡々と語る語り口は、まるで「昨日の友人との対談のよう」で、思わず話に惹きこまれたと言うのである。

このような周作人が、とりわけ影響を受けたと言われるのが、上記十四の段の中の第七段である。周作人はこの段を全訳して掲載している。また本書でも第七段「長生」[20]は重要な関わりをもっていると思われるので、『徒然草』原文の言葉を追いながら考究を進めたい。

あだし野の露消ゆる時なく、鳥部山の煙立ち去らでのみ住み果つる習ひならば、いかにもののあはれもなからん。世は定めなきこそいみじけれ。

と書き出されているが、「あだし野」も「鳥部山」も山城国（現・京都府の南部）の歌枕であって、「あだし野」

は往時の墓地であり、「鳥部山」は火葬地である。そのような「あだし野」に置く露は、はかなく消えやすい、「鳥部山」に昇る火葬の煙はたちまちのように紛れ散ってしまう。しかし、その露がいつまでも消えず、その煙がいつまでものこり、このように慌ただしく立ち去ることもなく生を全うするのがこの世の慣いならば、そこには「もののあわれ」(つまり物の情趣)もないだろう。むしろ、世の中にはそのような定めがないからこそ極めて面白いのだと、兼好は「もののあわれ」が定めなきと不定につながっていると言うのである。そして、生きとし生けるものの中で、人ほど命を長らえるものはない。兼好は、例えば、かげろうや夏蝉の短命なのを引き合いに出して、それに比べれば、ぼんやりと一年を暮らしても、それはそれなりに長閑なものではないか、と言う。このような日々を、飽きることなきかけがえのないものと考えれば、それがたとえ千年経過しても、さぞかしほんの一夜の夢としか感じない心持ちがするだろうと述べるのである。

これが兼好の不定であり、ある種のオプティミズムさえ感じさせる無常の肯定である。さらに、兼好は「住み果てぬ世に」何か良いことはないかと期待し、それを待ちつつ結果として老残を晒したならば、老いに何の意義があろうかと、鋭く問いかける。「命長ければ辱多し」である。兼好は四十歳頃が肉体的にも精神的にも人間にとっての節目であり、そのような節目をわきまえることが、「めやすかるべけれ」、つまり醜くならないことなのであると戒める。兼好が「そのほど過ぎぬれば」人は老残の顔かたちを恥じることもなく、人の前に出て口をはさみ、また、程なく沈む夕日のように余命いくばくもない身で、これから盛り行く子や孫たちに執着すると述べるのは、白居易の「可憐八九十　歯堕双眸昏　朝露貪名利　夕陽憂子孫」という詩を下敷きにしている。そして、その将来を見とどけるまでの寿命はあるだろうと「ひたすら世をむさぼる心のみ深」いのは、まさしく老残であり、「もののあはれも知らずなりゆくなむ、あさましき」と切り捨てている。

兼好は、まぎれもなき隠遁者である。しかし、彼が求めた隠遁の底にはこの段で語られているような肯定的無常観に裏打ちされたものがあると言えよう。

こうした兼好の肯定的無常観からの不定性は、彼が三つの世界を自由に渡り歩けたからこそのものであると言えよう。政情的、社会的、そして個人的な環境のうえでも波瀾を含んだ生を歩んだ周作人が、こうした兼好の思想に共鳴したことは、当然のこととして頷ける。

一九二四年、周作人は「死の黙想」[21]において、

たとえ神話故事に言われたようなあの不老長寿の生活であっても、私はすこしも好きではない。氷のように冷たい金や玉で飾った門や階段のある屋敷の中で、五種類の香料で味付けされた干し牛肉のような「麒肝鳳脯」（麒麟の肝と鳳凰の胸）を食べ、毎日何もすることなくぶらぶら遊んでいて、松の木の下で碁をするのでなければ、童男童女とふざけ騒ぐ、こういう生活に、何のおもしろ味があるとも思えない。しかも、永遠にこのようであれば、いっそう単調で眠くなってしまう。（拙訳）

と述べている。芭蕉（一六四四〜一六九四）にもこれと類似する小文がある。「閉関之説」[22]である。これは一六九三（元禄六）年七月つまり、芭蕉の死の一年前に約一カ月ほど門を閉じて友人との交りを絶ったときの心境と動機を綴ったものと推定されている。

それは、「色は君子の悪む所にして、仏も五戒のはじめに置りといへども、さすがに捨がたき情のあやにくに、哀なるかたがたもおほかるべし」と書き出されていて、色情の捨てがたさを述べ、その捨てがたい色情のために

人生に齟齬をきたす人も多いが、いたずらに「老の身の行末をむさぼり、米銭の中に魂を苦しめて、ものの情をわきまへざる」よりは、はるかによいもので、「罪ゆるしぬべ」きものだとしている。人生は五十年、かりに古稀である七十年を迎えたとすれば、「身の盛りなる事は、わづかに二十余年也」であり、老いが来れば、光陰の流れは速く一夜の夢のように去ってしまう。

これは『徒然草』第七段の後半、老残を慨嘆する部分と極めて類似している。さらに芭蕉は言葉を継いで、

（前略）貪欲の魔界に心を怒し、溝洫におぼれて生かすことあたはずと、南華老仙の唯利害を破却し、老若をわすれて閑にならむこそ、老の楽しみとは云ふべけれ

と述べている。このような心境、動機によって門を閉ざしても「友なきを友とし、貧しきを富めりとして、五十年の頑夫、自書、自禁戒となす」と結んでいる。

朝顔や　昼は錠おろす　門の垣　ばせを

芭蕉は伊賀（現、三重県）上野に生まれた。父は松尾与左衛門といい、社会階級は無足人《むそくにん》という、農民と士族との中間に存在する身分であった。十九歳頃から俳諧を嗜み、一六七二（寛文十二）年春、俳諧勉学のために江戸に上った。当時、江戸では談林風と言う風が吹こうとしており、それは見る間に江戸俳壇を席巻していった。芭蕉もその中にあって、三十五歳前後には才能を発揮してひとかどの俳諧宗匠として世に認められるようになっ

ていた。その芭蕉が、華やかな俳諧宗匠の身を引いて、隠遁の生活に入ったのは一六八〇（延宝八）年の冬のことである。当時世間は俳諧師を「遊民」と見ていた。しかし、芭蕉には一般の俳諧師と異なり、高雅隠逸の俳人としての評価が定まりつつあった。芭蕉は、風雅三昧の境地の中から、「生活と芸術」の一体化への方向へと進んでいった。彼の芸術論の中では、芸術には一貫して変わらない、ある種の共通するものがある、その表れ方は時代によって変化するが、しかし、大きな立場に立てば、変化することによってこそかえって一貫するものに通ずると論じられている。これが「不易流行論」である。

芭蕉はこれ以後、死に至るまで「重み」を排し、「軽み」を追求しつづけた。一六九二（元禄五）年芭蕉は久しぶりに江戸に出て借家住まいをするが、五十歳になんなんとする彼には財もなく、家もなく、家庭もなく、しかし、それは風雅に徹した果てに得た、まさに乞食の境地であった。

ところで一六九三（元禄六）年、十七年前に郷里から江戸に連れて来て、我が子の如く寵愛した甥の桃印が、三十二歳で死亡した。桃印の死去は芭蕉に強い衝撃を与え、七月に彼は閉関を告げて籠居すること一カ月に及んだ。この時の人生観、動機を綴ったのが「閉関之説」である。そして、翌年芭蕉は次郎兵衛をともなって行脚の旅に出るのであるが、途中、かつての妾であった寿貞の訃報を聞き「……何事も何事も夢まぼろしの世界、一言理屈ハこれ無之候[23]」と書いている。その後京都から一時帰郷、再々度奈良を経て大阪に向かい、大阪で芭蕉はその生涯を閉じたのである。享年五十一歳であった。「旅に病んで　夢は枯野を　かけめぐる」ことはまさしく芭蕉の人生であった。

周作人が兼好にひかれ、芭蕉に共鳴したのは、前者に対しては「非僧非俗」の境地にあるがゆえに三つの世界を自在に往還できたこと、後者については変化することによってこそ、かえって一貫するものに通じるという「不易流行」の意識である。

周作人は、この前者と後者とを合一させることを、精神の拠りどころとしての閑適の裏付けとしながら、自己の文学形成をはかった。それが「閑適小品」と呼ばれる作品群である。即ち、周作人にも、色欲と老いを取り上げた「中年」（一九三〇年）「老年」（一九三五年）「老老恒言」（一九四〇年）、前出の「死の黙想」「俳文を談ずる」等がある。また、『徒然草』第百二十一段に共通する「山中雑信」（一九二一年）「済南道中」（一九二四年）がある。周作人は芭蕉の境地を「閑寂たる自然と禅悦に通じた俳境」と評価し、多くの文章の中で芭蕉に言及している。また「文章の理想は禅である」とも言う。

ところで日本文学の特性として、上代における美意識は多様な神々に支えられた極めて楽観主義的な神話的聖美意識であったが、六世紀になると中国から導入された仏教思想は、日本に初めて無常観を持ち込み、上代特有の神話的永世観を崩壊させていった。替わって日本人の中に入り込んできたのが、プリミティヴ（素朴）な極楽浄土を願う彼岸主義であり、老荘思想に導かれた隠遁思想である。これらの影響は、すでに日本文学の一側面として『万葉集』にも表れている。しかし、平安期になると、中国に学んだ最澄や空海がもたらした天台、真言の二宗が日本の無常観に、かつてない求道的な精神の発揚を促したが、それはまだ初歩的な悲観主義的無常観、隠遁観にとどまっていた。

日本は周知のように四季の区別が判然としているせいか、花月を賞で、落花欠月を悲しむような流転する自然像の感受のしかたは、無常観へとつながりやすく、日本独特の美意識である「物のあわれ」へと向かっていった。しかし、「物のあわれ」は「物」と「あわれ」の合成概念であり、そこでは「物」についての感慨表明が働いていた。「物」には上代の価値観、即ち美的即物観が残っていると考えられる。

人の世の流転を自然の流転に投影させて意識の中にとりこむことによって生ずる「無常観」には、美感としての悲哀観が漂う。それを藤原公任《ふじわらきんとう》（九六六～一〇四一、平安中期の歌人。のちに出家）は「余りの情」、すなわち「余情」と呼び、それが「幽玄」の美を形成していった。

しかし、政情の混迷がつづいた中世は、ある意味において民衆に歴史的、社会的な無常性を実感として植え付けた時代であり、その無常の自覚の中から鎌倉新仏教と呼ばれる日本に特化される仏教思想が生まれてきた。鴨長明（一一五五～一二一六、鎌倉前期の歌人。出家して蓮胤と名乗る）の『方丈記』が現れたのも、そのような背景がある。

そして、その中から上代の浄土信仰に代わって「一切空観」「転迷開悟」を目的とした禅思想が胎動してきたが、この「空観」によって、滅びようもなく滅びきったものの「不滅」の安らぎの境地が、それまでの自暴自棄的な「否定的無常観」を「肯定的無常観」へと転換させていった。その線上にあるのが兼好である。

ことに無念無想の禅的境地に踏み込み、無常に逆らうことなく無常になりきることによって自己に付着する矛盾を超克してゆき、奔放無礙の日本禅に身をゆだねたのが一休禅師（一三九四～一四九八、室町中期の臨済宗の僧。字一休、号狂雲）である。

釈迦という　いたづらものが　世にいでて　おほくの人を　まよはするかな　（一休禅師）

周作人の禅の理解は、こうした日本文学、ことに兼好、芭蕉に至る中近世文学の底に流れる無常の系譜の理解につながってのものであると言えるのではないだろうか。

日本には「わび」「さび」という美意識がある。江戸の僧、寂庵宗沢の書とされる『禅茶録』というのがある。この僧の経歴は未詳の部分が多いが、書かれた内容には説得力があるので、一部を引用する。

侘《わび》の一字は、茶道に於いて重じ用ひて持戒となせり。然るを俗輩、陽の容態は侘を仮りて、陰には更に侘びる意なし。故に、形は侘びたる一茶斎に許多の黄金を費耗し、陳奇の磁器に田圃を換て賓客に衒し、此を侘風流なりと唱ふるは、抑《そもそ》も何の所謂ぞや。それ、侘とは物足らずして一切我意に任せず蹉《さだ》る意なり。（中略）其の不自由なるも不自由なりと思ふ念を生ぜず、不足も不足の念を起さず、不調も不調の念を抱かぬを侘なりと心得べきなり。(24)

これは、さきほどの「無念無想」の禅的境地と同義である。したがって無常の系譜の理解が禅の理解とリンクされることと同義的に、周作人は「わび」「さび」も理解したと考えるのは自明のことであろう。当面の政治に背を向け、人間の生活そのもの、生き様そのものが抱える矛盾を告発し、政治を超えた文学を最大の理想とした周作人は、一九三二年「中国新文学の源流」を書き、そこから「文学無用論」を導き出したが、それは禅で言う「不立文字」と気脈相通ずるものがあると言える。

周作人は小林一茶（一七六三〜一八二七）にも深い関心を寄せ、「一茶の詩」（一九二一年）『おらが春』（一九二三年）などの文章を遺し、その中で一茶の俳句、俳文を詳細に紹介している。

その一九二三年に発表した『おらが春』の中で周作人は、一茶の俳文集に収められた作品の中から娘聡の死に関わる部分を訳して紹介した。

こぞの夏、竹植る日のころ、うき節茂きうき世に生れたる娘、おろかにしものにさとかれと、名をさとゝよぶ。（中略）終に六月廿一日の蕣《むくげ》の花と共に、此世をとぼみぬ。母は死顔にすがり、よゝよゝと泣もむべなるかな。この期に及んでは、行水《ゆくみず》のふたゝび帰らず、散花の梢にもどらぬくひごとなどなどあきらめ顔しても、思ひ切がたきは恩愛のきづな也けり。

露の世は　露の世ながら　さりながら[25]

この一段を周作人が引用したのは「若子の病」発表後一カ月、周家の家族ぐるみの友人斉可の死を追悼する「弔辞」（「唁辞」[26]・一九二五年）の中においてであるが、その後娘・若子の死を迎え、「若子の死」に描かれた切々たる親の哀惜の情は、言葉少なに書かれていても人の胸を打つものがあり、その表現は一茶のそれと酷似している。ことに一茶の「この期に及んでは、行水のふたたび還らず、散花の梢にもどらぬくひごとなどなどあきらめ顔しても、思ひ切がたきは恩愛のきづな也けり」と、周作人の「若子の病」の中の「私たちは今年幸にして一個別の（自然界の花や春は今年過ぎ去っても来年また来る。それとは違って）過ぎ去ったら、再び還って来ない筈の春光をひき留めることができた」とは、子を想う恩愛の情の表現を、「散花」「春光」といったものに仮託する点に「類似」を見ることができる。

すでに述べたように、芭蕉が庵を閉ざし、「閉関之説」をものしたのも、寵愛した桃印の死が発端となっている。ところが、周作人、芭蕉、一茶の三人の文体を比較してみると、周作人と一茶は類似していても、芭蕉とは類似しているとは言いがたい。それを考察する前に、一茶の経歴にも触れておく。

一茶は一七六三（宝暦十三）年、今の長野県柏原に生まれた。父は農民であったが生活のほどは当時の農民の水準からしても中流であった。父は一茶が三歳のときに妻を失い、その頃からしだいに家運が傾きはじめた。片親となった一茶は祖母の愛を受けて育ったが、その後父に後妻が来るや、弟の誕生とともに一茶の継母に対する憎悪が一挙に高まり、困惑した父は祖母の死を機会に一茶を江戸に修業に出した。しかし、手に職がない一茶が江戸で尋常な生活を送れるはずもなく、生活は辛酸を極めた。そうした環境の中で一茶は、いつしか俳諧を習得してゆき、初期には桀喬あるいは菊明という号で一七六八年頃から七〇年頃にかけて頭角をあらわしていった。一七八〇（寛政十二）年師の元夢の死にあい、それを機に一茶は久しぶりに帰郷し、父との再会を喜び合ったのも束の間、父はその年に死亡した。その間に書かれた手記が「父の終焉日記」であるが、そこには亡父の遺産をめぐって、継母や異母弟と激しい対立のあったことが描かれている。

遺産問題に思わしい結果を得られなかった一茶は再び江戸に戻り、孤独と貧苦に耐えながら前途に望みを托しつつ生活してゆくが、三十余年の漂泊に区切りをつけて再び故郷に戻ったのは一八一三（文化十）年のことであった。一応郷里に落ち着き無事に遺産も手に入れた一茶は、翌年五十二歳にして二十八歳の若妻をめとり、三男一女をもうけたが、不幸にして三児は次々に夭折した。中でも娘の聡の死は彼にはかり知れぬ嘆きを与えた。彼女の生と死を主題とした句文集『おらが春』（一八一九年）は、一茶が精魂を傾けた作品集である。彼にはその後見るべき作品はほとんどない。

そしてこの年齢の離れた妻とも死別し、再婚にも失敗した一茶は、なお孤独に耐えきれず三度目の妻を迎えた。その後大火に遭遇してすべての財を失った一茶が死を迎えたのは、一八二七（文政十）年夏のことであった。

送り火や　今に我等も　あの通り　（一茶）

以上の経歴からも、一茶の生涯はまさしく貧苦と漂泊の中にあったと言える。見方によっては、一茶は自らが背負った生涯を、自己の負の意識に対する抵抗とし、それを肉声でもって表現しようとしたと言うことができる。江戸の都会人たちから、「椋鳥」とさげすまれた田舎者意識、貧苦を表に表出させる被害者意識、それらが一茶を醜さや卑小に向かわせたのではないだろうか。前出の「痩蛙」も「雀の子」もそうであるし、「やれ打つな　蠅が手をすり　足をする」にしてもそうである。この、世間から軽蔑され無視されるものに対する自己との同一観、これが一茶の自然観であったと言える。周作人がこうした一茶の肉声に共感したと考えても、さほどの違和感はないと思われる。

周作人はまた、「草木虫魚」を書き、一般的に中国の人々に疎まれ、中国の文学には取り上げられもしなかった蠅や蚊などを主題とした作品を数多く書いた。このようにいかほどに小さい存在であっても、自己を主張しつづけつつ現実を生きているものに対して、周作人は生への鋭い感性を通してそれを見つめ、生きることによって起こる矛盾を知と情によって超克し、そこに生存の価値を見てゆこうとしたのであろう。

先に安良岡康作が分類した三つの世界に従えば、兼好はその三つの世界を自由自在に往還した人であり、芭蕉は「恩愛を離れ……安心を願う境界」と「遁世」の世界に身を置いた人であり、一茶は「喧噪と煩雑と束縛」の充満する「俗世」に苦しみつつも、そこに身を置いた人であると言うことができる。

三者がそれぞれに歩んだ道は、姿、形は違っていてもそこに投影するものは「無常」であり「苦味」であり「わび」であり、そして「さび」である。

周作人は、芭蕉や一茶に自らの姿を見たのではないだろうか。しかし、芭蕉と一茶を同時に見ることはアンビヴァレント（両面価値的）なものが含まれていて、その落差の部分に周作人の「苦味」が存在していると考えられる。そして彼が兼好に求めたのは、そのアンビヴァレントから脱け出そうとする中庸の啓示であったと考えられる。

最後に明治、大正文学とのかかわりも見てみよう。

一八六八年に江戸は東京と改称されて明治の時代に入った。政治的には徳川封建政権が崩壊し、日本のいわゆる近代の夜明けの幕が切って落とされたが、文学の主流は依然として近世文学の流れの中にあった。周作人が日本に留学の第一歩を記したのは、一九〇六（明治三十九）年のことであるから、明治もすでに後期に入っていた。しかし、周作人は日本に来て彼の思考の成熟にむけての様々な要素を日本の文学の中から、取り込んでいった。その領域がきわめて広範なものであったことは、本書各章でも述べてきたとおりである。本章ではさらに周作人が影響を受け、彼の文学形成に大きな役割を果たした明治から大正前期までの日本近代文学史を概観し、わけても周作人文学の骨子をなす「閑適」と「苦味」という視野に立って、それを明治、大正文学の中から取り出してゆくこととしたい。

近代文学が未成であった明治初期は、基本的には前代の文学の思想や表現が踏襲されているが、それぞれの立場において近代への対応も高まりを見せはじめていた。仮名垣魯文（一八二九～一八九四）の『西洋道中膝栗毛』や『安愚楽鍋』が出たのはこの頃である。こうした江戸戯作のパロディは、万事が欧風化することへの反動とも言え、斎藤緑雨（一八六七～一九〇四）や永井荷風といった反近代系列の作家が現れた。このように、戯作そのものは近代の表面から姿を消してゆくものの、その伝統は姿を変えて継承されてゆくのである。

文学という精神文化、美意識に関わる領域の変革は、ヨーロッパの芸術文化にふれ、その価値を認めた知識人たちによって、一八七七（明治十）年前後から始まったが、それはかつてと同様上層からの近代化といった押しつけ傾向のものであって、そこには内的な発露といったものは認めにくい。したがってこの期の改革は精神的・思想的な面からのものよりも、形式の上からのものが多い。たとえば、詩歌の改革を提唱し、文学改良を試みたのは、詞華集『新体詩抄』を出した外山正一、矢田部良吉、井上哲次郎であるが、三人は共に学者であり、そこにはスペンサー（一八二〇～一九〇三）の『社会進化論』の影響が認められる。

そのような中で、社会進化論の影響を受けていた坪内逍遙（一八五九～一九三五）が『小説神髄』（一八八五～一八八六）を著した。これは戯作のもつ遊戯性・勧善懲悪的な傾向を排除し、人間心理や現実を写実という方法で表現することを説いた画期的なものであった。逍遥はそのような文学理論の実践として『当世書生気質』を書いて、既成道徳に縛られない客観性のあるものとしてそれを発表したが、その思想も表現の形式も一層の近代化が求められるものであった。言うならば、近代文学が要請する「私」と、「私」がはらむ矛盾を書くまでには至らなかったと言える。

逍遥の提唱する、近代小説が写実でなければならないとする写実主義は、それまで存在していたロマンスを前近代的なものとして放逐してしまった。そのことがあとを引いて一九〇七（明治四十）年になっても、文学に想像力を盛り込もうとする意識が稀薄だった。

しかし、一方では一八八七（明治二十）年から、社会の現実に対する問題意識を明確にもつ文学者やジャーナリストが現れはじめ、内田魯庵（一八六八～一九二九）は『くれの廿八日』を発表した。正岡子規（一八六七～一九〇二年）による俳句の改革もそのような気運の中で生まれた。子規の考え方は、新しく「個」を俳句の中心に据えようとしたもので、それは西洋文学の理念を受け入れたものとも見ることができ、また子規の言う「写生」

は逍遥の『小説神髄』の延長線上にあるとも言える。

ロマンティシズムは、十八世紀末からヨーロッパで起きた文学思想である。近代市民社会の個人主義を背景とした自我の拡大、超越的なものへの憧れなどを特徴とする。このロマンティシズムは、日本文学に「私」の近代化がすすみ始めた明治二十年代にあらわれた。そして、こうした意識の表出のためには、手法として言文一致が求められ、二葉亭四迷（一八六四〜一九〇九）の『浮雲』（一八八九年）が出た。さらにロマンティシズムに触発されて、森鷗外（一八六二〜一九二二）、北村透谷（一八六八〜一八九四）、国木田独歩（一八七一〜一九〇八）が現れて、矛盾をはらみつつ現実から乖離する「私」を追求していった。彼らの切り開いた新しい文学表現は近代文学の礎となるもので、一八九七（明治三十）年からは韻文では早くも近代の「私」の表現が一般化の兆を見せはじめたのである。

北村透谷の没後、彼の友人であった島崎藤村（一八七二〜一九四三）は『若菜集』（一八九七年）で青春や愛の苦悩と喜び、そして孤独な漂泊者の独白を七五調の優婉なリズムで詠った。同じ時期、藤村と並び称された詩人に土井晩翠（一八七一〜一九五二）がいる。晩翠は藤村とは対照的な力強い漢語調の響きをもった作風を取り入れた。なお、明治三十年代後半から詩壇には象徴詩が台頭してくるが、日本の象徴詩はマラルメやボードレール、ヴェルレーヌとは相違して、和歌からそう離れたものでもなく、したがって用語の難解さ、古典的な詩想のゆえに、自然主義の台頭とともに衰退してゆくことになる。その時期の詩人に上田敏（一八七四〜一九一六）や薄田泣菫（一八七七〜一九四五）がいる。

こうした散文と韻文に大きな変革をもたらしたのは自然主義の運動である。自然主義とはフランスのエミール・ゾラが始めた科学理論に基づく写実主義のことで、逍遥が提唱した写実主義とは質を異にする。つまり、自然主義は前期ロマン主義文学への反発を根底とし、人間や社会を冷徹に見つめる客観性を信条としたのである。日本文学では明治三十年代の小杉天外（一八六五〜一九五二）、永井荷風（一八七九〜一九五九）がおり、明治四十年代にかけては島崎藤村、田山花袋（一八七一〜一九三〇）がいる。彼らの作品は、事実や真実の根拠を科学や実証ではなく、自己の「主観」の中に求め、「個」ないしは「私」を告白する文学となっている。このほかに自然主義作家といわれる作家には、徳田秋声（一八七一〜一九四三）、正宗白鳥（一八七九〜一九六二）、岩野泡鳴（一八七三〜一九二〇）らがいる。

その後明治末期から大正前期にかけて、同人雑誌を母体とする有力な新人作家が次々に現れた。そして、近代の「私」を表現する様式である「私小説」の流行をもたらしたのが「白樺派」である。白樺派は先にも述べたように、里見弴（一八八八〜一九八三）、有島武郎（一八七八〜一九二三）、有島生馬（一八八二〜一九七四）たちが同人となり、のちに芥川龍之介が「文壇の天窓を開け放って、爽やかな空気を入れた」と評したように、自然主義とは異なる「善・美」を理想とした「個」を追求した。白樺派が生まれた背景には、トルストイの「人道主義」や、ベルグソンらの「生の哲学」などがあり、大正デモクラシーの気運に支えられていた。

以上、明治から大正前期にかけての日本近代文学史を、この節に関わるものを軸にかけ足で見たが、日本の歴史は文学史も含めて、少なくとも江戸初期から明治維新に至るまで、なだらかなグラデーションの中で推移してきた。しかし、明治維新の変革はそうしたものとは全く質を異にするものであって、その中核にあったのが「個」あるいは「私」の意識の覚醒であったと言える。

丸山真男は、『日本の思想』[27]の中で、日本人の内面生活における思想の入り込みかた、その相互関係という点では根本的に歴史的連続性があるとしても、維新を境として国民的精神状況においても、個人の思想行動をとってみても、その前後の景観が著しく異なって見えるのは、開国という決定的な事件がそこに介入しているからである。

と述べ、開国という意味には、「自己を外、つまり国際社会に開くと同時に、国際社会に対して自己＝統一国家として画するという両面性が内包されている」と指摘している。すなわち、開国という決定的な出来事は、それまでの日本人の自己確認の仕方がもはや国際社会では通用しないとして必然的に外に向かって開かれ、自己と国家とが画された対応関係にあることを求めるようになったのである。ここに述べたように明治・大正初期の文学史を簡単になぞっただけでも、丸山真男の指摘する「両面性」に当時の文学者の苦悩を見ることができる。そしてまた、この両面性の矛盾への悩みは日本だけに止まらず、アジア、ことに中国の知識人・文人と共有する。周作人が日本の近代文学に共鳴したのも、周作人の「苦味」と日本文学者の「苦味」とがオーバーラップしたことによると考えられる。

一九二四年以後、「五四運動」の退潮とともに、また大患を得た後の思想の整理とともに、周作人は弟子・兪平伯宛の書簡の中で次のように述べている。

私がなお「五四」前後の態度を保っているというのは大間違いです。一人の人間の生活態度は刻々と変わっていくものです。どうやって十三、四年の久しきにわたり保持することができましょう。私は自ら近頃の思想がますます消沈するのを感じています。どうして「五四」時代の浮躁凌励（上調子で攻撃的）の気があ

るのでしょうか。[28]　（拙訳）

そして周作人はやがて、小品一筋の道を歩み始めることになるのである。

もともと、芸術の根底にあるものは時代の如何を問わず、基本的には自己確認の表現である。しかし、芭蕉の「不易流行論」にもあるように、外殻は時代とともに変遷する。したがって近代が「外に向かって開かれた」自己としての自己承認に求められる時代であるとするならば、兼好や芭蕉、そして一茶の内に向かって求められる「苦味」や「閑適」は、その対応する力を失う。けれど、

近代日本人の意識や発想が、ハイカラな外装のかげにどんなに深い無常感や「もののあわれ」や固有信仰の幽冥観や儒教的倫理やによって規定されているかは、すでに多くの文学者や歴史家によって指摘された。[29]

とする丸山の考え方は、考えようによってはこれも「不易」なものである。そして、周作人の思想の中にもまぎれもなくそれがあると考えられ、このことが彼の「苦味」の中に侵し難く存在していて、それが彼の日本文学理解につながっていると考えることができる。

周作人はこのあと、

民国十年以前、私は非常に幼稚であり、理想的、楽観的な発言も頗る多かったが、しかし、後になって次

第に物事がわかるようになり、少なからぬ代価を払った。「道を尋ねる人」の一篇はその私の告白である。[30]

私は道を尋ねる人である。私は毎日歩きつづけ、道を尋ねるが、とうとういまだにこの道の方向はわからなかった。

今になってやっとわかった。悲しみの中にもがくのが自然の道なのだ。これはすべての生物に共通する道である。ただ私達が単独で意識しているだけである。

道の終点は死である。私たちももがいてそこへいく。そこに着くまでもがかねばならない。[31]　　（拙訳）

と述べている。そして彼の求めた一つの道は藤村であった。

藤村の随筆の中の思想には、なにか超俗的なところはみえないが、しかしあんなに和平敦厚で、また清徹明淨であり、庸俗を離れているものの、新異を表さない。……この類の文章は私が平常最も敬慕し、強いてこれを称せば、淡泊と言うことで、自分は書けないのだが、只多く捜してきて読みたいと思う。しかしそう容易には多く手に入れられない。私の見る限りでは、唯兼好法師と芭蕉がそうで、現代では藤村にそれが集中しているので、得ることが出来るだけである。[32]　　（拙訳）

また、一九三四年「日本文学についての雑談[33]」でも、藤村の文章について次のように述べている。

現代の日本作家の中では島崎藤村の文章に感服している。彼の文章は実に素晴らしい。しかし翻訳し始めたら、すなわちどこから手をつけたらいいのかわからなくなると感じ、訳してからもまた俗に落ちることを恐れる。（拙訳）

藤村は、一時政治家を志し、後に北村透谷の影響をうけて詩人として文壇に登場した。一九〇六（明治三十九）年小説『破戒』を発表、この作品には明らかにドストエフスキー（一八二一～一八八八）、メレジコフスキー（一八六五～一九四二）、ルソー（一七一二～一七七八）の影響が見られるが、その中では被差別部落出身の青年教師、瀬川丑松の懺悔・告白を主軸として、差別からの解放と救済を社会に願うことが訴えられている。また、ゾラ的手法や、モーパッサン（一八五〇～一八九三）の『皮剥の苦痛』を下敷きにして、理想と芸術と人生の春に破れる青年の姿を描いた『春』（一九〇八年）の考え方には、明治期における青壮年の挫折の姿が投影されていて、これらの思想は最後まで藤村文学の中に流れつづけていく。その後藤村は二年間のフランス生活を終えて一九一六（大正五）年に帰国するが、帰国後は未完であった『桜の実の熟する時』（一九一九年）を完成させた以外、紀行集、感想集を除いて、これといった小説は書かれていない。

しかし、この間に加藤静子との恋愛がはじまり、藤村はこの恋愛のもつ意味の中から、彼の文学の主体を次第に「老年」に移してゆく。つまり、自分の身辺におきた女性にまつわる事柄を問題として、生長してゆく次の世代の子供たちの批判にどのように対応してゆくかを問いかけたのである。

ここまでの藤村文学には、自然主義的リアリズムのうえに立った、情熱的な自己追求が、リゴリスティック（厳格主義的）に行なわれているのを見ることができるが、その後の彼の文学は自然主義的藤村に代わって、調和の中に身を解放させ、自然主義から次第に遠ざかってゆく姿が見られる。その表れが、『夜明け前』(一九二九〜一九三二)全体に流れており、そこに藤村の韜晦、苦味が読みとれる。藤村が兼好、芭蕉を多く引用したのも、藤村の主情の中に基本的に兼好、芭蕉への回帰の想いが沈殿していたからとも言えよう。周作人の感性はいち早く藤村のそれを汲み取っていた、と言えるのではないだろうか。

一九二三年六月、周作人は兄・魯迅との共訳になる『現代日本小説集』を上海の商務印書館から出したが、そこに収録されている作家は、夏目漱石、森鷗外、国木田独歩、鈴木三重吉、武者小路実篤、有島武郎、長与善郎、志賀直哉、千家元麿、江馬喚、菊池寛、芥川龍之介、佐藤春夫、加藤武雄の十五人の作家の作品である。

周作人は一九一八年四月、北京大学で行なった講演「最近三十年の日本における小説の発達」の中で漱石にふれ、また漱石の序文を引用した周作人の言葉として次の一文がある。

小説である以上人生に触れなければならないと自然派は言う。触れないものも小説であり、同じく文学であると漱石は言う。それほど緊迫しなくてよい。私たちはゆっくりと慌てることなく、落ち着いて人生を味わってもいいではないか。歩き方にたとえれば、自然派はせっせと走りまわるが、私たちは公園を散歩するようにぶらぶらしてもさしつかえがない。これが余裕派の意味と由来である。[34]（拙訳）

劉岸偉[35]は漱石の「公園を散歩するよう」な余裕のある文学を基軸としながら、「一度軌道を修正した周作人」が「低回趣味に沈潜した余裕のある文学へと再出発していく」姿を描いている。

一方、漱石の二男・夏目伸六は、回想「父夏目漱石[36]」の中で、……暗い中の間の仏壇の前で、その時母は何かジッと拝んでいた。家の中はシーンと静まりかえってコソっという物音一つ聞えなかった。しかし私は、フっと間《あい》の襖を一つ隔てた隣の書斎に父がジっと虎の様に蹲《うずくま》っているのを、心のどこかに意識した。

と書いているが、伸六が父・漱石のこのような姿を見たのは、漱石が「行人」を執筆していた頃のことである。すでに物故した江藤淳もこの「漱石の暗い部分」を見て、「こういう不幸の実在を信じなければ、夏目漱石の作品にあらわれた仮構の秩序は理解できない」[37]としている。妻を始め親戚の者からは病気とされ、どうしようもない時間にひたすら耐えるしかない孤独な漱石の背に、苦渋が見えるのである。そして、その苦渋の中から彼の仮構の秩序、即ち、「低回趣味」あるいは「余裕のある」(ように見える)独自の文学が出てくると考えることができる。漱石と鷗外は、経歴の点ではそれぞれに相違しているものの、二人はほぼ同根の教養を有し、それに培われて成長した、根底に江戸時代の知識層の文学観をもった文学者であった。

ところで、鷗外の作品に状況の内部からの自己定立を主要なモティーフとする思想小説『青年』[38](一九一〇年)がある。『三四郎』(一九〇八年)、『それから』(一九〇九年)が漱石の自己解放と日露戦争後の価値観の再構成を主題としたものであるとするならば、鷗外の『青年』もまた、戦後的価値観の模索と定立とを主題とするものであった。

なにはともあれ、この思想小説『青年』は、その時代の青年の思想的な動揺、すなわち思想的なゆらめきの中に自己を埋没させようとする考えに対して、もう一方では近代思想をいかに解釈し、整理するかを説く青年との間で交わされる対話のうちに示される、新時代の倫理としての個人主義が主題となっている。そして、その中から、イプセン（一八二八～一九〇六）論を通じて個人主義の二面性、つまり、「あらゆる習慣の束縛を脱して、個人を個人として生活させようとする思想」（脱俗的自己）と「強い翼に風を切って高く飛ぼうとする」（自律的自己）とを対比させるのである。

鷗外は一八八九（明治二十二）年にドイツ留学を終えて帰国し、国家の急務に応えるために啓蒙運動や医療活動の中心的存在として活躍したが、どこか心の中で対立する二面に苦悩する自己を見つめていたのであろう。やがて鷗外は一連の歴史小説『阿部一族』（一九一三年）や『佐橋甚五郎』（一九一五年）などに筆を染め、それらの多くは殉死という封建的慣習の中にひそむ、秩序（忠誠的秩序）と個人との相剋、ないしは亀裂を告発するのである。

このように自己の意識の深化にともなって、社会の成員として要請される秩序との亀裂や矛盾に苦悩するのが鷗外なのである。

すでに述べたように、日露戦争の勝利によって日本はヨーロッパに比肩しうる先進国として、自他共に認められる国際的な地位を占めるに至ったが、そのことによって日本は必要以上の独断的自負をもつ一方、心ある知識人に反省と悔悟をもたらした。

このような世情の中で、一九一〇年、志賀直哉、武者小路実篤を中心として、有島生馬、木下利玄、柳宗悦、有島武郎などが集まって『白樺』が誕生した。しかし、この年には対外的には日本が帝国主義的野望を露にして本格的に朝鮮を植民地化し（日韓併合）、国内的には社会主義者の多数を天皇暗殺を企てたとして検挙し、翌年幸徳秋水（一八七一～一九一一）、管野すが（一八八一～一九一一）ら十二名に死刑を執行した（大逆事件）。

前に書いたように白樺の初期同人のすべては、時の華族学校、学習院の出身である。彼らは彼らの父に日本の資本主義、官僚主義の矛盾を見、人間としての深い反省からそれを超えようとした。したがって彼らはまず強烈な自己肯定からそれを成し遂げようとしたのであろう。敵対するものに対して、緊張し、必死に立ち向かおうとする姿勢が彼らの文学に特長を与えている。その立ち向おうとしたものは一方では、秩序、既成道徳、立身出世といった体制的なものであり、もう一方は個我を捨て、民衆のために生きる、社会主義的、キリスト教的な思潮であって、そのはざまにあって叫ぶ自己の主張であり、また彼らの苦渋の表現であったのである。

周作人が武者小路にひかれたのも後者ゆえのものであった。一九一九年、ヴェルサイユ講和会議は帝国主義列強の中国にある権益の撤廃を求める中国の主張を退け、山東省でのドイツの権益を日本に譲渡する決議を採択した。これが「五四運動」の発端であるが、劉岸偉は「周作人はヴェルサイユ会議に示された冷酷な現実を目のあたりにして、かつての人類主義の理想に対して疑問を抱かざるを得なくな」ったと指摘しつつ、それでもなお周作人は中国における「新しき村」を「実行可能な理想」[39]として期待したと述べている。

しかし、一九二一年の大患をきっかけとして、周作人はかねてから小品散文の自由な表現を、中国独特の可能性に託すること、すなわち閑適から「生活の芸術」へと中国の「原始儒教」の礼の伝統を現代に再生することを意識しはじめ、このこともあってか、「新しき村」的理想主義から、有島武郎の『芸術自由教育』(一九二一年)に収められた随筆「一人の人の為に」にある個人主義的方向へと転換していった。

一九〇七(明治四十)年前後は日本における自然主義文学が盛んだった年代であるが、一方では「個」の確立を志向する文学者たちが近代の「私」の表現として、自然主義のように「個」を告白するという方向ではなく、「個」の美意識、あるいは理想を作品化しようとする風潮が生まれた。これらの作品は「反自然主義」と呼ばれる。

この中には白樺の私小説リアリズム、有島武郎の『或る女』（一九一九年）に代表される本格的リアリズムから、北原白秋（一八八五～一九四二）、木下杢太郎（一八八五～一九四五）らの『スバル』（一九〇九年創刊）詩人の新浪漫主義、泉鏡花（一八七三～一九三九）、永井荷風、谷崎潤一郎の耽美主義までが含まれる。

荷風は、一九〇八（明治四十一）年欧米留学を終えて帰国してから「すみだ川」（一九〇九年）をはじめとする江戸趣味に徹した作品を書いた。谷崎もまたこうした時代の趨勢に背を向けてひたすら自己の美意識に忠実なることで「個」の意識の定立を目指したのである。

このように、西欧思想の洗礼を受けた先進的な知識人の中には、外形的な近代化の内実を埋めるために、西洋からの借り着でも、伝統の古着でもない、新しい思想をいかにして紡ぐかという問題に逢着したのであるが、こうした傾向は、鏡花、荷風、潤一郎たちの伝統美を重視する反近代作家の系譜の基調をなしている。

以上のように、日本における近代文学史は、一言でいうなら封建的・伝統的自我の否定にはじまり、「私」から「個」へ、そして伝統的「私」の再生へと流動する形で彩られる。そうした流れの中で、その時代に生きた文学者たちは苦悩しつづけた。それはすでに述べたように、特に日本だけに止まらず、アジア、ことに中国の知識人・文人と共有する地平にあるものであるだけに、日本に留学した周作人の文学的熱情をかきたてるものがあったと想像できる。つまり、周作人の苦悩と、日本の文学者の苦悩に重なり合うものがあったと言える。

ここでは一貫して明治から大正前期に至る文学史を「個」と「私」に焦点をあてて見てきたが、しめくくりとして要約すれば次のようになるだろう。

近代と反近代といった振幅には、日本人の精神構造に則してみれば、近代化への過程の中で拡大した「個」としての「私」、言いかえれば、明治維新以後新しい文明が矢継ぎ早に導入される中で、近代化に伴う社会構造の変革は、地縁的・血縁的紐帯で結ばれていた共同体の解体を促し、また教育の普及はそれに拍車をかけたのである。このことによって、人は帰属する部落や「イエ」を離れ、個人として生きた。またそれによって人は自由を獲得したが、その反面孤独と不安におびえる「私」に逢着せざるを得なかった。そして、この不安からの脱出は、おのずから自国の文化とそれに支えられた自己の覚醒を促すこととなって、そこから「共生する私」という概念が生じてきた。「私」は他者との間において存立する「私」であるという考え方であって、「個」としての「私」が稀薄な状態におかれたとき、他の「私」と共生する「私」において安住するという図式である。これが「伝統的私への再生」の意味であり、封建的因襲の中に生きた、兼好、芭蕉、一茶が求めたものもそうしたものであった。言うなれば、「閑適」の中にひそむ「苦味」「わび」もその中での作用と考えられる。

「閑適」から「苦味」へ、また「苦味」から「閑適」へと往還する思想ないしは態度の中には、流動するものへの「無常観」が働いている。このことは本書でもしばしば触れてきた、周作人の思考の中にも働き続けていて、そこに人間として文人としての周作人の苦渋と苦味を見ることができる。

しかし、彼もいきなり「閑適」とか「苦味」といった、隠遁的、あるいは禅的な境地へ辿りついたわけではなく、本書を通読されても理解できるように、それに至るまでには様々な心の中の葛藤が重ねられており、それは彼の多様な行動においても示されている通りである。言うなれば、本書の冒頭でも述べたように、周作人が生涯を賭けて挑戦しつづけたのは、やはり「雅俗」、「古今」、「中西」といった、対立概念の融合や調和をはかることであり、また中国文学のみならず中国文化そのものの可能性を方向づけるものであるという信念を実証したかったからにほかならなかったと言えるのではなかろうか。

そして、最終的に辿りついたのが「共生する私」という立場、すなわち他の「私」と共生する「私」において安住しようとする立場であり、それが周作人の「閑適」「苦味」ではないだろうか。

注

（1）佘樹森編「芸術的閑談（序）」（『周作人美文精粋』・作家出版社・一九九一年）
（2）貝塚茂樹訳注「第十八、微子篇」『論語』（中央公論社・一九七三年）。第四章の注（24）を参照。
（3）石川忠久など訳「隠遁を願う風潮について」『中国の文人』（大修館書店・一九九一年）。王瑶「中古文学史論」（『王瑶全集』巻一河北教育出版社・一九九〇年）
（4）白居易「与元九書」（『白居易集箋校』巻四五・上海古籍出版社・一九八八年）
（5）周作人「自己的文章」（『瓜豆集』・前掲第三章（17））
（6）周作人「『風雨後談』序」（『立春以前』上海太平書局・一九四五年）
（7）大木康『不平の中国文学史』（筑摩書店・一九九六年）
（8）周作人「『薬味集』序」（『古今』五期・一九四二年七月。『薬味集』所収）
（9）開明「喝茶」（『語絲』七期・一九二四年。『雨天の書』所収）
（10）周作人「過去的生命」（『過去的生命』・北新書局・一九二七年）
（11）周作人「岐路」（『過去的生命』北新書局・一九二七年）
（12）周作人「冬天的蠅」（『大公報』一九三五年六月二十三日。『苦竹雑記』所収）
（13）周作人「結縁豆」（『談風』前掲第四章（12））
（14）豈明「麻酔礼讃」（『看雲集』開明書店・一九三二年）
（15）周作人「兩個鬼」（『談虎集』北新書局・一九二八年）

一九二六年七月に書いた「二つの鬼」の中で、周作人は自分の思想的矛盾を掛け時計の振子に例えて、左右に揺れているという。その左右は二つの鬼（流氓《ごろつき》鬼と紳士鬼）である。彼は「流氓鬼」の闘争精神と「紳士鬼」の冷静な態度が好きだと言っている。エリスの言葉を借りれば、つまり「叛徒（反逆者）」と「隠士」のことである。周作人「藹理斯的話」（『語絲』第一百二十七期・一九二七年）を参照。
(16)『周作人晩年手札一百封・致鮑耀明』（香港太平洋図書公司・前掲第三章〔1〕）
(17) 西尾実、安良岡良作校注『徒然草』（岩波文庫・一九九五年六月）
(18) 西尾実、安良岡良作校注『徒然草』（前掲）
(19) 周作人「『徒然草』抄」（『語絲』第二十二期・一九二五年四月十三日）
(20) 西尾実、安良岡良作校注『徒然草』（前掲）。
(21) 開明「死之黙想」（『語絲』六期・一九二四年。『雨天的書』所収）
(22) 芭蕉「閉関之説」（『新芭蕉講座』第九巻・石田元季など・三省堂・一九九五年）
(23) 芭蕉『新芭蕉講座』第七巻・書簡篇（前掲）
(24) 復本一郎『さび――俊成より芭蕉への展開』（塙書房・一九八三年）
(25) 小林一茶「おらが春」（『一茶全集』第六巻・信濃毎日新聞社・一九七六年）
(26) 周作人「喧辞」（『雨天的書』北京新潮社・一九二五年）
(27) 丸山真男『日本の思想』（岩波新書・一九八三年）
(28) 周作人「致兪平伯信」一九三二年十一月十三日（『知堂書信』華夏出版社・一九九五年）
(29) 丸山真男『日本の思想』（前掲）
(30) 作人「尋路的人」（『晨報副鐫』・一九二三年八月一日。『過去的生命』所収）
(31) 周作人「『談虎集』後記」（『談虎集』北新書局・一九二七年）
(32) 周作人「明治文学的追憶」（『立春以前』上海太平書局・一九四五年）
(33) 周作人「閑話日本文学」（『国聞周報』十一～三十八・一九三四年）。「周作人先生旅舎之一夕談」『改造』九月号（一九三四年）

(34) 周作人「日本近三十年小説之発達」(『北京大学日刊』一四一〜一五二号・一九一八年。『芸術與生活』所収)
(35) 劉岸偉『東洋人の悲哀』(前掲第五章〔10〕)
(36) 夏目伸六「父夏目漱石」(『夏目漱石集』〔二〕現代日本文学大系十七・筑摩書房・一九六八年)
(37) 江藤淳「漱石像をめぐって」(『日本現代文学全集・夏目漱石』講談社・一九六一年)
(38) 森鷗外『青年』(『鷗外全集』第二巻・岩波書店・一九七八年)。「青年」は明治四十三年三月から四十四年八月まで。連続十八回にわたって『スバル』に掲載された。
(39) 劉岸偉『東洋人の悲哀』(前掲第五章〔10〕)

あとがき

本書は一九九九年に九州大学に提出して博士号を取得した「周作人と日本江戸庶民文芸」という学位論文を書き直したものである。思えば、本書を書き上げるには十数年の歳月を費やし、あれこれと多くの追憶に胸が詰まる。周作人は文字で気持ちをどれだけ表現できるかについて疑問を持っていて、それを禅の言葉「不立文字」と同様に理解していた。いまになってそれがすこし分ったような気がする。

一九九二年私は長年勤めていた日本との国際交流の仕事をやめ、単身日本に留学した。しかしそのときは明確な留学の目的がなく、ただ教科書から学んだ日本語と日本文化、それに当時中国でブームになっていた「赤いシリーズ」の日本映画の世界にあこがれて、少し時間をかけて本当の日本を見てみたかっただけだった。このような文学研究とは全く無縁の世界から途中から入った私を学術研究の道へと導いて下さったのは指導教官の竹村則行教授である。また、九州大学在学中は岩佐昌暲教授、中野三敏教授、合山究教授、それに山田敬三教授など多くの先生方、及び研究室の先輩の皆さんのご指導、ご協力を頂いた。そのおかげで私は文学研究の一本道を突っ走ってきたのである。

一九九八年家庭の事情で東京に移り住んだことで研究仲間とも疎遠となり、ひとり博士論文を執筆していたとき、地域社会研究所の白石豊先生には学術的な立論から論述から日本語の正確な使い方まであらゆる面でのご指導をしていただいた。また上京以来、学術的ご指導をいただいているのは恩師の丸尾常喜教授である。この七年間、私は先生の厳格な学風、誠実なお人柄から多くのものを学んだ。本書を綿密に読んでいただき、多くの間違いを訂正してくださった。特に戦前の周作人研究についてあまり手に入らない貴重な本を送ってくださり、心から感謝したい。そして日頃苦楽を分ち合える中国三十年代研究会や周作人読書会の先生方、友人にも感謝する。本書の出版は少しでも以上の先生方、友人たちに恩返しできればと思っている。

最後に、本書の出版を勧めてくれた大東文化大学の内田知行教授に厚くお礼を申し上げる。

二〇〇五年八月十二日東京町田自宅にて

初出一覧

本書は二〇〇〇年九州大学に提出した博士学位論文「周作人と日本江戸庶民文芸」を書き直したものである。

はじめに　（本書出版において新たに書き下ろした）

第一章　周作人という人　（本書出版において新たに書き下ろした）

第二章　周作人と俳句　（博士論文をもとに改訂を加えた）

第三章　周作人と川柳　（博士論文をもとに改訂を加えた）

第四章　周作人の打油詩（戯れ歌）　（博士論文をもとに改訂を加えた）

第三章・第四章は初出：「周作人文学における〈川柳味〉」（『中国文学論集』第二十四集・九州大学中国文学会・一九九五年）の小論を二分して書き加えたもの。

第五章　周作人のエロティシズム　（博士論文をもとに改訂を加えた）

初出、「周作人のエロティシズム」『中国文学論集』第二十八集・九州大学中国文学会・一九九九年）

第六章　周作人文学の滑稽趣向　（博士論文をもとに改訂を加えた）

初出、「周作人文学の滑稽趣味について」『中国文学論集』第二十五集・九州大学中国文学会一九九六年）

第七章　結びにかえて——周作人の「閑適」と「苦味」　（博士論文をもとに改訂を加えた）

初出、「周作人の〈閑適〉と〈苦味〉——周作人と日本文学」（富士ゼロックス小林節太郎記念基金一九九七年研究助成論文）

その他の参考文献

一、日本語

『木下杢太郎全集』岩波書店・一九五〇年
阿部喜三郎校注『芭蕉俳文集』河出書房・一九五五年
『荷風全集』岩波書店・一九六三〜六五年
『谷崎潤一郎全集』中央公論社・一九六七〜六九年
『漱石全集』岩波書店・一九六六年
『鴎外全集』筑摩書房・一九七二年
佐竹昭広など『万葉集』塙書房・一九七五年
『一茶全集』信濃毎日新聞社・一九七八年
『島崎藤村全集』筑摩書店・一九八一年
『校本芭蕉全集』第六巻・富士見書房・一九九四年
『小泉八雲全集』第六巻・第一書房・一九二六年
塩井敦『柳樽拾遺詳解』建設社・一九四〇年
『三田村鳶魚全集』第二十三巻・中央公論社・一九七八年
『宮武外骨全集』河出書房出版社・一九八六年
『中村幸彦著術集』八・中央公論社・一九八二年

『中村幸次郎全集』七・筑摩書房・一九六八年
岡田甫校訂『川柳末摘花詳釈』上、下・有光書店・一九五六年
麻生磯次など編『川柳・狂歌』角川書店・一九五八年
小町谷照彦訳注『古今和歌集』旺文社文庫・一九八二年
山沢英雄校訂『俳風柳多留』（全四冊）岩波書店・一九九五年
山沢英雄校訂『柳多留拾遺』（全二冊）岩波書店・一九九五年

松枝茂夫訳『周作人随筆集』改造社・一九三八年
松枝茂夫訳『瓜豆集』創元社・一九四〇年
松枝茂夫訳『結縁豆』実業之日本社・一九四四年
麻生磯次『笑の研究』東京堂・一九四七年
丸山昇など編『中国現代文学事典』東京堂出版・一九八五年
木山英雄『日本文化を語る』筑摩書房・一九七三年
ベルグソン（林達夫訳）『笑い』岩波文庫・一九七七年
木山英雄『北京苦住庵記――日中戦争時代の周作人』筑摩書房・一九七八年
竹内好『内なる中国』筑摩叢書・一九八七年
小林章夫『イギリス紳士のユーモア』講談社現代新書・一九九〇年
藤井省三『中国文学この百年』新潮選書・一九九一年

和辻哲郎『風土――人間学的考察』岩波文庫・一九九一年
丸尾常喜『魯迅――〈人〉〈鬼〉の葛藤』岩波書店・一九九三年
趙京華『周作人と日本文化』博士学位論文・一九九八年
鮑耀明『周作人と日本近代文学』翰林書房・二〇〇一年

増田渉「周作人論」『中国文学月報』第九号・一九三五年
中道定雄「小詩と日本詩歌」『中国文学月報』第七十六号・一九四一年
木山英雄「正岡子規と魯迅、周作人」『近代文学における中国と日本』汲古書院・一九八六年
伊藤徳也「若子の死の周辺――周作人、二十年代から三十年代へ」『季刊中国』十九・一九八九年
伊藤徳也「日本における周作人研究」『中国――社会と文化』八・一九九三年

二、中国語

陳子善編『知堂集外文・四九年以後』岳麓書社・一九八八年
銭理群、王得後編『周作人散文全編』浙江文芸出版社・一九九一年
佘樹森編『周作人美文精粋』作家出版社・一九九一年
藍燈文化事業股份有限公司『周作人全集』(一~五)五冊・一九九二年
張挺、江蕙箋注『周作人早年佚簡箋注』四川文芸出版社・一九九二年
『周作人日記』上巻、中巻、下巻・大衆出版社・一九九五年

王仲三箋注『周作人詩全編箋注』学林出版社・一九九五年
張明高、范橋編『周作人散文』（一～四）四集・中国広播電視出版社・一九九五年
『苦茶——周作人回想録』敦煌文芸出版社・一九九五年
陳子善、張鉄栄編『周作人集外文』上集、下集・海南国際新聞出版中心・一九九五年
黄開発編『知堂書信』華夏出版社・一九九五年
鍾叔河選編『周作人文選』四冊・広州出版社・一九九六年
鍾叔河編『周作人分類編』（一～十）十冊・湖南文芸出版社・一九九八年
止庵主編『苦雨斎訳叢』六種・中国対外翻訳出版公司・二〇〇一年
止庵校訂『周作人自編文集』三十五冊・河北教育出版社・二〇〇二年

『魯迅全集』人民文学出版社・一九八一年
『茅盾全集』第十八巻・人民文学出版社・一九八五年
曹雪芹『紅楼夢』第七十三回・岳麓書社・一九八七年
『王瑶全集』河北教育出版社・一九九〇年

銭理群『周作人伝』北京十月文芸出版社・一九九〇年
倪墨炎『中国的叛徒与隠士』上海文芸出版社・一九九〇年
銭理群『周作人論』上海人民出版社・一九九一年

舒蕪『周作人的是非功過』人民文学出版社・一九九三年
向弓『在家和尚周作人』四川文芸出版社・一九九五年
李景彬、邱夢英『周作人評伝』重慶出版社・一九九六年
陳子善編『閑説周作人』浙江文芸出版社・一九九六年
雷啓立『苦境故事・周作人伝』上海文芸出版社・一九九六年
張鉄栄『周作人平議』天津人民出版社・一九九六年
孫郁『魯迅与周作人』河北人民出版社・一九九七年
劉如渓編『周作人印象』学林出版社・一九九七年
劉緒源編『名人筆下的周作人・周作人筆下的名人』東方出版中心・一九九八年
銭理群『話説周氏兄弟――北大演講録』山東画報出版社・一九九九年
程光煒編『周作人評説八十年』中国華僑出版社・二〇〇〇年
張菊香、張鉄栄編著『周作人年譜』天津人民出版社・二〇〇〇年
王友貴『翻訳家周作人』四川人民出版社・二〇〇一年
朱正『周氏三兄弟』東方出版社・二〇〇三年
倪墨炎『苦茶斎主人――周作人』上海人民出版社・二〇〇三年

【わ行】

【ま行】

【や行】

【ら行】

【た行】

【な行】

【は行】

【さ行】

人名

【あ行】

【か行】

【ま行】

【や行】

【ら行】

【わ行】

【た行】

【な行】

【は行】

【さ行】

索引

本文からのみ採録し、図表・注からは採録しない。

事項

【あ行】

【か行】

呉　紅華（ご　こうか）
1963年中国浙江省杭州市生まれ。1983年、杭州大学（現・浙江大学）外国語学部日本語科を卒業後、紹興市外事弁公室に日本語通訳として勤務。1992年来日、九州大学大学院文学研究科修士課程・博士課程修了、文学博士。専門は中国文学・日中比較文学。現在、大東文化大学、東京女子大学などの非常勤講師。共著に『おもしろくやさしい中国文学講義』（中国書店・2002年）。論文に「周作人文学に於ける〔川柳味〕」、「周作人文学の滑稽趣味について」、「周作人のエロティシズム」、「周作人と狂言」など。

周作人と江戸庶民文芸

2005年11月15日　第1刷発行

著者

呉　紅華

発行人

酒井武史

発行所　株式会社　創土社
〒165-0031 東京都中野区上鷺宮 5-18-3
電話 03-3970-2669　FAX 03-3825-8714

印刷　株式会社シナノ

ISBN4-7893-0047-1 C0090
定価はカバーに印刷してあります。

創土社刊行目録

シュムペーターと東アジア経済のダイナミズム	愛知大学東アジア研究会編	A5 上製・360 頁 本体 3800 円	シュムペーター的諸概念は、東アジア経済の発展のなかでどのような役割を果たしたか。理論篇・実証篇の２部構成。シュムペーター経済学理論の最新の入門ともなっている。
中国は大丈夫か？社会保障制度のゆくえ	中国研究所編	四六並製・186 頁 本体 1800 円	中国が今後も安定して成長を続けていくためには、従来の国家保障制度にかわり、近代的な老齢年金制度、医療保障制度、労災保険、出産育児保険など社会保障制度の拡充が急務となっている。
黄土の大地 1937 〜 1945 山西省占領地の社会経済史	内田知行	A5 上製・310 頁 本体 2400 円	日中戦争の時代、華北大平原の西に位置する山西省は、汪精衛の南京傀儡政権が統治する地域であると同時に、日本軍の強権的軍事占領地であり、また最も強固な抗日運動が展開された地域でもあった。
中国における合弁契約書作成完全マニュアル	沙　銀華	A5 上製・230 頁 本体 3200 円	中国では契約関連の条文が簡単で、あいまいな用語が多用されているため、契約をめぐるトラブルが多発している。失敗しないための合弁契約書の作成方法を詳しく解説。
グローバル化時代のアジア経済 持続的成長の可能性	長谷川啓之編	A5 上製・352 頁 本体 3000 円	アセアン、韓国・台湾・中国・シンガポール・タイ・インドネシア・フィリピン・ベトナムの成長の軌跡を分析するとともに、今後の持続的発展の可能性を展望する。
摩擦と合作 新四軍 1937 〜 1941	三好　章	A5 上製・496 頁 本体 4800 円	戦う相手は誰か？中国共産党の軍隊であると同時に抗日民族統一戦線の軍隊一ヤヌスの頭を持った新四軍。日中戦争の時期、華中を舞台に繰り広げられた壮絶なドラマ。
ＥＵ社会政策と市場経済	中野　聡	A5 並製・320 頁 本体 2800 円	統一通貨ユーロの発足により、ＥＵの経済統合は新段階に入った。今後の課題は域内全体の社会的平等・公正の実現である。域内企業における情報制度の形成をとおして新たな社会モデルを模索する。

創土社刊行目録

徳王の研究	森　久男	A5 上製・386 頁 本体 3800 円	徳王は日本の傀儡だったのか？ ジンギスカン第30代目の子孫、ドムチョクドンロプが内蒙古近現代史、日中関係史の中で果たした役割を解明。
屠場文化 **—語られなかった世界**	桜井　厚・ 岸　衞　編	A5 上製・256 頁 本体 2400 円	差別と偏見に満ちた現実。そこにありながら見ることを避けてきた【屠場】。肉食文化を支える人びとの多彩な技術、伝統、生活史の全体像を、人びとの濃密な語りから描きだす。
黒坂愛衣の　とちぎ発《部落と人権のエスノグラフィー》 **ＰＡＲＴ１　部落へ飛び込む**	黒坂愛衣 福岡安則	四六並製・312 頁 本体 1800 円	「おじさん」の差別発言がきっかけに部落解放同盟栃木県連でアルバイトをすることになった大学院生・黒坂愛衣と指導教官・福岡安則とのメールのやりとりそのまま活字にした、部落問題入門書。
黒坂愛衣の　とちぎ発《部落と人権のエスノグラフィー》 **ＰＡＲＴ２　出会い、ふれあい、語らい**	黒坂愛衣 福岡安則	四六並製・295 頁 本体 1800 円	「部落へ飛び込ん」だあと、そこで出会った人びと、学んだこと。さまざまな研修活動に参加することを通じて、黒坂の部落問題についての認識はますます深まっていき、福岡がそれを暖かく見守る。
黒坂愛衣の　とちぎ発《部落と人権のエスノグラフィー》 **ＰＡＲＴ３　部落と出会う**	黒坂愛衣 福岡安則	四六並製・295 頁 本体 1800 円	師弟間のメールのやりとりをそのまま本にした、新言文一致体の部落入門書、全三部作の最終巻。ライブ感が伝わる異色の部落問題入門書。
ドイツ民俗学とナチズム	河野　眞	A5 上製・784 頁 本体 9500 円	なぜドイツ民俗学はナチズムの形成に抵抗できなかったのか。20世紀初頭から現代にいたるまで、ドイツ民俗学の分野で起こったいくつかの重要な論争の整理・分析を通して、問題の核心に迫る。
ウズベキスタン **民族・歴史・国家**	高橋巖根	A5 上製・202 頁 本体 2000 円	2005年5月のアンディジャン事件は世界に衝撃を与えた。いま、この国で何が起こっているのか。ソ連崩壊後、ウズベキスタンを始め中央アジアの国々はふたたび歴史の表舞台に登場しつつある。